연인들, 사랑을 묻다

* 『연인들, 사랑을 묻다』이 도서는 한국출판문화산업진흥원의
‘2020년 우수출판콘텐츠 제작 지원’ 사업 선정작입니다.

연인들, 사랑을 묻다

초판 1쇄 발행 2020. 8. 20.

지은이	오홍진
펴낸이	박상욱
펴낸곳	도서출판 피서산장
등록번호	제 2020-000050 호
주소	서울특별시 강서구 공항대로7길 8. 3F
전화	02-2665-0845
팩스	02-2665-0848
홈페이지	www.badakin.co.kr
메일	badakin@hanmail.net

ISBN   979-11-966213-5-3   03800

연인들, 사랑을 묻다

오홍진 지음

피서사장
감성을 깨우는 도서출판

찬란한 문명을 자랑하는 현대사회를 사람들은 사랑이 메마른 시대로 규정합니다. '메마른 사랑'이라는 말에는 부정적인 의미가 짙게 스며들어 있습니다. 동시에 이 말에는 사랑은 메마른 땅을 촉촉이 적셔주는 비와 같은 것이라는 생각이 아름드리 새겨져 있습니다. 물기가 없는 메마른 땅과 알맞게 내린 비로 흠뻑 몸을 적신 땅을 떠올려 보세요.

메마른 땅에서는 생명이 자라나지 않습니다. 설사 자란다고 해도 사방으로 뻗는 생명력을 펼쳐내지는 못합니다. 비가 내린 땅은 다릅니다. 온도만 적절히 맞춰진다면, 수많은 생명들이 제 생명력을 뽐내며 자랑하듯 자신을 펼쳐냅니다. 사랑이 메마른 시대가 불모성(不毛性)과 연관되는 까닭이 여기에 있습니다. 사랑이 메마른 땅에서는 생명이 자라날 수 없습니다. 당연히 다양한 생명과 관계를 맺으며 형성되는 문화 또한 개인성으로 흐를 수밖에 없습니다.

근대 문명의 주체들은 인간이 자연을 완벽하게 지배하는 사회를 꿈꾸었습니다. 자연을 하나의 생명체로 인정하지 않고, 발명된 기계로 생각했습니다. 자연을 기계로 인식하면 어떤 일이 벌어질까요? 기계는 기계를 만든 사람의 지배를 받습니다. 인공지능이 인간에 맞서 싸우는 이야기가 영화로 나오기도 하지만, 아직은 인간이 기계를 분명히 통제하고 있습니다. 인간은 쓸모가 있는 기계는 만들고, 쓸모가 없는 기계는 폐기합니다. 기계에 적용되는 이 기준이 자연에 적용되면 자연은 더 이상 생명의 터전이 될 수 없습니다. 생명을 유용성과 효율성만으로 따질 수만은 없으니까요. 인간(근대인)은 자연을 생명 없는 기계로 만들려고 합니다. 자연의 설계도를 그려서 그에 맞추어 통제하려고 합니다.

지금 우리가 사는 사회는 무엇보다 이러한 근대인의 꿈을 최고 가치로 인정하고 있습니다. 근대인의 꿈은 달리 말하면 자연에 대한 지배욕망으로 요약할 수 있겠지요. 자연은 인간 앞에 펼쳐진 대상과 같습니다. 대상을 지배하는 사람이 세상을 지배하는 존재가 됩니다. 대상은 한정되어 있으니 당연히 대상을 얻기 위한 무한 경쟁이 벌어질 수밖에 없지요.

'시간은 돈이다'라는 말이 왜 근대를 상징하는 격언이 되었을까요? 사람들은 더 많이 벌기 위해 더 많이 일을 하려고 합니다. 성과에 집착해서 몸을 완전히 불태워 버릴 만큼 혹사에 혹사를 거듭하는 것이지요. 돈을 벌기 위해서입니다. 돈을 벌어야 마음껏 시간을 살 수 있다고 생각하기 때문입니다. 시간이 돈인 사회에서는 그래서 사랑이 피어날 수 없습니다.

어느 시대를 살든 사람들은 사랑을 갈망합니다. 무언가를 갈망하는 사람은 항상 그 무언가의 부재를 온몸으로 느낍니다. 자기 삶을 사는 데 급급한 지금 이 시대에 우리는 왜 진정한 사랑을 마음 깊이 갈망하는 것일까요? 지금 이 세상에서는 진정한 사랑을 찾기 힘들다는 생각이 마음 깊이 새겨져 있기 때문입니다.

부재가 갈망을 낳습니다. 사람들은 사랑으로 그 부재를 채우려고 하지만, 그렇게 할수록 부재하는 자리는 더욱 더 넓어질 뿐입니다. 게다가 무한 경쟁 사회는 이기는 사람이 모든 것을 쟁취한다고 선전하지요. 사랑도 경쟁에서 이긴 자만이 할 수 있습니다. 경쟁에서 이긴 사람이란 돈과 권력을 한손에 거머쥔 사람입니다. 이 글을 읽는 당신이 지금 고개를 끄덕이고 있다면, 당신 또한 그런 사회를 살고 있는 것입니다.

취업을 포기하고, 사랑을 포기하고, 결혼을 포기하는 청년들이 많아지고 있습니다. 취업과 사랑과 결혼을 포기할 수밖에 없는 사회적 원인이 분명히 존재하지만, 그 이면에는 무엇보다 관계 자체를 피곤한 일로 여기는 심리가 스며들어 있습니다.

누군가를 사랑하는 사람은, 그 누군가와 관계를 맺으려는 의지를 내보여야 합니다. 열 번 찍어 안 넘어가는 나무는 없다는 굳센 믿음으로 상대에게 다가가도, 사랑이 실현되지 않는 경우가 참으로 많습니다. 인연이니 하는 말이 괜히 나오겠어요? 지금 우리가 사는 사회는 관계를 맺으려는 이 의지를 무한 경쟁이라는 미명 아래 점점 무너뜨리고 있습니다. 무한 경쟁에서 살아남아 피라미드의 끝에 오른 사람만이 거리낌 없이 사랑을 표현할 수 있는 사회를 떠올려 보세요. 사랑을 포기하고 싶어서 포기하는 게 아닙니다. 그저 사랑을 표현할 기회가 생기지 않는 것입니다.

사회는 이리 돌아가는데, 사람들은 여전히 진정한(?) 사랑을 꿈꾸고 있습니다. 하루에도 몇 편씩 방영되는 드라마만 해도 온통 사랑 이야기뿐입니다. 묘한 건, 수많은 드라마에 나오는 그 사랑이라는 게 천편일률적인 방식을 취하고 있는 점입니다. 오로지 집안 배경이 좋은 사람들이 능력 있는 사람들을 만나 사랑을 나눕니다. 요즘은 재벌가 3세나 4세가 나오지 않으면 이야기 자체가 형성되지 않을 정도입니다. 사회 분위기와 사랑을 꿈꾸는 작가의 절묘한(?) 앙상블이 펼쳐진다고나 할까요?

드라마 속 인물들의 비뚤어진 욕망을 자꾸만 사랑으로 포장해야 하는 사회를 우리는 살고 있습니다. 현실에서는 이룰 수 없는 것을 상상력으로 해결하다 보니, 드라마 속 사랑은 고삐 풀린 망아지처럼 이리로 저리로 날뛰기만 합니다.

이 책에서 저는 소위 '연인들'의 마음속에 드리워진 사랑의 의미를 다양한 이야기를 통해 풀어내려고 했습니다. 멀리는 신화, 민담과 같은 옛 설화로부터 가까이는 현대문학 속 연인들에 이르기까지, 저마다의 연인들이 어떻게 사랑이라는 욕망에 빠져들고, 그 사랑 속에서 어떻게 새로운 차원의 삶을 펼쳐내는지 꼼꼼하게 살피려고 했습니다.

이를 통해 지금 이 시대를 사는 이들을 사랑의 다양한 담론 속으로 이끌고 싶었습니다. 사랑에 대한 철학 이론보다는 사랑 이야기 자체를 여러분과 더불어 생각해 보려고 했습니다. 사랑을 이룬 희열에 온몸을 떠는 연인들을 들여다보기도 했고, 제도의 틀에 갇혀 자기 삶을 포기한 연인들의 아픔에 공명하기도 했습니다.

사랑은 환상(판타지)이자 동시에 현실입니다. 환상이 없이 사랑은 진전될 수 없고, 현실이 없이 사랑은 이루어질 수 없습니다. 견우와 직녀는 사랑의 환상에 들떠 자신들이 해야 할 일을 하지 않았습니다. 현실을 무시한 것이지요. 옥황상제가 나서 이들에게 현실을 부여합니다. 은하수는 그렇게 만들어지는 것이지요. 일 년에 한 번 만나기 위해 그들은 열심히 일을 합니다. 사랑의 환상이 현실과 만나면서 또 다른 사랑의 진경이 펼쳐진 것이지요.

저는 다양한 이야기에 펼쳐진 이 사랑의 진경을 경쟁이 강요되는 삶에 지쳐 사랑마저 포기한 사람들에게 들려주고 싶었습니다. 이야기에 담긴 치유의 힘을, 그리고 글쓰기에 담긴 치유의 힘을 많은 사람들이 경험하기를 바랐습니다. 저 또한 이야기를 읽으며, 그 이야기를 저만의 방식으로 다시 쓰며 마음 깊은 곳에서 들끓던 불길을 조금씩 잡아나갔으니까요.

사랑이 곧 관계라고 할 때, 이 관계에는 자기와의 관계도 포함되어 있습니다. 사랑은 밖으로 향하는 마음이면서 동시에 안으로 향하는 마음이기도 합니다. 사랑은 집착이 아닙니다. 연인에 집착하는 사람은 항상 자기를 중심에 세우고 연인을 바라봅니다. 사랑은 자기를 중심에 세우는 일이 아닙니다. 어찌 보면 중심이란 말 자체가 사랑에는 어울리지 않는 말입니다. 누군가를 중심에 세우는 사랑이란 결국에는 집착으로 귀결될 테니까요. 자연에 대한 지배 욕망을 부풀린 근대인의 사랑이 집착과 구분되지 않는 것은 바로 이 때문일 겁니다.

근대인은 늘 자기를 중심에 세우는 상상을 합니다. 사랑마저도 지배하려고 하는 것이지요. 사랑은 지배하고 싶다고 지배할 수 있는 게 아니고, 포기하고 싶다고 포기할 수 있는 게 아닙니다. 사랑은 그저 본성일 뿐입니다. 결혼이니, 이성애니 하는 제도를 뛰어넘는 자리에서 피어나는 게 사랑입니다.

저는 이 책에서 다만 이 점을 말하고 싶었습니다. 가부장제가 됐든, 무한 경쟁 사회가 됐든, 세계화된 자본주의가 됐든, 본성으로서 사랑은 변하지 않습니다. 바로 이런 점으로 해서 우리는 아직도, 여전히, 그리고 영원히 사랑을 얘기할 수밖에 없을 것입니다.♤

Contents
차례

연인들, 사랑을 묻다

1부

사랑이란?

1 환웅과 웅녀가 펼친 거대한 사랑

- 환웅桓雄과 웅녀熊女

신인(神人)으로 가는 길

「단군신화(檀君神話)」는 하느님의 아들 환웅(桓雄)이 "천하에 자주 뜻을 두고, 인간세상을 탐내어 구했다."라는 내용으로 시작됩니다. 환웅은 하느님의 아들입니다. 하늘의 피를 받은 신성한 인물이라는 이야기입니다. 이런 환웅이 지상에 뜻을 두었습니다. 천하를 다스리고 싶은 욕망을 품었다는 말일 겁니다. 아버지 환인(桓因)이 이 뜻을 알고 천하를 살펴보니 삼위태백산(三危太伯山)이라면 널리 인간을 이롭게 할 만한 장소로 비쳐졌습니다. 아버지는 아들에게 천부인(天符印) 세 개를 주면서 지상에 내려가 인간을 다스리도록 했습니다. 천부인은 권력의 표시입니다. 아버지 환인에게 천부인을 받음으로써 환웅은 지상을 다스리는 힘=권력을 인정받게 된 셈입니다.

환웅은 3천 명의 무리를 이끌고 태백산 꼭대기(지금의 묘향산) 신단수(神壇樹) 밑으로 내려왔습니다. 이곳에 신시(神市)를 세우고 스스로 환웅 천황이 되었습니다. 그는 풍백(風伯), 우사(雨師), 운사(雲師)를 거느리고 인간 세계를 다스렸습니다. 바람과 비, 구름을 다스리는 일은 자연을 다스리는 일과 다르지 않습니다. 자연을 다스리는 사람이라야 백성들은 그를 왕으로 받들었습니다. 농업을 중시하는 정착 사회의 한 단면을 우리는 여기서 볼 수 있는데, 하늘에서 내려온 환웅은 그만큼 백성들이 무엇을 원하는지 제대로 알고 있었다는 말이 됩니다. 그는 무엇보다 백성들이 마음 편히 농사지을 수 있는 상황을 만들려고 했습니다. 돌려 말하면 백성들은 바로 이 점으로 하여 환웅을 따르게 되었다고 볼 수 있을 것입니다.

임금이 백성에게 믿음을 얻었으니 나라는 자연스레 질서가 잡혔습니다. 나라가 안정되자 환웅은 이내 비어 있던 안주인=왕비를 얻을 생각을 하게 됩니다. 지상에는 여자가 많았겠지만 아무나 배필로 맞이할 수는 없는 노릇입니다. 명색이 하느님의 피를 받은 존재가 아닌가요. 하늘의 신성(神性)을 이어받지는 못했어도 그에 버금가는 품성을 지니고 있는 여성이어야 환웅의 배필이 될 만했습니다. 환웅은 나라 전체에 혼인할 배필을 구하는 소식을 알렸습니다. 한 나라의 안주인을 구하는 일이었으니 아무나 지원하지는 않았을 것입니다. 권력이 있는 집안의 여자든, 개인의 능력이 출중한 여자든 극소수의 여인들만 나라 안주인을 열망하며 지원을 했을 겁니다.

환웅은 두 명의 여인에게 주목했습니다. 곰을 숭배하는 여인과 호랑이를 숭배하는 여인이었습니다(곰과 호랑이라고 해도 상관없습니다. 신화는 인간과 동물을 구분하지 않는 세계이기 때문입니다). 환웅에게 사람 되는 소망을 끊임없이 내비친 여인들이기도 했습니다. 둘 중 한 사람이 이 나라의 안주인이 되는 건 분명했습니다. 환웅은 누가 안주인으로 어울릴지 생각하고 또 생각했습니다. 곰에게는 은근한 끈기가 있었고, 호랑이에게는 여걸의 풍모가 느껴졌습니다. 하지만 그런 품성만으로 나라의 안주인을 선택하기에는 아무래도 불안했습니다. 환웅은 두 사람을 시험해 보기로 했습니다. 일반 백성들이라면 견디지 못할 '금기'를 주고, 그것을 지키는 여인을 안주인으로 맞기로 했습니다. 환웅은 신령한 쑥 한 심지와 마늘 스무 개를 두 사람에게 주면서 말했습니다.

"너희들이 이것을 먹고 백날 동안 햇빛을 보지 않는다면 곧 사람이 되리라."

금기에는 항상 조건이 붙습니다. 그 조건을 지키면 소망을 이루고, 그 조건을 어기면 원래대로 살거나 아니면 목숨을 내놓아야 합니다. 쑥과 마늘을 먹으며 백날 동안 햇빛을 보지 않는 이 상황을 우리는 어떻게 받아들여야 할까요? 곰과 호랑이가 육식동물이라는 점을 고려하지 않더라도, 백날 동안 햇빛을 못 보는 일만으로도 두 여인은 죽음에 맞먹는 시련에 빠질 수밖에 없습니다. 백날 동안 쑥과 마늘을 먹고 햇빛을 전혀 보지 않은 채로 할 일이란 무엇이 있을까요? 환웅은 아마도 두 여인이 동굴 속에서 어떻게 그 시련을 극복하는지 보고 싶었을 겁니다. 동굴은 밝은 세상과 완전히 단절되어 있는 공간입니다. 환한 세상에서만 살던 여인들이 동굴에서 백날을 보내는 게 어디 쉬운 일인가요? 사람은 언제나 시련에 빠지면 자기 본래의 품성을 내보이기 마련입니다.

환웅은 한편으로 '동굴'이라는 죽음의 공간에서 누가 금기를 지키는지 알고 싶어 했는지도 모릅니다. 동굴은 어둠이 지배하는 공간입니다. 어둠 속에서 백날을 보낸다는 건 곧 죽음=저승을 체험하는 일과 다르지 않지요. 살아 있는 사람은 저승에 갈 수 없습니다. 하지만 '신성한' 사람이라면 다릅니다. 하늘에서 내려온 존재이니만큼 환웅은 배필이 될 사람 또한 그에 걸맞은 내력을 갖추길 원했습니다. 집안의 권력이니, 여인의 미모니 하는 것은 환웅 입장에서 보면 매력적인 조건은 아니었을 겁니다. 저승에서 살아 돌아온 여인이라면 충분히 신인(神人)에 버금갈 만한 내력을 쌓았다고 할 수 있습니다. 신령한 쑥과 마늘만 먹고도 동굴에서 살아나온다면, 그녀는 이미 신인이 된 거라고 환웅은 생각했는지도 모릅니다.

홍익인간의 거대한 사랑

곰과 호랑이의 입장에서 이 일을 생각하면 어떨까요? 「단군신화」가 실린 『삼국유사』를 보면 곰과 호랑이는 같은 동굴에 살았고, 늘 환웅에게 사람 되기를 빌었다는 내용이 나옵니다. 곰과 호랑이가 한 동굴에 살았다는 건 일반 백성들과는 다른 환경 속에서 지냈다는 걸 의미합니다. 그들은 왜 환웅에게 사람 되기를 빌었을까요? '사람 되기'라는 말을 좀 더 음미할 필요가 있습니다. 신화에서 인간과 동물은 동등한 인격체로 나타납니다. 수렵시대와 농업시대의 차이가 있긴 하지만, 곰과 호랑이를 일반 사람보다 못한 존재로 생각할 이유는 없습니다. 곰과 호랑이를 사람과 동등한 존재로 간주한다면, 그들이 되려는 사람은 환웅에 맞먹는 '신인(神人)'이라고 추측할 수 있습니다.

햇빛이 들지 않는 동굴에서 신령한 쑥과 마늘을 먹는 의식(儀式)은 따라서 사람=동물이 신인으로 가기 위해 거쳐야 할 통과제의에 해당됩니다. 부처는 보리수나무 아래서 깨달음으로 가는 길을 방해하는 악마들과 싸워야 했고, 예수 또한 광야에서 악마들과 싸워 끝내는 그 유혹을 이겨냈습니다. 곰과 호랑이라고 다를 게 없습니다. 신인이 되려면 제 마음을 옥죄는 악마와 싸워서 이겨야 합니다. 돌려 말하면 그것은 환웅이 부여한 금기를 지켜야 가능했습니다. "백날 동안"이란 단서가 붙었지만, 실제로는 21일 만에 곰은 여자가 되었습니다. 제 마음 속 악마를 다스렸다는 말입니다. 호랑이는 제 마음 속 악마, 곧 욕망에 굴복하고 말았습니다. 그(녀)는 그냥 동물=인간으로 남는 걸 선택한 것입니다.

신화에는 "여자가 된 곰은 그와 혼인할 상대가 없었으므로 항상 단수(壇樹) 밑에서 아이 배기를 축원했다."라고 나와 있습니다. 여자가 된 곰, 곧 웅녀(熊女)와 혼인할 사람이 지상에는 없었다는 말이 됩니다. 웅녀처럼 통과제의를 거쳐 깨달음을 얻은 남자가 지상에 존재하지 않았다는 의미로 해석할 수 있습니다. 하느님의 아들인 환웅이 나설 상황이 자연스레 이루어졌습니다. 한 나라의 왕비를 뽑는 자리는 여기서 신인과 신인의 결합이 이루어지는 신성한 의식으로 거듭납니다. 환웅과 웅녀의 결합은 신인과 신인, 신인과 인간=동물이 소통하는 세계를 뚜렷이 보여줍니다. 웅녀는 동물이고 인간이고 신인입니다. 한 몸에 여러 존재를 함유하는 웅녀를 통해 우리는 「단군신화」를 지은 당대 사람들의 의식세계에 접근할 수 있습니다. 하늘과 땅과 사람=동물을 하나로 묶는 천지인(天地人) 사상을 그들은 웅녀라는 형상으로 표현하고 있는 셈입니다.

환웅과 웅녀 사이에서 태어난 단군은 이러한 천지인 사상의 결정체라고 볼 수 있습니다. 달리 말하면 단군이 세운 조선(朝鮮)은 하늘과 땅과 사람=동물이 하나가 되는 홍익인간(弘益人間) 사상에 뿌리를 두고 있습니다. 홍익인간은 널리 인간=동물(생명이라는 넓은 의미로 생각하면 좋습니다)을 이롭게 하는 사상이라는 점에서 신화 속 세계관을 정확히 반영하고 있습니다. 하늘에서 내려온 환웅이 지상에서 신인의 경지에 오른 웅녀와 혼인함으로써 지상에는 하늘과 땅의 뜻을 본받은 나라가 세워집니다. 「단군신화」에 대한 이러한 해석을 국수주의로 받아들이지 않았으면 좋겠습니다. 지금 이 글에서 이야기하는 건 조선 민족의 우수성이 아닙니다. 조선 민족의 뿌리가 생명 사상, 곧 천지인 사상에 기반하고 있음을 말하려고 하는 것뿐입니다.

단군의 어머니인 웅녀가 동물=인간이면서 동시에 신의 경지에 이른 '신인'으로 서술되고 있다는 점을 우리는 분명히 기억해야 합니다. 환웅의 도움을 받기는 했지만, 그녀는 스스로의 힘으로 신인의 경지에 도달했습니다. 그녀는 햇빛이 전혀 들지 않는 동굴 속에서 백날을 쑥과 마늘을 먹으며 버텼습니다. 육체적인 고통을 정신적 차원으로 승화시키지 않았다면, 웅녀 또한 호랑이와 같은 신세가 되었을 것입니다. 호랑이가 멈춘 바로 그 자리에서 웅녀는 제 마음을 괴롭히는 마음 속 악마와 사투를 벌였습니다. 제대로 먹지 못해 깡마른 몸으로 그녀는 두 눈을 부릅뜨고 제 마음을 들여다보았습니다. 하늘(=환웅)을 향해 인간이 되는 소망을 빌기만 했다면 이런 강인한 웅녀의 형상은 결코 이루어지지 못했다고 봐야 할 것입니다.

이렇게 보면 「단군신화」에서 가장 핵심적인 인물은 웅녀라고 보는 게 타당합니다. 환웅─단군으로 이어지는 가부장제 구조를 지탱하는 힘이 웅녀에게서 나온다는 말입니다. 환웅은 인간 세계에 필요한 일들을 주관하면서 사람들을 교화시키려고 했습니다. 재세이화(在世理化)가 천지인 사상과 연결되는 것은 분명해 보입니다. 요컨대 환웅은 인간=동물을 웅녀와 같은 신인, 곧 깨달은 사람으로 만들려는 희망을 품고 인간 세계에 내려왔다고 볼 수 있습니다. 그가 금기를 지키고 신인이 된 웅녀와 혼인한 이유는 무엇일까요? 신화에는 여자가 된 곰이 신단수 아래서 아이 배기를 축원했고, 이에 환웅이 임시로 변해 웅녀와 혼인하였다고 기록하고 있습니다. 혼인을 하는 데 웅녀의 뜻이 더 크게 작용했음을 알 수 있는 대목입니다.

단군이 홍익인간, 이화세계의 꿈을 품고 조선을 세운 것은 아버지 환웅이 끼친 영향일 것입니다. 단군은 하늘 사람이기도 하지만 동시에 땅 사람이기도 합니다. 웅녀가 지닌 땅의 속성을 단군은 고스란히 물려받았습니다. 땅은 만물이 자라는 생명의 터전입니다. 단군은 바로 이 터전에서 홍익인간, 이화세계의 꿈을 꾸었습니다. 아버지가 인간 세계로 내려올 때 품은 꿈을 그는 어머니인 웅녀가 품은 꿈을 '통해' 받아들였을 것입니다. 천지인 사상을 한 몸에 품은 웅녀의 사상이 단군 조선을 세우는 뿌리로 작용한 셈입니다.

웅녀는 조선 민족을 낳은 어머니라고 할 수 있습니다. '순혈민족'을 말하려는 게 아닙니다. 웅녀는 인간이면서 동물이고 동시에 깨달음을 얻은 신인입니다. 하늘과 땅과 인간=동물을 한 몸에 새긴 웅녀는 이 땅에 사는 모든 생명들을 아우르는 존재입니다. 이런 웅녀를 어떻게 '순혈민족'이라는 차별 사회의 좁은 울타리에 가둘 수 있을까요? 홍익인간과 이화세계의 이념은 모든 생명을 동등하게 바라보는 세계관에 기초해 있습니다. 인간 중심의 관점으로 세상을 바라보는 것과는 근본적으로 다른 세계관이라는 말입니다.

지금 우리가 「단군신화」에 주목하고, 그 속에 있는 웅녀를 다시 읽어야 하는 이유는 여기에 있습니다. 웅녀는 21세기 한국 사회가 가야 할 길을 상징적으로 보여주고 있습니다. 대립과 분열로 치닫는 한국 사회에 웅녀는 모든 생명을 품는 홍익인간의 정신을 제시하고 있습니다. 홍익인간은 다른 이들의 마음을 세심하게 들여다보는 생명 사상을 전제로 합니다. 이데올로기에 현혹된 사람들은 결코 이를 수 없는 세계를 '홍익인간'은 꿈꾸고 있습니다. 한국 사회의 분열을 끝낼 수 있는 대안이 웅녀라는 신화적 인물 속에 고스란히 담겨 있는 것입니다.

<보론>「단군신화」다르게 읽기

하나의 관점으로 이야기를 읽을 필요는 없습니다. 어떤 관점을 취하느냐에 따라 이야기를 해석하는 내용 또한 달라집니다. 금기를 지킨 웅녀는 인간이 되었고, 금기를 지키지 못한 호녀는 인간이 되지 못했다고 「단군신화」를 지은 이야기꾼은 말합니다. 이 신화를 지은 이야기꾼은 금기를 지키는 동물만이 인간이 될 수 있다는 논리를 펴는 겁니다. 꼭이 이렇게만 생각해야 하는 것일까요? 금기를 지킨 곰도 사람이 되고, 금기를 지키지 못한 호랑이 또한 사람이 되는 방법은 정녕 없는 걸까요?

"우린 사람이야. 사람의 맘은 한 가지일 수만은 없어. 인내할 수 없는 것을 인내할 수 있는 것과 인내할 수 없는 것을 인내하지 못하는 것. 그 두 가지는 사람 안에 똑같이 들어 있는, 사람의 성정이야. 선악, 음양, 명암, 완급, 흑백, 개폐, 선후 좌우 등등. 숱한 이면이 공존하는 거라고. 너의 아들과 내 딸도 그렇게 서로의 이면으로 어울려 자라나게 될 거야. 너와 내가 그러했듯이. 그러니 화내지 마. 우린 곧 아기를 낳아야 하잖아? 환웅제석의 말씀을 너도 들었지? 난 제석님으로부터 천부인을 물려받았어. 넌, 천부령을 갖게 됐잖아? 천부인과 천부령이 같이 있어야 하듯, 너와 내가 함께 있어야 하고, 우리 자식들도 더불어 자라야 해. 너희 곰 겨레와 우리 범 겨레가 어울려 살게 된 것처럼 말야."(송은일, 「반야 2」, 문이당, 2017, 161쪽)

송은일이 지은 대하소설 「반야」에는 단군신화를 다르게 해석한 이야기가 나옵니다. 「단군신화」에서 곰은 동굴에서 백일을 견디고 여인이 되었지만, 호랑이는 백일을 견디지 못하고 삼칠일 만에 동굴을 뛰쳐나왔습니다. 곰은 이후 환웅의 아내이자 단군을 낳은 어머니가 되어 한민족 역사에 길이 남았고, 백일을 견디지 못한 호랑이는 역사의 뒤편으로 사라졌습니다. 금기를 지킨 웅녀를 역사의 승자로 남긴 것입니다.

육식동물인 곰과 호랑이가 쑥과 마늘을 먹으며 견뎌야 하는 삶이니, 본능을 어겨야 인간이 될 수 있습니다. 웅녀는 제 본능을 이겨내고, 호녀는 제 본능을 이기지 못한 셈입니다. 배고픔과 갈증과 웅녀에 대한 미움을 견디지 못하고 동굴 밖으로 뛰쳐나간 호녀는 하늘을 향해 다음과 같이 외칩니다. "저, 범 겨레의 족장 호녀, 환웅제석께 고하옵니다. 참을 수 없는 걸 참으매 살의가 생기는 바 참지 않기로 하였나이다. 저 호녀, 동무를 죽이기보다 자식을 포기하겠습니다."

백일을 견딘 후 아들을 임신한 웅녀는 드디어 동굴 밖으로 나옵니다. 이제 곰 겨레가 사는 곳으로 돌아가 천인(天人)이 되었음을 알려야 합니다. 신시(神市)에 이른 웅녀는 깜짝 놀랍니다. 곰 겨레와 범 겨레 사람들이 어울려 살고 있지 않은가요. 예전부터 왕래는 했었지만, 이렇듯 사이좋게 한 곳에서 산 것은 아니었습니다. 도대체 웅녀는 동굴에서 얼마나 많은 시간을 보낸 걸까요? 알려진 대로 단지 백일을 그 안에서 보낸 걸까요? 하늘의 시간과 땅의 시간은 다르다더니, 그새 백년이 흐르고, 천년이 흐른 것인가요?

게다가 동굴에서 뛰쳐나간 호녀 또한 환웅제석의 자식을 잉태한 상태였습니다. 웅녀가 그토록 원했던 딸이었습니다. 웅녀는 어이가 없습니다. 이러면 동굴에서 시련을 이긴 보람이 없지 않은가요. 화가 머리끝까지 치솟은 웅녀는 호녀를 물어뜯으려고 온몸을 내뻗었습니다. 그런 웅녀를 피하면서 호녀는 "우린 사람이야."라고 당당하게 외칩니다.

웅녀와 호녀에 대한 새로운 이야기는 「자명령」(소설에 나오는 책 이름)이라는 책에 나옵니다. 인용문에 드러나는 대로, 호녀는 사람에게는 두 마음이 있다는 것을 강조합니다. 인내할 수 없는 걸 인내하는 마음과 인내할 수 없는 걸 인내하지 못하는 마음입니다. 선악, 음양, 명암, 완급, 흑백, 개폐, 선후, 좌우 등등이 그렇습니다. 우리는 전자는 좋고 후자는 나쁜 것으로 평가하지만, 그 둘은 사실 좋고 나쁨으로 구분할 수 있는 게 아닙니다. 그것은 인간의 마음에 내재된 두 마음이면서 동시에 한마음일 뿐입니다.

인간은 이렇게 둘이면서 하나인 마음들을 항상 나누려고 합니다. 이것은 좋고, 저것은 나쁩니다. 좋은 것에는 의미를 붙이고 나쁜 것에는 의미를 없앱니다. 한쪽으로 치우친 사람의 마음은 그래서 늘 분란을 일으킵니다. 동굴에서 백일을 버틴 웅녀는 백일을 버티지 못한 호녀와 다른 삶을 살아야 한다고 생각합니다. 호녀는 바로 웅녀의 그런 생각을 이르집어 주고 있습니다. 웅녀는 웅녀의 방식으로 사람이 되었고, 호녀는 호녀의 방식으로 사람이 되었습니다. 웅녀는 환웅이 내건 조건을 이행하지 못한 호녀를 부정하지만, 호녀 또한 웅녀와 마찬가지로 환웅의 인정을 받았습니다. 어찌 보면 두 마음이 있다는 걸 깨달은 호녀가, 한 마음에 집착한 웅녀보다 더 깊이 깨달았다고 볼 수도 있습니다.

기존의 단군신화는 환웅에서 단군으로 이어지는 역사를 말하고 있습니다. 환웅은 사람이 되기를 소망하는 웅녀와 인연을 맺어 단군을 낳습니다. 곰이 사람이 되어 자식을 낳으려면 경계를 넘어야 합니다. 곰이었던 웅녀가 환웅과 인연을 맺으면 당연히 하늘과 땅 사이에 드리워진 경계가 뒤흔들리는 것이지요. 환웅은 그래서 인간이 되려는 웅녀와 호녀에게 금기를 내립니다. 동굴 속에서 쑥과 마늘을 먹고 백일을 견디라는 것. 환웅은 백일을 견딘 웅녀는 받아들이고, 백일을 견디지 못한 호녀는 내칩니다. 달리 말하면 웅녀는 야성을 버리고 인간화되었고, 호녀는 인간이 되는 대신 야성을 선택했습니다. 단군신화는 말 그대로 하늘/땅, 인간/동물, 남자/여자와 같은 요소들을 이분법으로 나누는 인식을 내보이고 있는 셈입니다.

이 소설의 주인공인 반야는 무엇보다 이러한 이분법의 논리로 세상을 바라보려고 하지 않습니다. 환웅이 만든 규칙을 무조건 따르면, 웅녀와 호녀는 둘이면서 하나인 세계를 만들 수 없습니다. 웅녀의 세상은 인내가 지배하는 단조로운 세상이 될 것이고, 호녀의 세상은 야성이 지배하는 거친 사회가 될 것입니다. 웅녀와 호녀가 하나가 되는 세계는 그러므로 인내와 야성이 어우러진 조화로운 장소라고 할 수 있습니다.

인내를 발휘한 웅녀가 아들을 임신하고, 야성적인 호녀가 딸을 임신한 것도 이와 무관하지 않습니다. 야성이 강한 남(여)자들은 인내를 기르고, 인내심이 강한 여(남)자들은 야성을 길러야 조화로운 세상이 이룩될 수 있습니다. 단군신화에 미처 담지 못한 내용을 이 이야기를 만든 이들은 넘치도록 담아내고 있습니다. 하나는 다른 하나를 만나야 비로소 둘이면서 하나인 세계로 나아갈 수 있다는 걸 이 이야기는 정확히 전달하고 있는 것입니다.

2 자기를 내려놓는 겸손한 사랑

- 김 수로왕과 허 황후

하늘의 목소리

김 수로왕은 가락국(가야) 건국신화에 나오는 인물입니다. 『삼국유사』에 실린 「가락국기」를 보면, 김 수로왕은 "아직 나라 이름도 없고 또한 왕과 신하의 칭호도 없"는 장소에 내려와 왕이 됩니다. 왕과 신하의 칭호가 없다는 것은 아직 권력이 발생하지 않았다는 것을 의미합니다. 달리 말하면 김 수로왕이 나타남으로써 비로소 왕과 신하와 같은 계급을 나누는 권력이 발생한 셈이지요. 원시 사회는 공동체를 다스리는 지도자는 있어도 공동체를 지배하는 권력은 있을 수 없습니다. 김 수로왕은 바로 원시적으로 움직이는 사회에 권력 질서를 부여하는 존재로 나타난 것이지요.

아홉 명의 구간(九干)이 계급이 없는 땅=공동체를 다스리고 있었습니다. 어느 날 구지봉(龜旨峰)에서 수상한 소리가 들렸습니다. 구간과 마을사람들이 소리가 울리는 곳에 모이자 "여기 누가 있느냐?"라는 소리가 사방에서 울렸습니다. 말하는 소리만 들릴 뿐, 말하는 사람은 보이지 않으니 구간과 마을사람들은 얼마나 두려웠을까요? 가뜩이나 하늘의 신비를 신앙처럼 믿는 시대를 살아가는 사람들이잖아요. "우리들이 여기 있습니다."라고 구간들이 대답하자 "내가 있는 곳이 어디냐?"고 묻는 목소리가 다시 울립니다. 구간들이 "구지"라고 말하자, 목소리는 거침없이 다음과 같이 외칩니다.

"하늘이 나에게 명령하신 것은 이곳에 와서 나라를 새로 세워 임금이 되라 하셨다. 그래서 내려왔다. 너희들은 이 산 꼭대기를 파고 흙을 집으면서 '신이여, 신이여 수로(首露)를 내놓아라. 내놓지 않으면 구워 먹겠다. 라고 노래하고 춤을 추어라. 그러면 곧 하늘에서 대왕을 맞이하여 너희들은 매우 기뻐서 춤추게 될 것이다."

목소리는 '하늘'을 이야기합니다. 목소리는 하늘의 명령을 따르는 존재라는 얘기입니다. 목소리가 하늘의 명령을 받는다는 건 무엇을 의미할까요? 옛 사람들은 하늘을 신비라고 생각했습니다. 하늘이 곧 신(절대신이 아닙니다!)과 동일시된 겁니다. 그 하늘이 '목소리'에게 '구지'라는 곳에 새로운 나라를 세우라는 명령을 내렸습니다. 왜 하필 이곳에 나라를 세워야 하는지 그 이유는 나와 있지 않습니다. 하늘의 명령이기에 목소리는 지상에 내려와 나라를 세우려고 합니다. 하늘의 명령을 누가 어길 수 있을까요?
　'천명(天命)'이라는 말을 들어보았을 것입니다. 「중용」이란 책을 보면, '천명지위성(天命之謂性)'이라는 말이 나옵니다. '천이 명하는 것, 그것을 일컬어 본성이라고 한다'는 뜻입니다. 이를 따르면, 천명을 단순히 외부에서 들려오는 권력의 목소리로 해석해서는 안 됩니다. 천명은 인간의 본성을 가리키는 말입니다. 사심(私心)이 없는 인간의 순순한 마음이 곧 천명이라는 얘기지요. 천명을 따른다는 건 그러므로 본성을 따른다는 말과 다르지 않습니다.

왕조 국가가 건설되면서 천명은 권력자에게 내리는 하늘의 목소리=명령이라는 의미로 변질되었습니다. 김 수로왕은 지금 천명에 빗대어 스스로 이 땅의 왕이 되려고 합니다. 실제 현실에서는 폭력으로 왕위 찬탈이 이루어졌겠지만, 이야기는 언제나 폭력을 뒤로 숨기는 법입니다. 그는 하늘이 내린 노래를 구간과 마을사람들에게 알려주고는, 구지산 꼭대기를 파고 흙을 집으면서 "신이여, 신이여, 수로(首路)를 내놓아라. 내놓지 않으면 구워 먹겠다."라는 노래를 부르며 춤을 추라고 이야기합니다.

김 수로왕은 하늘이 내린 명령을 백성들이 품은 소망으로 뒤바꿉니다. 하늘이 내린 노래는 백성들의 입을 통해 왕을 원하는 노래로 불립니다. 사방에서 울리는 목소리를 받아들이면 구간과 백성들은 지금과 다른 세상을 살아야 합니다. 보이지 않는 존재로부터 나오는 목소리를 그 누가 거부할 수 있을까요? 신화(神話)는 언제나 하늘에 대한 두려움을 숭고미로 바꿉니다. 두려움이 클수록 하늘을 따르는 마음은 깊어집니다. 국가는 바로 사람들의 이러한 두려움을 먹이로 삼아 탄생하는 것입니다.

백성들이 왕을 부르다

「구지가(龜旨歌)」로 잘 알려진 노래는 백성이 커다란 목소리로 하늘을 위협하는 상황으로 설정되어 있습니다. 보이지 않는 존재 위에 하늘이 있고, 그 하늘 위에 백성들의 커다란 노랫소리가 있습니다. 그리고 그 백성들을 하늘의 명령을 받은 존재가 다스립니다. 하늘과 목소리와 백성들은 얽히고설켜 있습니다. 목소리가 '왕'이 되려면 무엇보다 백성들이 하늘의 명령을 승인하는 과정이 필요합니다. 목소리는 백성들에게 하늘을 위협하는 노래를 알려주고, 백성들은 구지봉에 모여서 그 노래를 힘차게 부릅니다.

백성들의 소망을 하늘에 알리는 일인데, 왜 위협의 형식을 취하고 있는 것일까요? 하늘이 백성들을 위해 왕을 내립니다. 백성들의 뜻을 받들어 하늘이 목소리 주인에게 명령을 내린 것이란 말입니다. 하늘의 명령을 받은 김 수로왕이 백성들을 통해 하늘의 명령을 공고히 하는 까닭은 여기에 있습니다. 하늘과 목소리 사이에 백성들이 있습니다. 하늘은 목소리에 명령을 내리고, 목소리는 구간과 백성들에게 명령을 내리고, 백성들은 다시 하늘을 향해 노래를 부르며 간절한 소망을 빕니다. 권력은 결국 백성들로부터 나오는 셈입니다.

구간과 마을사람들이 목소리가 내린 명을 따라 힘차게 노래를 부르자 하늘에서 자주색 줄에 묶인 금합 하나가 내려왔습니다. 금합에는 황금색 알 여섯 개가 들어 있습니다. 12일이 지나 다시 열어 보니 그 안에는 여섯 명의 어린아이가 앉아 있습니다. 십여 일이 또 지나자 아이들은 키가 9척까지 자랐고 얼굴과 몸에는 예사롭지 않은 기운이 흘렸습니다. 하늘의 명을 받은 목소리의 주인이 드디어 실체를 드러 낸 것이지요.

가장 먼저 알을 깨고 나온 이를 세상에 처음 나타났다 하여 수로(首露)로 이름을 지었습니다. 그는 그 달 보름에 왕위에 올라 가야국(대가락)의 임금이 되었습니다. 알을 깨고 나온 나머지 다섯 사람도 각각 다섯 가야국을 세워 임금이 되었습니다. 6가야국이 건국된 것입니다. 권력을 잡은 사람은 언제나 하늘의 기운을 강조합니다. 알에서 태어나는 '난생(卵生)'은 특이한 인물의 탄생을 알려주는 대표적인 모티브입니다. 포유류인 사람이 알에서 태어날 수는 없습니다. 김 수로왕은 자신이 하늘의 자손이라는 것을 난생을 통해 강조합니다. 하늘이 곧 김 수로왕의 아버지이고 어머니입니다.

김 수로왕 신화에는 역시 알에서 태어난 '탈해(脫解)'라는 인물도 나옵니다. 묘한 건, 완하국(琓夏國) 함달파왕의 부인이 이 알을 낳았다는 점입니다. 사람이 알을 낳는 기괴한 일이야 신화에서 흔히 일어나는 사건(고주몽을 생각해 보세요)이지만, 인간이 낳은 알에서 사람이 태어나는 이야기는 분명 김 수로왕 신화와는 다른 맥락을 내포하고 있습니다. 탈해는 여자=땅을 통해 세상에 나왔지만, 김 수로왕은 여자를 거치지 않고 직접 알에서 나왔습니다. 김 수로왕이 탈해보다 더 하늘에 가깝다는 걸 전달하고 있는 셈입니다.

키가 다섯 자에 머리 둘레가 한 자나 되는 모습을 한 탈해는 가락국으로 와 김 수로왕의 자리를 빼앗으려 합니다. 하늘의 명령을 받은 김 수로왕이 왕위를 내놓으라는 탈해의 제안을 선선히 받아들일 리 없습니다. 두 사람은 기술(奇術)로 승부를 결정하기로 합니다. 탈해가 매로 변하자 김 수로왕은 독수리로 변하고, 탈해가 참새로 변하자 김 수로왕은 새매로 변합니다. 뛰어난 능력을 지닌 탈해를 더 뛰어난 능력을 지닌 김 수로왕이 물리칩니다. 하늘과 땅이 뒤섞인 탈해보다는 하늘 기운을 온전히 받은 김 수로왕이 더욱 강할 수밖에 없을 테지요. 탈해는 패배를 인정하고 계림(신라)의 영토 안으로 넘어갔습니다.

김 수로왕 입장에서 보면 탈해는 외부에서 들어온 타자=반역자입니다. 탈해 또한 김 수로왕처럼 알에서 태어났지만, 탈해는 인간이 낳은 알에서 태어났습니다. 하늘과 땅의 기운이 뒤섞여 출생한 것이죠. 하늘의 기운으로만 태어난 김 수로왕을 땅의 기운이 섞인 탈해가 어찌 이길 수 있을까요. 온전한 하늘 기운으로 탈해를 물리치기는 했지만, 이 기운만으로는 땅 위에서 살기 힘듭니다. 땅 기운을 받아들여야 제대로 된 왕이 될 수 있습니다. 김 수로왕이 땅 기운을 받아들일 방법은 혼인밖에 없습니다. 혼인은 이 지점에서 김 수로왕이 반드시 해결해야 할 과제로 떠오르는 것입니다.

서쪽에서 온 허 황후

하늘 기운만으로는 땅을 다스릴 수 없습니다. 하늘이 양(陽)이라면, 땅은 음(陰)입니다. 형체가 없는 양으로 형체가 있는 땅을 다스리는 건 분명한 한계가 있습니다. 신화는 이에 김 수로왕의 혼인 이야기로 곧바로 뻗어 나갑니다. 신하들이 궁중에서 왕비를 간택하자고 하자, 김 수로왕은 하늘의 명령을 내세워 신하들의 주청을 물리칩니다. 신하들은 연줄이 있는 여인을 왕비에 앉혀 더 큰 권력을 얻으려고 했을 것이고, 이를 아는 김 수로왕은 궁중과는 전혀 상관없는 곳에서 왕비를 맞으려고 했을 것입니다.

아유타국의 공주인 허황옥(許黃玉)이 김 수로왕의 배필이 됩니다. 아유타국은 중인도(中印度)에 있던 고대 왕국이랍니다. 신부가 서쪽 나라에서 왔다는 말이겠지요. 부왕과 모후의 꿈에 하늘의 상제가 나타나 허 황후를 김 수로왕과 혼인시키라는 명령을 내립니다. 왕위에 오르는 과정에도 하늘이 개입하고 있고, 혼인을 하는 과정에도 하늘이 개입하고 있습니다. 앞서 말한 대로 김 수로왕에게 하늘은 부모와 같습니다. 하늘의 피를 받은 김 수로왕은 땅의 피를 받은 허 황후와 혼인을 함으로써 비로소 땅에 뿌리를 내립니다.

허 황후가 서쪽 나라에서 왔다는 점도 주목할 만합니다. 서쪽은 오행 상으로 금(金)에 해당되므로 음(陰)이 지배합니다. 양(陽)이 우세한 가락국에는 음 기운이 필요하다는 걸 김 수로왕이 몰랐을 리 없습니다. 신하들의 강성한 양 기운을 무마하는 데도 허 황후의 음 기운이 반드시 필요했을 것입니다. 양과 양이 만나면 전쟁이 일어나지만, 양과 음이 만나면 아름다운 사랑이 피어납니다. 탈해와 허 황후는 공통적으로 바깥에서 들어온 타자들이지만, 김 수로왕은 탈해와는 전쟁을 벌였고, 허 황후는 사랑으로 맞아들였습니다. 허 황후를 맞아들임으로써 가락국은 합리적인 제도를 갖춘 고대국가로 성장할 수 있었던 것입니다.

허 황후가 온 서쪽은 죽음이 지배하는 땅입니다. 죽음은 인간이 어찌할 수 없는 타자와 같습니다. 하늘의 기운을 받은 김 수로왕이라고 해도 죽음의 땅에서 온 여인을 함부로 받아들일 수는 없습니다. 서남쪽에서 배를 타고 온 허 황후를 맞이하기 위해 김 수로왕은 먼저 신하들을 보냈습니다. 허 황후는 신하들을 따라 궁궐로 들어가지 않습니다. 전혀 모르는 이들을 어찌 경솔하게 따를 수 있느냐며 왕이 직접 나와 자신을 맞는 게 예의라고 밝힙니다.

이에 김 수로왕은 유사(有司)를 거느리고 나가, 대궐 아래로부터 서남쪽으로 60보 가량 되는 곳에 장막을 친 궁전을 설치하고 허 황후를 기다렸습니다. 허 황후는 그제야 별포 나루터에 배를 매고, 육지에 올라 자신이 입었던 비단바지를 폐백 삼아 산신에게 바쳤습니다. 남자와 여자, 왕과 황후, 삶과 죽음이 처음으로 만나는 자리입니다. 지극히 예의를 갖추지 않으면 첫 만남은 비극을 낳는 씨앗이 될 수도 있습니다. 왕=권력의 입장에서 황후를 맞이하려 한 김 수로왕은 이렇게 예(禮)를 갖추어 타자를 환대하는 임금으로 거듭납니다.

'예(禮)'는 제도를 가리킵니다. 제도가 갖추어져야 사회질서가 잡힙니다. 질서가 잡히지 않는 사회에는 끊임없이 탈해와 같이 권력을 탐하는 인물들이 나타날 수밖에 없습니다. 허 황후의 내조로 김 수로왕은 비로소 나라의 기틀을 세웁니다. 신라의 직제를 받아들여 여러 품계를 두었고, 주나라와 한나라의 법도를 받아들여 백성들을 교화했습니다. 김 수로왕은 허 황후를 만나고 나서야 비로소 하늘의 뜻을 땅 위에 펼칠 수 있게 된 것입니다.

국가는 왕이 지닌 힘만으로 운영될 수 없습니다. 왕이 강력한 힘으로 통치하면 백성들은 언제나 그 힘(폭력이라고 해도 됩니다)을 벗어나 살 궁리를 합니다. 억압을 좋아하는 백성은 없기 때문입니다. 강한 힘으로 탈해를 물리친 김 수로왕은 허 황후를 아내로 맞이하면서 힘으로 세상을 다스리는 방식에서 비로소 벗어납니다. 음(陰)의 견제를 받지 않는 양(陽)은 화려한 불꽃을 피우고는 이내 허공으로 흩어져 버립니다. 가부장제를 기반으로 펼쳐진 인류의 역사가 전쟁으로 점철된 까닭은 바로 여기에 있지 않을까요?

서로를 예(禮)로 대하는 연인들은 결코 전쟁과 같은 비극적 상황으로 빠져들지 않습니다. 사랑은 무엇보다 전쟁과 다릅니다. 전쟁은 더 많은 것을 가지려는 욕망에서 뻗어 나오지만, 사랑은 자기가 가진 것을 아낌없이 상대에게 주는 마음에서 뻗어 나옵니다. 사랑은 또한 집착과 다릅니다. 집착은 상대를 소유하려는 욕망입니다. 집착을 사랑으로 생각하는 사람은 연인을 동등한 존재로서 인정하지 않습니다. 집착에 빠진 사람은 머릿속에 그린 이미지를 연인에게 투영합니다. 어떻게든 상대를 그 이미지에 맞추려고 합니다.

'자기'를 고집하는 사람들은 언제나 싸움 준비가 되어 있습니다. 자기가 중심에 있지 않으면 그들은 한없이 불안해합니다. 김 수로왕 신화는 권력이 느끼는 이런 불안을 '탈해'라는 외부에서 온 반역자로 표현하고 있습니다. 김 수로왕은 바깥을 향한 불안감을 씻어낼 필요가 있었습니다. 그는 힘=폭력을 선택하지 않고 사랑을 선택합니다. 외부에서 온 허 황후를 맞아들임으로써 김 수로왕은 '자기'를 외부로 개방하는 겸손함을 내보였고, 그것이 결국은 한 나라를 공고히 하는 뿌리로 작용한 것입니다.

3　큰마음으로 연인을 껴안는 사랑
- 인간차사 강님과 큰부인

열여덟 아내를 둔 강님이

　　인간인 강님이 저승차사가 되는 이야기를 하려면 동경국 버무왕의 세 아들 이야기로 거슬러 올라가야 합니다. 버무왕은 일곱 아들을 두었는데, 그 중 세 아들이 열다섯 살을 명으로 해서 태어났습니다. 열다섯 살이 되면 죽는다는 얘기죠. 동관음사 늙은 스님이 열반에 들기 전 제자에게 세 형제를 절에 데려다 목숨을 잇게 하라는 유언을 내립니다. 스승 장례를 치른 제자가 버무왕에게 가 자초지종을 말하자 버무왕은 앞뒤 가릴 것 없이 세 형제 머리를 박박 깎아 절로 보냅니다. 자식 목숨이 달린 일이니 아비 마음이 얼마나 아팠겠어요.

　　절에서 수행을 한 지 삼 년이 지났습니다. 삼 형제는 부모님이 무척 보고 싶었습니다. 스승은 과양 땅을 지날 때 조심하라는 당부를 하고는 출타를 허락했습니다. 스승이 내준 명주와 비단 아홉 필을 짊어지고 절을 떠난 삼형제는 고향에 빨리 가기 위해 발길을 재촉했습니다. 스승이 조심하라고 한 과양 땅에 들어서자 갑자기 배가 고파졌습니다. 배고픔을 이길 사람이 어디 있을까요? 길 건너에 기와집이 보였습니다. 과양생의 집이었습니다. 삼형제는 명주나 비단을 주고서라도 한 끼 밥을 얻어먹으려 그 집 문을 두드렸습니다. 호랑이 굴로 스스로 들어간 셈이죠.

성질이 고약한 과양생 부부는 삼 형제가 지니고 있는 명주와 비단이 탐이 나 한밤중에 그들을 죽이고는 주천강 연못에 버렸습니다. 부부 말고는 아무도 모르게 이 끔찍한 일이 이루어졌습니다. 일주일 후 과양생의 처는 동정도 살필 겸 빨랫감을 주섬주섬 대바구니에 담아 연못으로 갔습니다. 연못은 그전과 마찬가지로 깨끗했는데, 맑은 물 위로 고운 꽃 세 송이가 두둥실 떠 있는 게 보였습니다. 과양생 처는 그 꽃을 건져 집안 곳곳에 걸어놓았습니다. 사방에 내걸린 꽃들은 과양생 부부가 방을 오갈 때마다 얼굴을 치고, 머리를 끄실렀습니다. 참다 못한 과양생 남편이 그 꽃을 화로에 집어넣었습니다. 불에 탄 꽃은 이내 구슬로 변했습니다.

어느 날, 옆집 할미가 불을 빌리러 과양생 집에 왔다가 화로에 있는 구슬을 발견했습니다. 영롱하게 빛나는 구슬에 반한 과양생 처는 할머니에게 몇 푼 찔러주고는 구슬을 받았습니다. 그리고는 구슬을 입에 넣고 이리저리 굴리다가 그만 삼켜버리고 말았습니다. 얼마 후 과양생 처는 태기를 느꼈고, 열 달이 지나 세 아이를 낳았습니다. 삼형제 모두 머리가 영특했습니다. 서당 훈장들도 삼형제를 자랑스레 여길 정도였지요.

열다섯이 되던 해 삼형제는 과거에서 장원급제를 하고 화려하게 고향으로 돌아왔습니다. 과양생 부부는 덩실덩실 춤을 추며 삼형제를 맞이했습니다. 급히 문 앞에 음식상을 차려 삼형제가 문신(門神)에게 절을 하도록 한 부부는 대청 상좌에 앉아 삼형제가 의식을 마치고 집 안으로 들어오길 기다렸습니다. 문 앞에 차린 제상을 향해 세 번 절을 한 삼형제가 갑자기 행동을 멈췄습니다. 이제 일어나 기쁨에 들뜬 부모에게 감사의 절을 할만도 한데, 삼형제는 땅에 엎드린 채 꼼짝도 하지 않는 것이었습니다.

애지중지 기른 삼 형제가 한 날 한 시에 명을 달리하니 얼마나 원통할까요? 과양생 처는 고을 원님에게 삼 형제의 죽음을 밝혀달라는 청원을 넣었습니다. 조사를 해도 뾰족한 원인이 나오지 않으니 원님은 답답하기만 한데, 성질 고약한 과양생 처가 원님을 찾아와 생짜까지 부립니다. 원님 부인이 나섭니다. 부인은 원님에게 아랫사람 중에 제일 똑똑한 이가 누구냐고 묻습니다. 원님 입에서 '강님'이란 이름이 나옵니다. 참 오래 기다렸지요? 여기에 이르러서야 주인공 이름이 나옵니다. 열다섯에 사령이 된 강님은 문 안에 아홉 각시, 문 밖에 아홉 각시 도합 열여덟 아내를 둔 사내입니다. 「구운몽」에 나오는 양소유가 팔선녀를 두었으니, 양소유보다 열이나 많은 아내를 둔 거죠.

아내가 몇 명이든 무슨 상관이냐고요? 가부장제 사회에서 부인이 많다는 건 자식을 많이 둘 수 있다는 거 아닌가요? 사람들은 강님이 능력 있는 이라는 걸 아내 수로 표현한 겁니다. 원님 부인은 사람 힘으로는 사건 해결이 안 되니 저승에 있는 염라대왕을 잡아와 사건을 판결하자고 주장합니다. 참으로 배포가 큰 부인이네요. 아무나 저승에 갈 수는 없습니다. 그에 걸맞은 영웅이 가야 하는데, 아무리 열여덟 아내를 둔 강림이라고 해도 쉽게 저승에 갈까요? 부인이 다시 꾀를 냅니다.

일주일 내내 새벽마다 사령들에게 소집령을 내리는 겁니다. 여색을 탐하는 강님이 소집령을 어길 수밖에 없다고 생각을 한 것이지요. 과연 이레째 되는 날 남문 밖 열여덟째 부인 집에서 늦잠을 잔 강님이 소집령을 어겼습니다. 명령을 어긴 죄인이라 하여 원님은 강님을 그 자리에서 죽이려고 합니다. 놀란 강님이 원님에게 살 방도는 없느냐고 묻습니다. 원님은 저승에 가서 염라대왕을 데려오든지, 아니면 이 자리에서 죽으라고 말합니다. 강님 입장에서는 달리 선택할 게 없죠. 염라대왕을 잡아오겠다고 덜컥 원님과 약속해 버립니다.

이렇게 해서 강님이 죽음을 모면했지만 인간 따위가 어떻게 저승에 갈 거며, 설사 저승에 간다 해도 어떻게 염라대왕을 잡는다는 말입니까? 첩들을 하나하나 찾으며 강님이 자초지종을 이야기하면 첩들은 이내 고개를 돌렸습니다. 이미 죽음을 예약한 사람에게는 더 이상 미련이 없다는 거겠죠. 곰곰이 앞날을 생각하던 강님은 결국 큰부인을 찾아갑니다. 첫 번째로 얻은 부인 말입니다. 시집오고 장가갈 때 한 번 본 후 다시는 찾지 않던 여인이기도 하지요. 가부장제가 공고한 사회였다고 해도, 강님은 참 나쁜 사람이었네요.

　　큰부인이 사는 집에 이르니 방아를 찧는 큰부인이 이내 보입니다. 강님은 아무 말도 없이 방안으로 들어갑니다. 문을 잠그고는 이불을 덮어쓰고 누웠습니다. 큰부인 입장에서는 기가 찰 노릇이지요. 아무리 불러도 대답이 없자 큰부인은 문을 뜯고 방안으로 들어갑니다. 강님이 뚝뚝 눈물을 흘리고 있네요. 큰부인이 까닭을 묻습니다. 강님은 엄마 앞에 앉은 아이처럼 주섬주섬 이야기를 풀어놓습니다. 이야기를 들은 큰부인이 별것 아니라는 듯 자신이 해결하겠다고 나서네요. 이승과 저승이 아직은 이어진 시대라고 해도 염라대왕을 잡아 이승으로 데려오겠다니요. 큰부인이 지닌 배포만은 알아줄 법합니다. 그러고 보면 일은 고을원님과 강님이 처리하지만, 그들을 제어하는 이는 여인들이네요.

　　큰부인은 차근차근 남편을 저승으로 보낼 준비를 합니다. 남자들은 전혀 모르는 일을 여자들은 어떻게 안 걸까요? 옛이야기를 읽을 때마다 드는 의문입니다. 남자는 큰소리를 치며 일만 벌이고 해결은 잘 못합니다. 해결은 여자가 할 몫이죠. 이 이야기에서도 마찬가지입니다. 주인공은 강님이지만, 그는 큰부인이 없으면 그저 울기나 하는 '아기'어른입니다. 큰부인은 저승 문을 들어가기 전에 급한 대목이 닥치거든 쓰라며 명주 전대를 남편 허리에 감아줍니다. 저승길을 갈 때 입을 옷도 챙겨주고, 먹을거리도 정성껏 만들어줍니다. 강님은 그저 큰부인이 하라는 대로 할 수밖에 없습니다. 염라대왕을 잡아올 영웅은 강님이지만, 그 영웅을 다스리는 이는 큰부인인 것입니다.

살아있는 이는 이승 길을 통해 저승길로 갑니다. 큰부인과 헤어지고 남문 밖 동산에 오른 강님은 저승길 갈 길이 여전히 막막합니다. 길바닥에 주저앉아 한참을 울고 있으려니(이 정도면 '울보 강님'이라고 할 수 있습니다) 행주치마를 입고 꼬부랑 막대기를 짚은 할머니가 강님 앞을 허위허위 걸어갑니다. 강님은 남자 가는 길에 여자가 먼저 가는 게 못마땅합니다. 그래 할머니를 따라잡으려고 걸음을 빨리 했는데, 아무리 걸어도 할머니와 거리가 좁혀지지 않네요. 지친 강님이 밥이나 먹으려고 길바닥에 앉으니 앞서가던 할머니도 길가에 앉습니다. 강님이 할머니 앞으로 가서 너붓이 절을 하자 할머니가 어디로 가느냐고 묻습니다. 저승 염라대왕을 잡으러 가는 길이라고 하니 할머니가 그럼 점심이나 같이 먹자네요.

할머니가 내놓은 음식은 강님과 같은 시루떡입니다. 큰부인이 싸준 음식이지요. 할머니가 어떻게 큰부인이 만든 시루떡을 가지고 있느냐고요? 할머니는 조왕할멈이었습니다. 큰부인 정성이 하도 기특해 저승길 가는 강님을 도와주러 친히 나왔답니다. 할머니는 일흔여덟 갈림길이 나오면 어떤 노인이 나올 거라 알려줍니다. 강님은 혼자서 저승길로 가는 게 아닙니다. 큰부인 복을 입은 수많은 신들이 강님을 도와줍니다. 강님은 큰부인이 쌓은 덕과 더불어 저승길을 가는 셈이 되는 거죠.

일흔여덟 갈림길에서 강님은 또 길을 잃고 웁니다. 기다렸다는 듯 백발이 성성한 할아버지가 나타나 길을 알려줍니다. 강님과 할아버지도 음식을 나누어 먹는데 역시 큰부인이 싸준 시루떡입니다. 할아버지는 큰부인 집을 지키는 문신(門神)이랍니다. 할아버지는 일흔여 덟 길을 다 알아야 저승에 갈 수 있다며 일흔여덟 길을 하나하나 읊습 니다. 많고도 많은 그 일흔여덟 길 중에서 강님은 단 하나의 길로만 갈 수 있습니다. 할아버지가 가리키는 길을 보니 참으로 좁고도 좁은 길 입니다. 게다가 길은 무척 험하고 주변에는 딸기 덩굴, 가시덤불이 뒤 얽혀 있습니다.

어차피 돌아서지 못할 길입니다. 할아버지는 이 길을 가다 보면 길 을 닦는 길토래비(저승차사)가 배가 고파 양지 바른 곳에서 졸고 있을 거라고 알려줍니다. 전대에 있는 떡을 그 사람 앞에 놓으면 길이 보일 거라는 말을 하고 할아버지는 갈 길을 갑니다. 강님이 팔을 걷어붙이 고 길을 걷다 보니 진짜로 길토래비가 길가에 앉아 졸고 있습니다. 전 대에서 떡을 꺼내 그 사람 앞에 놓자 길토래비는 허겁지겁 삼세번 끊 어서 떡을 먹습니다.

그제야 눈이 밝아지고 기운이 다시 샘솟은 길토래비는 웬 상황인 지 주변을 둘러봅니다. 신기한 듯 바라보는 강님과 눈이 마주칩니다. 그는 화들짝 놀라 일어나서는 강님에게 어디에서 온 관장이냐고 묻 습니다. 강님이 이승에서 왔다고 하니, 길토래비가 이승 사람이 왜 이 곳에 왔느냐고 다시 묻습니다. 저승 염라대왕을 잡으러 간다는 말을 들은 길토래비는 기겁을 하며 산 사람은 절대로 저승에 못 가는 법이 라고 외칩니다. 순순히 물러설 강님이 아니죠. 음식을 먹은 저승사자 는 반드시 그 값을 치러야 한다는 저승 법칙도 있고요.

길토래비는 저승차사입니다. 음식을 대접받은 저승차사는 어쩔 수 없이 모레 사·오시(巳午時 : 낮 11시~3시 사이)에 염라대왕이 초군문으로 나올 거라고 말합니다. 염라대왕 잡을 방법까지 알려주네요. 그리고는 묻습니다. 저승에 갔다 올 증거물이 있느냐고요. 증거물이라니? 강님은 금시초문입니다. 증거물이 없으면 저승에서 이승으로 돌아올 수 없다고 저승차사가 말합니다. 참 미칠 노릇이네요. 문득 강님은 급한 대목이 있으면 명주 전대를 풀어 보라는 큰부인 말을 떠올립니다. 전대 안에는 동심결, 운삽, 불삽이 있네요. 저승차사가 그걸 보더니 환하게 웃습니다. 그게 바로 저승에서 이승으로 갈 때 쓸 물건들이랍니다. 강님은 다시 한 번 큰부인이 하는 일에 감탄합니다.

　저승차사는 저승 가는 길을 알려준 후 강님의 적삼을 들어 혼을 부릅니다. 강님의 삼혼(三魂)은 순식간에 행기못가에 이르렀습니다. 못가에는 저승에도 못 가고 이승에도 못 온 영혼들이 들끓고 있습니다. 영혼들이 강님 앞으로 우르르 몰려듭니다. 강님은 전대에서 떡을 꺼내 자잘하게 끊어 여기저기로 흩뿌립니다. 배고픈 귀신들이 그리로 몰리는 사이 강님은 눈을 질끈 감고 행기못 속으로 텀벙 뛰어듭니다. 얼마나 시간이 흐른 걸까요? 정신을 차려 보니 강님은 어느새 염라궁으로 들어가는 연추문(延秋門)에 닿았습니다. 멀고도 먼 저승에 드디어 도착한 것입니다. 연추문 기둥에 적패지를 붙이고 강님은 모레가 오기만 기다렸습니다.

염라대왕을 잡은 강님이

저승차사가 말한 그 시간이 되자 염라대왕이 삼만 관속과 육방 하인들을 거느리고 연추문을 나옵니다. 저승차사는 다섯 번째 가마에 염라대왕이 타고 있을 거라고 말했습니다. 연추문 앞에 다섯 번째 가마가 서더니 가마 안에서 커다란 소리가 터져 나옵니다. 연추문에 붙은 적패지가 무엇이라고 묻는 염라대왕 소리입니다. 저승차사가 사실대로 이승 강님이 저승 염라대왕을 잡으러 왔다고 고합니다. 울보 강님이 어떻게 저승을 지배하는 염라대왕을 잡을까요? 확실히 강님이 영웅은 영웅인가 봅니다. 상황이 벌어지자 강님은 봉황새 같은 눈을 번쩍 뜨고 삼각 수염을 드리운 채, 구리쇠 같은 팔뚝을 높이 쳐들고 우레 같은 소리를 지르며 염라대왕에게 달려듭니다.

삼만 관속을 순식간에 물리친 그는 염라대왕 손목에 수갑을 채우고 발에는 차꼬를 채웁니다. 염라대왕 꼴이 말이 아니네요. 염라대왕이 살살 강님을 달랩니다. 아랫녘 자부장자 집에 가서 굿 음식이나 먹자고 하네요. 그 집에 가니 무당이 신들을 청해 들이는데, 강님은 청하지 않습니다. 화가 난 강님이 무당을 잡아 묶으니 무당은 금방 죽을 듯이 새파랗게 얼굴이 질립니다. 외딸아기를 살리는 굿인데 무당이 먼저 죽을 판이니 굿은 엉망이 될 수밖에 없지요. 똑똑한 작은 무당이 강님을 청하지 않아 일이 벌어진 걸 알고 대령상을 내놓았습니다. 강님이 화를 푸니 무당 얼굴에 파릇파릇 생기가 돌아옵니다. 주변 사람들이 권하는 대로 술을 마시다 흠뻑 취한 강님이 잠든 사이 염라대왕이 행방을 감춥니다.

놀란 강님이 허겁지겁 문 바깥으로 나오니 저만큼에서 조왕할머니가 손을 치며, 염라대왕이 새로 변신해 큰 대 꼭대기에 앉았으니 큰 톱으로 대를 끊으라고 알려줍니다. 조왕할머니가 큰부인 공덕에 감복한 할머니인 건 알지요? 강님이 할머니 말대로 하니 염라대왕이 큰 대에서 내려와 강님의 팔목을 잡습니다. 염라대왕은 강님에게 모레 사·오시에 틀림없이 동헌 마당으로 내려갈 거라고 약속합니다. 이승 사람이 저승 대왕을 이긴 겁니다. 염라대왕은 증표로 강님이 적삼에 저승 글자를 써 주었습니다.

일을 끝낸 강님이 이승으로 가려니 갈 방법을 모릅니다. 강님은 염라대왕에게 이승으로 가는 길을 묻습니다. 염라대왕이 흰 강아지 한 마리를 내주네요. 돌래떡을 조금씩 끊어 먹이며 강아지를 달래랍니다. 그러면 이승으로 가는 길을 알 수 있다네요. 강아지가 걷는 걸 싫증낼 때마다 강님은 돌래떡을 뜯어 강아지에게 주었습니다. 한참을 그러며 강아지를 따라가니 행기못이 보였습니다. 앞장서 가던 강아지가 갑자기 강님의 목덜미를 물고는 행기못으로 날쌔게 뛰어들었습니다. 강님은 아찔한 상태로 눈을 감았다가 떴는데 바로 이승 길에 와 있었습니다.

칠흑 같은 어둠 속에서 저쪽으로 희미한 불빛이 보입니다. 가까이 가 문 안을 보니 한 여인이 나와 "설운 낭군님, 살아 계시거든 하루바삐 돌아오고, 죽었거든 기일 제사 많이 받아 가옵소서."라고 말하며 음식물을 뿌리고는 방안으로 들어갑니다. 강님이 잽싸게 여인을 불렀습니다. 여인은 저승에 간 남편 강님의 삼년상 첫 제사가 되는 날이라

손님을 들일 수 없다고 말합니다. 밖에 있는 사람이 강님인 걸 모르고 하는 소리죠. 강님은 이렇게 큰부인과 다시 만납니다. 저승에서 3일을 보냈는데, 이승에서는 3년이 흘렀나 보네요. 참 알다가도 모를 이승과 저승의 시간입니다. 호시탐탐 큰부인을 노리던 옆집 김 서방이 관가에 강님을 신고했습니다. 원님은 얘기를 들을 것도 없이 강님을 감옥에 처넣었습니다.

염라대왕이 약속한 날이 왔습니다. 쾌청하게 맑은 하늘에 갑자기 시커먼 구름이 일기 시작합니다. 오색 무지개가 갑자기 동헌 마당에 걸리더니 천지가 진동하는 소리와 함께 염라대왕 행차가 동헌 마당에 들어섰습니다. 원님조차 이 상황이 두려워 동헌 기둥 뒤에 숨었습니다. 염라대왕은 사방을 둘러보다 옥 안에 갇힌 강님을 발견했습니다. 강님이 기둥 뒤에 숨은 원님을 부릅니다. 온몸을 떠는 원님을 향해 염라대왕이 큰소리로 자기를 청한 이유를 묻습니다. 원님은 그저 바들바들 몸만 떨 뿐 아무 말도 못 하네요. 보다 못한 강님이 염라대왕에게 저승 왕도 왕이고 이승 왕도 왕인데, 왜 그리 아랫사람 다루듯 하느냐고 따집니다. 그 말을 들은 염라대왕이 목소리를 낮추어 원님에게 자기를 청한 이유를 다시 묻습니다.

원님이 과양생 처 이야기를 합니다. 한날한시에 태어나 한날한시에 장원급제를 하고 한날한시에 죽은 삼형제 말입니다. 염라대왕이 이 사건을 모를 리 없습니다. 인간은 모르는 진실을 아는 염라대왕이잖아요? 염라대왕이 과양생 부부를 불러 삼형제를 어디에 매장했느냐고 묻습니다. 앞밭에 묻었다고 하니 염라대왕은 부부가 직접 땅을 파도록 합니다. 과양생 부부가 땅을 파니 무덤 속에는 아무것도 없고 칠성판(七星板)만 보이네요. 말문이 막힌 부부를 염라대왕은 연화못으로 데려갑니다. 금부채로 못물을 세 번 때리니 못물이 순식간에 말라 버리고 이내 뼈만 남은 버무왕 아들 삼형제가 나타납니다. 염라대왕은 뼈들을 차례차례 모아 놓고 금부채로 세 번 때렸습니다. 놀랍게도 죽은 삼형제가 발딱 일어나 기지개를 쫙 켭니다.

염라대왕이 과양생 부부에게 이 삼형제가 너희 아들이냐고 묻습니다. 과양생 부부가 똑같다고 대답하자 버무왕 아들 삼형제가 활 받아라, 칼 받아라 하며 그 부부를 죽일 판으로 설칩니다. 염라대왕이 만류합니다. 그리고는 원수는 자기가 갚아줄 테니 어서 부모님을 찾아가라고 삼형제에게 말합니다. 다시 살아난 삼형제는 염라대왕에게 큰절을 하고 길을 떠납니다. 과양생 부부는 어떻게 되었느냐고요? 염라대왕은 소 여러 마리를 끌어오게 했습니다. 과양생 부부의 팔다리에 각각 소 한 마리씩을 묶어 몸을 갈가리 찢었습니다. 찢어지다 남은 건 방아에 넣어 빻은 다음 바람에 날려 버렸는데, 그 가루들은 각다귀나 모기가 되어 사방으로 날아갔답니다. 살아있을 때도 남의 피를 빨아먹던 과양생 부부는 죽어서도 모기가 되어 남의 피를 빨아먹는 신세가 된 겁니다.

큰부인의 공덕은 어디로

일을 끝낸 염라대왕은 자신을 이승으로 끌어내린 강님이 무척 탐납니다. 저승에서 일을 시킬 욕심에 염라대왕은 원님에게 강님을 빌려달라고 합니다. 원님이 받아들일 리 없지요. 염라대왕을 잡아 올 실력이면 이승에서는 누구도 넘보기 힘든 최고 실력자니까요. 염라대왕은 그럼 강님을 반씩 나누자가 말합니다. 사람을 어떻게 반으로 나누느냐고요? 사람에게는 육신과 혼이 있잖아요. 원님은 바보처럼 육신을 선택합니다. 염라대왕은 얼씨구나 하며 혼을 선택하죠. 원님은 육신이 있어야 일을 할 수 있는 거라고 생각했지만, 영혼 없는 육신이 무슨 소용인가요? 영혼이 빠진 육신은 죽은 거나 마찬가지지요. 뒤늦게 큰부인이 달려왔지만 죽은 이를 어떻게 살릴 수 있나요? 이승에 남은 큰부인만 불쌍하게 된 거지요.

저승으로 간 강님은 어느 날 염라대왕에게 분부를 받습니다. 여자는 칠십, 남자는 팔십이 되면 차례차례 저승으로 오도록 하는 법을 이승에 전하라는 명입니다. 적패지를 등에 지고 강님은 이승으로 향했습니다. 참으로 먼 길입니다. 한 반이나마 왔을까요, 강님이 길가에 쉬고 있으려니 까마귀 한 마리가 날아와 적패지를 자기 날개에 끼우면 이승에 붙이고 오겠다고 말합니다. 강님이 마다할 이유가 없지요.

까마귀는 이승으로 잘 날아가 임무를 완수했을까요? 그럴 리가 없습니다. 지금 우리 사는 세상이 어디 태어난 순서대로 죽던가요. 말고기에 눈이 먼 까마귀가 적패지를 땅에 떨어뜨렸는데, 그걸 그만 뱀이 먹어버렸네요. 내용을 제대로 모르는 까마귀가 이승에서 '아이 갈 데 어른 가십시오.' '어른 갈 데 아이 가십시오' 따위를 외쳤답니다. 믿거나 말거나 이야기이긴 하지만 옛사람들이 죽음을 생각하는 방식이 여기에는 잘 드러나 있습니다. 순서대로 데려가지 않는 저승 염라대왕에 대한 원망도 얼마간 스며들어 있겠죠.

강님이 삼천 년을 산 동방삭을 잡아들인 이야기도 나옵니다. 동방삭을 잡을 꾀를 생각하던 강님은 이승으로 내려와 숯을 몇 말 구했습니다. 사람 왕래가 많은 길가 시냇물에 숯을 담그고 그는 바드득바드득 숯을 씻기 시작했습니다. 며칠 간 그랬더니 건장한 사내 하나가 지나다가는 왜 숯을 씻느냐고 묻습니다. 검은 숯을 백일 씻으면 백탄(白炭)이 되어 백 가지 약이 된다고 강님이 대답하지요. 사내가 기가 막혀 동방삭이 삼천 년을 살아도 그런 말 듣기가 처음이라고 말합니다. 강님은 대뜸 사내에게 달려듭니다. 그 사내가 바로 동방삭이었던 겁니다. 다른 저승차사들은 못 잡는 동방삭을 강님이 잡았으니 염라대왕이 얼마나 기뻤겠어요. 염라대왕은 드디어 강님을 사람 잡아오는 인간차사로 임명합니다.

강님 이야기에 초점을 맞추다 보니 큰부인 이야기는 소홀히 넘어갔습니다. 사실 큰부인과 관련된 이야기는 강님을 저승에 보내는 일에 한정되어 있기도 하고요. 가부장제 사회에서는 언제나 남자가 영웅이 되어야 합니다. 큰부인이 없었다면 강님이 과연 저승 문턱에나 갈 수 있었을까요? 강님에 비한다면 큰부인은 이승과 저승을 두루 경험한 인물입니다. 가부장제 사회에서 남자로 태어나지 못한 그녀는 오로지 강님을 남편으로 받드는 역할만 수행합니다. 강님은 큰부인을 통해 위기를 극복하고, 염라대왕의 심복이 됩니다. 큰부인은 그저 강님의 그림자로만 남게 된 셈이지요.

집안에 있는 신들은 큰부인의 정성에 감명을 받아 강님을 도와줄니다. 염라대왕을 잡는 과정에서 강님이 하늘이 내준 힘을 발휘하는 장면이 나오지만, 어찌 보면 그것은 이승과 저승을 잇는 큰부인의 힘에는 한참이나 미치지 못합니다. 그런데도 그녀는 강님을 따라 저승으로 가지 않습니다. 염라대왕이 꼼수를 부려 강님을 죽여도 큰부인은 그저 제 신세를 한탄하며 남편의 장례나 성대하게 치를 뿐입니다. 이야기를 만든 이들은 왜 큰부인에게 힘을 주고는 그 힘을 오직 강님을 위해서만 사용하게 한 걸까요?

힘든 상황에 처할 때마다 강님은 울기부터 합니다. 큰부인 정성으로 저승 가는 길에 오르고, 저승을 가는 도중에 일어나는 험난한 일도 강님은 큰부인이 쌓은 공덕으로 해결합니다. 염라대왕을 잡는 장면에서만 강님은 제 능력을 드러냅니다. 아, 차사가 되어서도 강님은 다른 차사들은 해결하지 못하는 일을 해결하긴 했네요. 어쨌든 탁월한 능력을 타고난 강님이지만, 그가 진정한 영웅으로 거듭나는 과정에 큰부인의 공덕이 커다랗게 작용하고 있다는 사실을 부정할 수는 없습니다.

강님이 지닌 힘을 안 염라대왕은 강님을 저승으로 데려갑니다. 강님을 키운 큰부인은 지상에 그냥 놔두고요. 염라대왕 마음에 큰부인은 없다고 해도 무방합니다. 큰부인의 역할은 분명한 한계를 지은 대신 이야기꾼은 오로지 강님만을 위대한 영웅으로 그려냈습니다. 영웅은 남자밖에 될 수 없다는 가부장적 사고방식을 그대로 이야기 속에 투영한 겁니다. 강님은 해결하기 어려운 일이 생겨야만 큰부인을 찾습니다. 말 그대로 큰부인을 어머니와 같은 존재로 생각한 것이지요.

그래서일까요, 강님이 큰부인을 애틋한 마음으로 바라보는 장면이 이 이야기에는 나오지 않습니다. 그는 큰부인이 닦은 공덕을 이어받아 큰 공을 세울 뿐입니다. 남자 영웅을 내세우면서도 그 이면에 스민 여 인의 힘을 완전히 감추지 못했다고나 할까요.

2부

사랑이라는 환상

4   나무꾼은 왜 선녀의 옷을 숨겼을까
- 선녀와 나무꾼

나무꾼의 이야기

당신과 지상에서, 하늘에서 보낸 일이 꿈만 같습니다. 한때는 한 집에서 어머니를 모시고 아이들을 기르며 살았지요. 부부 인연은 하늘이 맺어준 것이라지요. 하늘이 맺어주지 않으면 될 수 없는 부부 관계를 우리는 맺었고, 아이 셋이 우리 품속으로 들어왔지요. 어머니와 당신과 아이 셋을 볼 때마다 저는 가슴이 뿌듯했어요. 가난한 나무꾼의 아들로 태어나 일찍 아버지를 여의고 홀어머니 밑에서 자랐지요. 가난한 집안의 홀어미 밑에서 제대로 배우고 제대로 먹기나 했겠어요.

지게 질 힘이 생기자 지게를 지고 여기저기 산을 헤매며 나무를 해서 시장에 팔아 어머니와 제 입에 풀칠을 했습니다. 외딴 산속에 어머니와 단 둘이 사는 삶이 무슨 재미가 있었겠어요. 어찌 하면 이 산속을 벗어나 대처로 나갈까 궁리하기도 했지만, 이곳을 벗어나 살 자신이 사실 없었어요. 여긴 나무라도 베어 시장에 팔 수 있지만, 대처에 나가 살면 무슨 수로 우리 두 사람 입에 풀칠을 할까 하는 생각이 마음을 꽉 메우고 있었지요.

당신을 만난 건 저에게는 엄청난 행운이고 기쁨이었어요. 당신과 살면서 생각하곤 했지요. 그날 만약 사냥꾼이 사냥을 하지 않았다면, 그날 만약 당신이 있는 곳을 알려준 노루가 사냥꾼에게 쫓기지 않았다면, 그날 만약 제가 도와달라는 노루의 말을 외면했다면, 당신과 저는 만날 수 없었겠지요. 인간의 힘을 벗어나 있는 하늘이 우리를 부부 연으로 맺어준 것이라고 생각하면서 저는 당신이 그토록 찾던 선녀 옷을 깊이깊이 감추었습니다.

노루는 당신이 있는 곳을 알려주며 아이 네 명을 낳을 때까지는 선녀 옷을 내주지 말라고 했습니다. 노루가 알려준 연못에서 저는 처음 당신을 보았습니다. 선녀들이 내려온다는 연못을 알려주며 노루는 마음에 드는 선녀의 옷을 감추라고 했지요. 그럼 옷을 잃은 선녀는 하늘로 올라가지 못한다고. 저는 반은 믿고 반은 미심쩍어하며 보름달이 뜬 밤 서쪽 봉우리를 넘어 노루가 말한 곳으로 발을 옮겼습니다. 제가 구해준 노루가 설마 저를 죽을 자리로 내몰지는 않겠지 하는 마음이 컸지요.

정말로 그곳에 연못이 있었습니다. 노루는 밤이 깊어 달이 중천에 뜨면 선녀 셋이 목욕을 하러 내려온다고 했습니다. 과연 보름달이 중천에 들자 하늘에서 선녀 셋이 날개옷을 입고 훨훨 날아 아래로 내려오는 것이었습니다. 가슴이 두방망이질을 쳤습니다. 선녀들은 못가에 날개옷을 벗어놓고 목욕을 시작했습니다. 어머니 외에 여자와는 말을 섞어본 적도 없는 저였습니다. 몰래 숨어 목욕하는 여자들을 훔쳐보는 일이 뭔가 께름칙하면서도 저는 노루 말을 따라 셋째 선녀 날개옷을 감췄습니다. 당신의 날개옷 말입니다.

목욕을 마친 선녀 둘은 못가로 나와 날개옷을 입었습니다. 당신만 홀로 날개옷을 입지 못하고 여기저기를 두리번거렸습니다. 저는 바위 뒤에 숨어 옷을 입은 두 사람이 얼른 사라지길 기다렸습니다. 셋이서 새벽닭이 울 무렵까지 날개옷을 찾더군요. 새벽닭이 울면 잠을 자던 사람이 깨어나는 시간이 됩니다. 선녀들은 하늘나라로 올라가야 할 시간인 것이지요. 과연 옷을 입은 두 사람이 먼저 날개옷을 입고 훨훨 날아 하늘나라로 올라갔습니다.

당신은 하늘로 올라가는 두 언니를 보다가 그만 못가에 주저앉아 훌쩍훌쩍 울었습니다. 제 마음은 어땠냐고요? 사실 그때 제 마음은 하늘을 날듯이 기뻤습니다. 언니들과 헤어진 채 낯선 공간에 홀로 떨어진 당신 마음을 헤아릴 겨를이 저에게는 없었습니다. 당신이 지상에 남으면 제 아내가 될 테고, 그러면 부부가 되어 행복하게 살면 되는 거라고 저는 생각했습니다. 그런 마음으로 저는 시치미를 뗀 채 당신 앞에 나섰습니다. 깜짝 놀라 눈을 크게 뜨고 두려움에 떨며 저를 바라보던 당신의 모습이 떠오릅니다. 그 다음부터는 당신도 아시는 대로입니다.

지상에 남은 당신이 어디로 갈 수 있을까요. 하늘로 올라가려면 날개옷이 있어야 하는데, 날개옷은 이미 제가 감춘 상황이었으니까요.

도를 닦는 선녀라 그런지 체념도 그만큼 빠르더군요. 저는 당신을 데리고 허름하지만, 그래도 비와 눈을 피할 수 있는 집으로 갔습니다. 어머니가 참 기뻐하셨지요. 가난해서 혼인은커녕 변변한 여자 하나 만나지 못하는 젊은 아들을 불쌍해하는 어머니였습니다. 그렇게 셋이 한 가정을 이루어 살았습니다. 처음에는 어색한 느낌도 없지 않았지만, 시간이 흐르자 어색함은 자연 친밀함으로 바뀌었습니다. 아이도 셋을 낳았지요. 당신도 하늘 생활을 잊고 인간 생활에 젖어든 것이 아닌가 하는 생각까지 들었습니다.

제가 왜 노루 말을 어기고 당신에게 날개옷을 내어주었냐고요? 당신은 원래 지상에 살아야 할 사람이 아니었지요. 하늘나라에서 살아야 할 여자가 날개옷을 잃고 지상에 내려와 고생하는 게 저는 참 안쓰러웠습니다. 제가 날개옷을 감추지 않았다면 당신은 하늘나라에서 편하게 살았을 테지요. 지금 생각하면 그때 모질게 마음을 먹고 견뎌야 했다는 생각이 듭니다. 참 모진 사람이라고요? 당신을 사랑하는 마음이 그만큼 깊은 것으로 받아주면 안 될까요? 당신 얼굴에 그늘이 드리울 때마다 저는 날개옷을 내주고 싶은 마음과, 그러면 안 된다는 마음 사이에서 갈등을 했습니다. 결국 당신에게 날개옷을 내어주었습니다. 아이를 셋이나 두고 설마 하늘나라로 돌아갈까 하는 마음이 강했지요.

깊이깊이 숨겨둔 날개옷을 내어준 바로 그날, 당신은 아이 둘을 양팔에 안고 하나는 등에 업고 하늘로 훨훨 날아가 버렸습니다. 제가 산에서 나무를 하는 사이 당신은 세 아이를 안고 저를 떠나버린 겁니다.

당신 품에 안겨 하늘을 나는 아이들이 나무를 하는 저를 보고는 '아버지!' 하고 불렀습니다. 저는 어떻게 할 방법이 없었습니다. 보름달이 뜬 그 밤 날개옷을 입고 어쩔 줄 몰라 하던 당신과 같은 신세가 된 것입니다. 당신은 그저 하늘만 바라보았습니다. 십 년 가까운 세월을 살을 맞대며 산 정이 있는데, 이렇게 훌쩍 떠나버린 당신이 많이 원망스러웠습니다.

나무 베는 걸 그만두고 집으로 돌아오니 어머니가 발을 동동 구르며 하늘만 바라보고 있었습니다. 어미가, 어미가 애들을 안고 하늘로 날아갔다는 말을 어머니는 반복했습니다. 저는 마당에 주저앉아 땅을 치며 울었습니다. 처음에는 그저 당신과 헤어진 것이 슬퍼서 울었습니다. 슬픔은 이내 남편을 저버리고 떠난 당신을 향한 분노로 바뀌었습니다. 떠나려면 혼자 떠나지 아이들까지 데려가면 이 쓸쓸한 곳에서 저 혼자 어찌 살란 말입니까.

저는 며칠 동안 잠도 못 자고 밥도 못 먹고 끙끙 앓았습니다. 목숨을 끊고 싶어도 어머니가 살아있으니 목숨조차 끊기 힘들었습니다. 어머니는 산 사람은 살아야 한다는 말로 저를 위로했습니다. 저는 눈과 귀와 입을 막아버렸습니다. 스스로 끊지 못할 목숨이라면 눈과 귀와 입이라도 막은 채 그저 죽은 듯 있고 싶었습니다. 곡기를 끊으니 당신을 향한 분노도 많이 가라앉았습니다. 한편으로 당신에게 못 된 짓을 한 것은 제가 먼저라는 생각도 들었습니다. 그래도 저를 버리고 떠난 당신을 용서할 수는 없었습니다.

그러다 문득 저는 노루를 생각했습니다. 노루를 만나면 뭔가 해결

책이 나올 것 같은 생각이 들었습니다. 곧바로 무거운 몸을 일으켜 노루를 구해준 곳에 가서 날마다 나무를 했습니다. 며칠이 흐른 뒤에야 겨우 그 노루를 보게 되었죠. 노루는 날개옷이 사라진 사건이 벌어진 이후 더 이상 하늘에서 선녀들이 내려오지 않는다고 말했습니다. 다만 보름달이 뜬 밤에 하늘에서 두레박이 내려와 물을 길어 하늘로 올린다고 했습니다. 두레박을 타면 하늘로 올라갈 수 있다는 것이지요.

살 길이 열렸다는 생각에 저는 노루를 끌어안고 고맙다는 인사를 여러 번 했습니다. 저에게 노루는 생명의 은인과도 같은 존재입니다. 당신을 만나게 해주었고, 하늘로 떠난 당신과 다시 만날 길을 열어주었으니 이만하면 제 생명을 두 번이나 살려준 셈이 아닌가요. 보름달이 뜬 날 밤 저는 당신을 만난 연못으로 갔습니다. 한밤중이 되니 하늘에서 줄에 묶인 두레박이 내려오더군요. 얼른 두레박에 올라탔습니다. 두레박을 타고 하늘나라로 올라가니 아이들이 알아보고 먼저 달려와 안깁니다. 저는 세 아이를 모두 한 품에 끌어안았습니다. 얼마나 오랜만에 아이들을 안았는지. 아이들을 뒤따라온 당신은 제 손을 부여잡으며 옷고름으로 눈물을 훔쳤지요.

아이들과 당신을 보자 원망이나 분노는 씻은 듯이 사라졌습니다. 당신과 아이들만 있다면 하늘나라에서 살아도 상관이 없었으니까요. 난데없이 하늘나라 군사들이 달려들어 제 몸을 밧줄로 묶고는 옥황상제 앞으로 데려갔습니다. 옥황상제는 세 가지 시험을 통과해야 하늘나라에서 살 수 있고, 그러지 못하면 목숨을 잃을 것이라고 말했습니다. 간신히 하늘나라로 올라와 당신을 만났는데, 잘못하면 목숨을 잃을 상황이라니요.

돼지로 변한 옥황상제를 찾는 게 첫 번째 과제였고, 어딘가에 숨은 저를 옥황상제가 찾지 못하게 하는 게 두 번째 과제였습니다. 세 번째 과제는 옥황상제가 함부로 쏜 화살을 찾아오는 일이었습니다. 사람인 제가 돼지로 변신한 옥황상제를 어찌 찾을 거며, 옥황상제 손바닥 위에서 어찌 몸을 숨길 거며, 눈에 보이지 않는 화살을 어찌 찾을 수 있겠습니까. 당신이 제게 실마리를 풀어주지 않았다면 저는 아무것도 하지 못하고 목숨을 잃었을 것입니다.

마지막 과제는 지금도 제 가슴을 서늘하게 합니다. 당신이 알려준 대로 화살을 찾아 궁으로 돌아오는데 갑자기 까마귀 한 마리가 날아와 화살을 낚아채 하늘로 내빼는 겁니다. 발을 동동 구르며 하늘을 쳐다보는데 하늘 저쪽에서 솔개 한 마리가 날아와 까마귀가 물고 있는 화살을 채서는 멀리 날아가 버리더군요. 까마귀든, 솔개든 제 손에 화살이 없으니 이제 영락없이 죽게 되어버린 거지요. 그런데, 당신이 잃어버린 화살을 들고 저를 기다리고 있는 것이었습니다. 까마귀로 변한 옥황상제가 화살을 낚아채자 당신은 솔개로 변해 다시 빼앗은 것이지요.

그 말을 들으며 저는 감격의 눈물을 흘렸습니다. 한자리에 앉아 밥을 먹고 산 정이 어찌 쉬이 사라질까 하는 생각도 들었지요. 일이 또 거기서 마무리가 되었으면 얼마나 좋을까요. 하나가 해결되면 또 하나의 문제가 늘 생기는 게 사람들 삶이라던가요. 당신과 아이들을 찾기 위해 하늘나라로 올라온 것까지는 좋았는데, 지상에 있는 어머니가 자꾸만 눈에 밟혔습니다. 문득 노루 말이 생각나더군요. 하늘로 올라가려면 어머니와 완전히 인연을 끊어야 한다는 말이요. 저는 그때 그 말을 그냥 흘러들었습니다. 무슨 일이 어떻게 벌어질지 몰랐으니까요. 그제야 노루가 무엇을 말하는지 알겠더군요.

내내 시름에 빠져있다 보니 몸이 견디지 못했습니다. 보다 못한 당신이 옥황상제께 부탁을 해 제가 지상에 잠깐 내려가 어머니와 만나도록 해주었습니다. 지상으로 내려가는 날, 당신은 옥황상제가 내주는 날개 달린 말 가운데 비루먹은 말을 타고 지상에 내려가라고 했습니다. 지상에서 말이 세 번 울기 전에 다시 말을 타고 하늘로 올라와야 한다는 말까지 덧붙이면서요. 저는 별다른 생각 없이 고개를 끄덕였습니다.

마구간에 갈 때까지는 당신이 알려준 대로 비루먹은 말을 타려고 했습니다. 그런데 제일 살지고 힘세 보이는 말을 보자마자 저는 생각을 바꾸었습니다. 빨리 지상으로 내려가고 싶었거든요. 저는 당신의 말을 어기고 힘은 세지만 성질이 급한 말을 타고 지상으로 내려왔습니다. 죽은 줄 알았던 아들이 돌아왔으니 어머니가 어땠겠어요. 저를 끌어안고는 눈물을 흘리며 한사코 떨어지지 않으려 했습니다. 간신히 어머니 몸에서 떨어져 저는 하늘나라에서 벌어진 일을 얘기했습니다.

얼마 지나지도 않은 것 같은데 성질 급한 말이 '히힝' 하고 우네요. 세 번 울기 전에 말을 타야 한다는 당신의 말이 떠올라 저는 급하게 어머니께 인사를 하고 말을 타려고 했습니다. 오랜만에 만난 어머니가 저를 보내줄 리 없지요. 다음에 오면 어머니도 하늘나라로 모셔갈 거라고 얘기해도 소용이 없었어요. 어머니는 빈 입으로 보낼 수 없다며 박속을 긁어 기름에 지진 걸 먹고 가라고 했습니다. 말이 한 번밖에 울지 않았으니 아직은 괜찮다는 마음으로 저는 박속 지진 것을 맛있게 먹었지요. 먹는 도중에 말이 다시 한 번 울었습니다.

이제 두 번 울었으니 그만 가봐야겠다고 일어서는데, 성질 급한 이놈의 말이 '히힝' 하고 세 번째 울음을 내고는 혼자서 하늘로 날아가버렸습니다. 저는 소리를 지르며 마당으로 뛰쳐나왔지만 하늘로 날아간 말은 돌아오지 않았습니다. 뒤늦게 나온 어머니가 하늘을 보며 어쩌나, 어쩌나 흐느끼며 마당을 맴돌았습니다. 참 얄궂은 운명이네요. 당신과 아이들을 보면 어머니와 떨어져야 하고, 어머니와 있으면 당신과 아이들을 볼 수 없다니.

다음 날부터 노루를 다시 찾았지만, 노루는 두 번 다시 내 앞에 나타나지 않았습니다. 보름달이 뜬 날 밤 당신과 만난 연못으로 가도 아무 일도 일어나지 않았습니다. 지금은 하늘에 있는 당신, 간혹 가다 제 생각을 하기도 하나요? 아이들이 아버지는 왜 오지 않느냐며 당신에게 묻지는 않나요? 제 마음을 가둔 이 몸이 사라지면 저는 당신이 있는 하늘나라로 돌아갈 수 있을까요? 왠지 모르지만 몸이 사라져도 당신을 다시는 만날 수 없다는 생각이 자꾸만 듭니다.

사냥꾼에게 쫓기던 노루는 왜 하필 제 앞에 나타났을까요? 그 일이 없었다면 이렇게 큰 아픔에 빠지지 않았을 텐데 말입니다. 노루는 또 왜 제게 하늘나라로 올라갈 길을 알려주었을까요? 그때 죽어버렸으면 이런 커다란 아픔에 또 다시 빠지지는 않았을 텐데요. 하긴 누구를 탓할까요. 노루가 알려준 연못을 찾아간 건 분명 제 뜻이었던 걸요. 다시 그날로 돌아가면 저는 어떤 선택을 하게 될까요? 다시 당신을 만나기 위해 연못으로 발걸음을 옮길까요?

문득 이런 생각도 들더군요. 산 사람은 하늘나라에서 살 수가 없는 거라고. 저는 애초부터 하늘나라에서 살 수 없는 사람인 거였다고. 똑똑한 당신이 그것을 모를 리가 없겠지요. 그래서 그토록 저를 도와준 것인지도 모르고요. 그러고 보면 저는 노루 말을 어기고 당신을 잃었고, 당신 말을 어기고 또 당신을 잃은 거네요. 참으로 어리석은 놈. 조금만, 조금만 더 신중하게 생각을 했다면 당신과 헤어지는 일은 없었을 텐데. 서러우냐고요? 네 서럽습니다. 가슴 저 깊은 곳에서 밀려오는 서러움이 제 몸을 쓸어갈 정도로 서럽습니다. 더 이상 흘릴 눈물조차 없는데도 눈물을 흘려야 하는 이 상황이 저를 참으로 서럽게 합니다.

선녀의 이야기

당신이 비루먹은 말을 선택하지 않으리라는 걸 알면서도 저는 당신에게 비루먹은 말을 선택해야 한다고 알려주었어요. 그래도 혹시나 하는 마음이 있었지만, 당신은 역시나 비루먹은 말을 고르지 않더군요. 뭐 화가 나거나 서럽지는 않았어요. 지상에서처럼 아비를 찾을 아이들이 잠깐 신경 쓰였지만, 하늘나라에 사는 아이들에게 아비와 어미라는 게 무슨 소용이 있겠어요. 모두 하늘의 자식들인데.

목욕하던 연못에서 당신과 처음 마주친 날을 떠올립니다. 얼마나 수치스러웠는지. 당신은 상기된 얼굴로 제 앞에 나타나 함께 집으로 가자고 말했지요. 집이라니! 제 집은 하늘에 있는데, 당신은 집으로 가자는 말을 온몸을 떨며, 하지만 분명하게 내뱉었습니다. 옥황상제를 모시고 하늘나라에서 생활하던 일을 생각했어요. 당신 몸에서 풍기는 그 지독한 냄새를 맡자마자 제가 살 곳은 하늘나라라는 걸 사무치게 느끼기도 했지요. 저는 당신에게 애원했어요. 제발 날개옷을 돌려달라고. 날개옷을 돌려주면 평생 은혜로운 마음을 간직하며 살겠다고. 순박해 보이는 당신의 눈을 바라보며 정말 간절하게 이야기했지요.

당신은 끝내 제 소망을 들어주지 않았습니다. 새벽 첫 닭이 우는 소리가 멀리서 들려올 때 저는 더 이상 하늘로 올라갈 수 없다는 걸 깨달았습니다. 애초부터 제 소망을 들어줄 사람이었으면 이리 몰래 바위 뒤에 숨어 목욕하는 선녀들을 훔쳐보지는 않았겠지요. 저는 달리 선택할 게 없었습니다. 여기서 죽거나, 아니면 당신을 따라가거나. 당신을 떠나 저자로 나가는 길도 있었지만, 그것은 또 다른 사람들을 만나는 일이었기에 지레 그만두었습니다.

당신은 앞서 걷고 저는 당신이 준 허름한 옷을 입은 채 뒤를 따랐습니다. 당신을 따라가면서도 지금 이 운명을 되돌릴 수 있으면 얼마나 좋을까 생각했습니다. 하필 두 언니 옷이 아니라 제 옷을 감춘 당신이 원망스럽기도 했습니다. 운명이라는 말을 떠올리다가도 고개를 흔들어 '운명'이라는 그 말을 떨쳐내려고 했습니다. 얼마나 걸었을까요, 허름한 초가가 하나 보였어요. 당신과 어머니 둘이 사는 집이었지요. 이렇게 허름한 곳에서 낯모르는 사람들과 살아야 하는 신세를 곱씹으며 저는 사립문 안으로 들어섰습니다.

작은 마당에 서 있던 노인이 당신을 보고는 왜 이리 늦었느냐고 꾸짖듯이 말을 했습니다. 당신이 대답할 새도 없이 노인은 저를 보고 깜짝 놀라 누구냐고 물었지요. 당신은, 지금도 똑똑히 기억합니다, 색시가 될 사람이라고 말했어요. 색시라니! 내가 인간의 색시가 되다니. 이미 알고 따라왔으면서 그 말을 들으니 가슴 한쪽이 무너져 내리는 듯했어요.

인간의 색시가 되려고 하늘나라에서 그토록 힘든 수행을 했던 게아니었어요. 옥황상제 곁에서 열심히 수행을 하면 분명 깨달음을 얻을 거라는 스승들의 말을 곱씹으며 저는 하루하루 힘들기만 한 하늘생활을 견뎌냈지요. 그런데, 색시라니요. 제가 원한 것도 아니고, 날개옷을 훔친 사내의 색시가 되어야 한다니요. 저는 마당을 뛰쳐나가고싶었어요. 하늘나라에서 내려온 군사가 저를 찾을지도 모른다는 생각도 들었지요. 하지만 몸이 움직여지지 않더군요. 집안에서 풍겨오는지독한 인간의 냄새가 제 몸을 마비라도 시킨 걸까요.

'색시'라는 말을 듣자마자 노인은, 이제는 어머니라고 해야겠지요, 어머니는 손뼉을 치며 저를 반겼어요. 두 손으로 내 팔을 쓰다듬으며아이고, 어디에 있다가 이제야 나타난 거냐며 눈물을 흘렸지요. 어머니 몸에서는 참기 힘든 냄새가 올라왔어요. 손으로 코를 쥘 수는 없어저는 그 자리에 서서 마냥 활짝 웃음을 짓는 어머니 얼굴을 바라보았지요.

그날 아침 맑은 물 한 잔을 상 위에 놓고 우리는 혼례식을 올렸어요. 상대를 향해 절을 한 번씩 하는 게 혼례식의 전부였지요. 그날부터 가족이라는 이름으로 묶여 우리는 생활을 같이 하게 되었지요. 다른 것은 몰라도 어머니와 당신 몸에서 나는 냄새를 참기가 참 힘들었어요. 처음에는 당신과 한 방에 있다가 속이 울렁거려 몇 번이나 방을 뛰쳐나오기도 했지요. 당신은 그저 생활환경이 바뀌어서 그런 거라고 생각하는 듯했어요. 하긴 당신이 어떻게 하늘나라 생활을 알겠어요. 육식을 전혀 하지 않고 하늘에서 나는 깨끗한 음식만 먹는 그 생활을.

그런데 참 묘한 게 사람의 몸이더군요. 어느 순간부턴가 당신 몸에서 냄새가 나지 않는 거였어요. 첫 아이가 뱃속에 들어설 때쯤이었을 거예요. 사내와 결혼을 해서 아이를 낳을 거라는 생각을 하늘나라에서는 전혀 하지 않았지요. 저에게는 더욱 중요한 게 있었으니까요. 그런데 뜻하지 않게 당신을 만나 아이까지 임신하고 보니, 문득 이게 정말로 제게 부여된 삶은 아닐까 하는 생각이 밀려들었어요.

뱃속에 들어선 아이 때문인지 그전에는 입에 대기도 싫던 음식들을 먹을 수 있게 되었어요. 무슨 수가 낫는지 당신은 시장에 나가 그 귀한 고기를 사오기도 했지요. 하늘나라라면 눈도 돌리지 않았을 고기를 저는 허겁지겁 집어먹었어요. 전혀 비리지가 않았지요. 그렇게 첫 아이를 낳고, 둘째 아이를, 셋째 아이를 낳았습니다. 아이를 낳는 사이사이 저는 당신에게 날개옷의 행방을 물었습니다. 처음 물을 때 당신은 알 것 없다고 얘기했습니다. 시간이 차차 흐르자 당신의 얼굴에 짙은 그늘이 드리워졌습니다. 날개옷의 행방을 물으면 그 그늘은 더 짙어지기도 했지요. 그때 느꼈습니다. 당신이 날개옷의 행방을 조만간 알려줄 것이라고.

노루가 선녀들이 목욕하는 연못을 알려주었다고 당신은 말했지요. 그 말을 듣고 노루를 얼마나 증오했는지 당신은 아시나요? 노루 한 마리 때문에 제 인생이 이리 바뀐 게 어이없기도 했지요. 하긴 사람 말을 하는 노루니 범상치 않은 동물일 겁니다. 어쩌면 하늘에서 추방되어 지상으로 내려온 선인(仙人)이 바로 그 노루인지도 모르지요. 그 노루가 아이 넷을 낳기 전에는 날개옷의 행방을 알려서는 안 된다고 했다지요.

당신은 노루의 말을 어기고 제가 아이 셋을 낳았을 때 날개옷이 있는 곳을 제게 알려주었어요. 날개옷이 있는 곳을 아는 순간 저는 들끓는 가슴을 진정하기 힘들어 마당을 이리저리 서성였지요. 지금이라도 날개옷만 있으면 하늘나라로 돌아갈 수 있다고 생각했어요. 실제로 그러기도 했고요. 당신과 헤어지는 일은 그리 고민이 되지 않았어요. 수년 동안 쌓인 정으로 하늘로 가는 길의 유혹을 물리치기는 힘들었습니다. 다만 아이들이 문제였어요. 당신 곁에 두어야 할지, 아니면 하늘나라로 데리고 가야 할지를 고민했습니다.

저는 당신이 산으로 나무하러 가기만을 기다렸습니다. 당신은 날개옷을 입고 하늘로 가는 걸 꿈에도 생각하지 않는 눈치였지요. 지금 하는 말이지만, 지상에서 사는 동안 저는 하늘나라를 잊어본 적이 한시도 없습니다. 하늘에서 생활하던 몸의 감각은 잊었지만, 하늘에서 생활하던 그 마음만은 잊을 수가 없었어요. 가슴 저 깊은 곳에 여전히 남은 깨달음을 향한 열망 역시 밀어낼 수는 없었지요.

당신이 산으로 나무를 하러 간 사이, 저는 장롱 깊은 곳에서 날개옷을 찾아 입은 후, 어머니 눈을 피해 아이들을 데리고 마당으로 나왔어요. 먼저 막내를 등에 업었지요. 그리고 한 팔에 하나씩 두 아이를 안았어요. 마음을 다잡고 훨훨 하늘로 오르려는 찰나 아이들 재잘거리는 소리를 들은 어머니가 방문을 열었어요. 어머니는 어어, 하며 맨발로 마당을 짚으셨지요. 하지만 이미 하늘로 날아오른 저를 어머니가 어떻게 하겠어요. 아이들이 아래를 보며 '아버지' 하고 당신을 부르는 게 들렸어요. 당신은 하늘을 나는 저를 보고는 깜짝 놀라 멀뚱히 하늘을 바라보며 저와 아이들을 목청껏 불렀지요.

하늘로 올라가 제가 어떤 일을 겪었는지는 말하지 않을게요. 땅에서 사내와 수년을 보내며 아이까지 낳은 여자를 하늘나라 사람들이 쉽게 받아들일 리 없잖아요. 당신은 땅에서 아무 말도 없이 떠난 저를 원망했을지 모르지만, 하늘로 다시 돌아온 저 역시 지상에서 묻혀 온 흔적을 지우기 위해 얼마나 노력을 기울였는지 모릅니다.

당신은 땅에 사는 사람이었고, 저는 하늘나라에 사는 선녀이었습니다. 하늘과 땅은 엄연히 구분된 세계입니다. 땅에 사는 노루는 이 엄연한 경계를 무너뜨리고 당신에게 선녀들이 목욕하는 연못을 알려주었습니다. 저는 당신도 원망스러웠지만 노루가 당신보다 더 원망스러웠습니다. 제가 물건인가요? 노루는 은혜를 갚는답시고 저를 이용했습니다. 저는 노루와 당신의 뜻대로 움직이는 물건이 아닙니다. 저에게도 엄연히 당신처럼 돌아갈 집이 있었습니다. 당신과 노루는 그런 저에게 집을 빼앗았습니다. 집만 빼앗은 게 아니지요. 제 꿈도 앗아갔습니다.

당신이 두레박을 타고 하늘로 올라왔다는 소식을 들었을 때 저는 노루를 먼저 생각했습니다. 참 못된 노루라는 생각을 떨칠 수 없었습니다. 당신과 만날 마음은 사실 추호도 없었습니다. 그런데, 아이들이 먼저 당신을 알아보더군요. 아이들 피에 당신 피가 섞여 있다는 걸 인정할 수밖에 없었습니다.

아이들이 당신을 무척 따랐지요. 무척 자상한 아버지였으니까요. 저 또한 땅에서 맺은 인연이었다면 당신 곁을 떠나지 않았을 겁니다. 아이들과 끌어안고 눈물을 흘리는 당신을 보고 저는 참 혼란스러웠습니다. 아이들을 위해서라면 당신을 받아들이는 게 옳았습니다. 하지만 당신은 땅에 사는 사람입니다. 하늘나라는 결코 살아있는 사람이 살 수 없는 곳입니다. 거기다 당신에게는 어머니가 있습니다. 어머니와 완전히 인연을 끊었으면 모를까, 당신 성품에 절대로 그럴 리는 없겠지요.

어차피 당신은 땅으로 돌아가야 할 사람이었습니다. 그럼 왜 당신을 도와 잠시나마 하늘에서 살게 했느냐고요. 당신에게 마지막 기회를 주고 싶었습니다. 노루도 그랬겠지요. 저에게 노루는 끔찍한 원수지만, 당신에게 노루야 어디 그러겠어요. 노루는 아마 진심으로 당신을 대했겠지요. 하늘의 비밀을 누설하면 혹독한 대가를 받는다는 걸 모를 노루가 아니니까요.

그래서 당신을 도왔습니다. 옥황상제님의 마음도 마찬가지였고요. 상제님이 쏜 화살 생각나나요? 까마귀로 변신한 상제님이 당신에게서 화살을 빼앗았죠. 그 화살을 솔개로 변한 제가 빼앗았고요. 상제님이 저보다 힘이 강할 거라는 생각은 해보지 않으셨나요? 상제님이 그 상황을 묵인하지 않았으면 당신은 더 빨리 하늘나라에서 추방됐을 겁니다.

예상한 대로 당신은 어머니와 연을 끊지 못했습니다. 어머니 걱정에 시름시름 앓았지요. 저는 다른 방법이 없었습니다. 상제님께 당신을 지상에 보내야겠다고 말했습니다. 상제님은 당신이 지상에 내려가면 다시는 오지 못할 거라는 걸 알고 있었습니다. 제가 아는 걸 상제님이 모를 리 없지요. 저는 실낱같은 희망을 품고 당신에게 비루먹은 말을 타고 내려가라고 했습니다. 그래야 진득하니 어머니와 시간을 보낼 수 있었을 테니까요.

당신은 그러지 않았습니다. 지상으로 빨리 내려가고 싶은 욕심에 튼튼하지만 성미가 급한 말을 골라 타고 내려갔습니다. 저는 그래도 혹시나 하는 희망을 놓지 않았습니다. 말이 세 번 울기 전에 말에 타기만 하면 되는 일이었으니까요. 어머니와 만난 당신은 그 일 또한 실천하지 않았습니다. 말이 성미가 급해 그런 거라고요? 애초에 성미 급한 말을 고른 이가 누굽니까? 지상에서 맺은 인연을 끊지 못하고 하늘나라에서 살려고 한 마음 자체가 오만이었던 셈입니다.

당신은 더 이상 노루를 볼 수 없을 겁니다. 하늘의 비밀을 두 번이나 누설한 노루를 하늘이 그냥 두지는 않을 테니까요. 노루가 없으면 당신이 할 수 있는 일이 무엇이 있겠어요. 그저 제 신세를 한탄만 하다가 시간을 보내겠지요. 땅에서도, 하늘에서도 당신은 그 질기고도 질긴 인연의 끈을 놓지 않으려 했습니다. 노루 말을 듣고 연못에 온 것부터가 잘못된 일이었습니다. 당신 임의로 다른 존재의 인생에 끼어든 것이니까요.

노루 탓을 또 하시려나요? 당신은 당신이고, 노루는 노루일 뿐입니다. 노루가 어떤 말을 해도 당신이 실천하지 않으면 그만입니다. 당신은 그러니까 스스로 연못으로 온 것이고, 스스로 날개옷을 감춘 것이며, 스스로 저를 물건 취급한 겁니다. 당신은 이미 지상에서 자기 욕망에 집착하면 어떤 결과가 일어날지 경험했습니다. 노루는 당신의 욕망에 다만 불을 지폈을 뿐입니다. 당신과 노루는 둘이 아니라 하나였던 것이지요.

땅 위에서 저지른 실수를 당신은 하늘나라에서도 저질렀습니다. 급한 마음에 살진 말을 타고 지상에 내려간 겁니다. 이제 당신과 제 인연은 끝났습니다. 저는 당신을 쉽게 잊을 겁니다. 선녀니까요. 아이들도 아마 서서히 당신을 잊을 겁니다. 아이들은 하늘의 마음과 가장 가까운 존재들이니까요.

아직도 지상에서 분을 삭이지 못하고 울부짖고 있나요? 박속 지진 것을 먹이기 위해 당신을 잡은 어머니를 원망하고 있나요? 그러면 당신은 또 다시 실수를 저지르고 있는 겁니다. 누구도 당신을 붙잡지 않았습니다. 당신이 지금 처한 상황은 당신 스스로 만들었다는 얘기입니다. 저에게는 저대로 가야할 길이 있고, 당신에게는 당신대로 가야할 길이 있습니다. 저를 잃고, 아이들을 잃은 분노에만 휩싸이지 말고, 차분히 당신이 살아온 길을 되돌아보면 어떨까요?

부부는 하늘이 맺어준다고 하지요. 당신과 저도 하늘이 맺어준 부부 인연이었을까요? 차마 당신과 땅에서 산 수년의 삶이 행복했다고 말하지는 못하겠습니다. 몸은 지상에 두었어도 저는 항상 하늘을 꿈꾸었으니까요. 이제 더 이상 당신을 원망하지 않습니다. 먼 길을 돌아오긴 했지만 저는 원래 제가 있던 자리로 돌아왔으니까요.

지금 당신이 어떤 마음으로 살아갈지 저도 충분히 짐작합니다. 하지만 당신을 서럽게 하는 그 마음을 누구도 치유해 줄 수는 없습니다. 당신 눈에서 떨어지는 그 눈물 한 방울조차도 당신이 감당해야 몫입니다. 모질다고요? 천만예요. 모진 짓은 당신이 제게 했지요. 단 한 번이라도 날개옷을 잃고 낯선 남자를 따라나선 여인의 마음을 헤아려본 적이 있나요? 제가 땅 위의 운명을 온전히 제 몫으로 받아들였듯, 당신도 반드시 당신 몫의 운명을 스스로 받아들여야 합니다. 그것만이 언젠가 당신과 저와 아이들이 밝게 웃으며 만날 수 있는 유일한 방법입니다. 당신은, 그럴 수 있나요?

5   사랑이라는, 가혹한 운명
- 바보 온달과 평강공주

인연

최인훈의 희곡인 「어디서 무엇이 되어 만나랴」는 바보 온달과 평강공주 설화를 바탕으로 서술되고 있습니다. 이 설화가 실려 있는 『삼국사기』를 보면, "용모는 구부정하여 우스꽝스러웠지만, 속마음은 환하게 빛났다."는 내용으로 온달을 기록하고 있습니다. 온달은 눈 먼 어미를 극진히 봉양하는 효자이기도 했고, 자기 분수를 지킬 줄 아는 현명한 위인이기도 했습니다. 그는 평강공주가 아내가 되겠다고 하자, 이런 산골에는 여자가 살 수 없다며 필시 당신은 사람이 아니고 여우나 귀신일 거라며 공주를 멀리 했습니다. 물론 우리가 잘 아는 대로, 온달은 결국 평강공주를 받아들였습니다. 신분 구별이 엄격했던 당시 사회에서, 천민과 공주가 결혼하는 것은 사실 상상할 수 없는 일입니다. 그만큼 이 이야기에는 신분을 넘어서 사랑을 나누는 두 연인에 대한 당대 백성들의 소망이 깊숙이 스며들어 있습니다.

제목에 드러나는 대로, 최인훈은 이 희곡에서 온달과 평강공주가 맺은 인연의 불가피성을 이야기하고 있습니다. 만날 수밖에 없는 사람은 어떻게든 만난다고 하던가요. 이번 생에 만나지 못하면 다음 생이 있고, 다음 생에 만나지 못하면 그 다음 생이 있습니다. 인연이란 인간의 시간을 넘어선 자리에 있는 것입니다. 만나고 싶어도 못 만나는 사람이 있고, 만나고 싶지 않아도 만날 수밖에 없는 사람이 있습니다. 오죽하면 사랑하는 사람은 못 만나서 괴롭고, 증오하는 사람은 자꾸만 만나서 괴롭다는 말이 불경에 나올까요. 인연이 선택이라면, 우리는 인연에 대해 무어 그리 신경을 쓰지 않을 겁니다. 인연이 선택을 넘어서는 일이기에 우리는 어떤 사람과 인연을 맺을지 궁금해 합니다. 인연이라는 말에는 모르는 것을 알고 싶은 인간의 호기심이 내포되어 있는 셈입니다.

　이야기는 산길을 헤매던 온달이 여자 혼자 있는 집을 찾으면서 시작됩니다. 산속에서 나무도 하고 사냥도 하는 온달은 덫에 짐승이 걸렸는지 확인하기 위해 산에 오른 터입니다. 덫에 걸린 짐승을 호랑이나 이리가 자꾸만 채어가, 온달은 가까운 바위굴에서 밤을 보내고 새벽 일찍이 짐승을 거두러 가는 길에 그만 길을 잃었습니다. 깊은 산속에 혼자 사는 여자는 별다른 경계 없이 온달을 집안으로 들입니다. 음식상을 차려온 그녀는 온달에게 이런저런 일들을 묻습니다. 상을 물리자 여자는 갈아입을 옷을 가져옵니다. 온달이 옷을 갈아입자 여자는 거문고를 타기 시작합니다. 온달은 그저 꿈만 같습니다. 장에서 날나리 패들이 풍악을 타며 노는 것을 본 적이 있지만, 여인네가 직접 타는 거문고 소리를 듣는 것은 처음입니다. 소리만 그런 게 아니라, 여자와 한 방에서 마주앉은 것도 처음 겪는 일입니다.

거문고를 타는 여자의 그림자가 창호지에 어립니다. 놀랍게도 구렁이 한 마리가 거문고를 타고 있습니다. 두 사람은 한동안 서로를 마주보다가 일어나 창호지 뒤로 들어가 눕습니다. 아침 햇살이 희미하게 비치자 창호지에 구렁이 그림자가 다시 어립니다. 그와 함께 웅장한 목소리가 방안을 울립니다. 하늘님을 모시던 구렁이는 그만 실수를 저질러 이 산으로 유배를 왔답니다. 다행히 이번에 용서함을 받고 하늘나라로 돌아가게 되었습니다. 하늘의 심부름꾼은 늙은 소나무에 내려와 여인을 맞이할 거라고 했습니다. 그런데 그 나무를 어제 낮에 온달이 찍어 넘겼답니다. 승천할 장소를 잃은 여인은 이제 다시 천 년을 기다려야 합니다. 한이 맺힌 여인은 그 긴 세월을 견딜 요량으로 온달을 죽여 그 살과 뼈를 취하려고 합니다. 다만 온달 역시 모르고 한 일이니, 하룻밤의 즐거움을 더불어 누려 그 한을 누그러뜨렸다고 말하네요.

온달은 자신의 잘못을 기꺼이 인정합니다. 자기 죽음으로 여인의 한이 풀린다면 죽음도 마다하지 않을 참입니다. 온달은 다만 늙은 어머니가 걱정일 뿐이라고 말합니다. 온달이 죽으면 늙은 어머니도 죽게 됩니다. 한을 푸는 데만 집착해서 여인은 그만 온달의 어머니를 생각하지 못했습니다. 여인은 하룻밤을 같이 보낸 온달을 살리고 싶습니다. 하지만 하늘의 법을 따르지 않는 사람에게는 반드시 그에 합당한 벌을 주는 게 또한 하늘이 만든 법칙이기도 합니다. 생각 끝에 여인은 한 가지 방편을 내놓습니다. 만약 하늘이 온달을 살릴 생각이 있다면, 자기 말이 끝나자마자 앞산에 있는 빈 절간에 걸린 종이 세 번 울릴 거랍니다. 빈 절간에 누가 있어 종을 세 번이나 울릴까요?

그런데, 불가능하다고 생각했던 그 일이 실제로 벌어집니다. 온달이 평범한 사람이 아니라, 하늘의 뜻을 받은 영웅이라는 표시입니다. 온달이 그만 물러간다고 하자, 여인은 도리어 가지 말라고 애원합니다. 천 년 동안 이승에서 살아야 할 여자입니다. 그 긴 세월을 어찌 홀로 견딘단 말인가요. 그렇다고 아무 남자를 만나 살 수도 없습니다. 온달은 하늘이 낸 사람입니다. 어쩌면 자신을 위해 하늘이 이 사람을 보내주었는지도 모른다고 여인은 생각합니다. 온달은 당연히 거절합니다. 어머니가 기다리고 있다는 게 그 이유입니다. 다만 온달은 늘 이 길을 다니니 다시 들르겠다는 말을 남깁니다. 인연을 아예 끊지는 않겠다는 것. 이승 사람이면서도 하늘에 사는 여인과 인연을 맺겠다는 것. 여인이 가지 말라고 다시 애원하지만 온달은 그예 문을 나섭니다.

온달은 텅 빈 절로 갑니다. 도대체 누가 종을 친 것일까요? 마루에 노파가 쓰러져 있습니다. 어머니입니다. 머리가 피투성이입니다. 어머니, 어둠 속으로 온달의 비통한 부르짖음이 퍼져 나갑니다. 소리를 지르며 온달은 잠에서 깨어납니다. 새벽녘, 동굴입니다. 쭈그리고 앉아 그는 생각에 잠깁니다. 여기저기 거닐다 다시 쭈그려 앉아 생각합니다. 손가락으로 허공을 더듬어 기억 속에 있는 길을 떠올려 봅니다. 짐승이 우는 소리와 바람 소리만이 들릴 뿐입니다. 생각날 듯 생각나지 않는 길. 그저 꿈이었던가요. 그러다가 온달은 퍼뜩 어머니를 생각합니다. 어머니에게 무슨 일이 생긴 것일까요? 여인이 꿈속에만 존재한다면, 어머니는 실제 현실에 존재합니다. 꿈속 여인은 죽을 리가 없지만, 현실 속 어머니는 언제나 죽을 수 있습니다.

꿈인 듯, 현실인 듯

온달의 집으로 대사와 평강공주가 들어섭니다. 평강공주는 비구니가 되기 위해 대사를 따르고 있습니다. 정말로 비구니가 되고 싶어 가는 게 아닙니다. 궁중에서 돌아가는 상황이 여의치 않아 평강공주는 비구니가 된다는 핑계로 절로 가는 것입니다. 그 절로 가는 길섶에 온달의 집이 있는 거고요. 대사는 공주에게 때를 거역하면 안 된다며, 공주를 이곳으로 보내는 부왕의 마음을 헤아리라고 당부합니다. 몸을 담은 곳에 연연하지 말고, 마음속에 품은 뜻을 중히 여기라는 말을 아울러 덧붙이네요. 마음만 내면 하늘과 땅 사이에 있는 모든 집이 자기 집과 같은 것이라는 말이지요. 공주가 자기 집을 놔두고 다른 집을 찾을 까닭이 무엇이냐고 힐난합니다. 이리 대가 센 공주가 궁중에서 편하게 살 수는 없습니다. 상대를 아우를 힘은 부족하고 욕망은 크니 왕이 공주를 다른 곳으로 보낼 수밖에 없습니다.

대사는 공주가 성에 머물러 있으면 골육상쟁을 피할 수 없다고 이야기합니다. 공주는 화가 납니다. 무서운 음모를 꾸미는 이들은 궁중에 남았는데, 그저 아비 곁에 남으려는 자신은 쫓겨났기 때문이죠. 대사는 이를 '평화'라고 말하고, 공주는 이를 '항복'이라고 말합니다. 참는 사람이 이기는 것이고, 백성을 사랑하는 사람이 늘 져야 한다는 대사의 말은 공주의 마음에 와 닿지 않습니다. 공주의 오라비인 왕자는 자리를 버리고 출가하고 싶다는 뜻을 대사에게 내비쳤습니다. 공주는 오라비의 속마음을 헤아리기 힘듭니다. 오라비는 궁중의 암투에서 벗어나 깨달음으로 가는 길을 바라고, 공주는 왕실을 위협하는 세력을 물리치고 나라를 반석 위에 올려놓고 싶습니다. 왕자와 공주가 바뀌어 태어났으면 좋겠지만, 어디 그게 뜻대로 되던가요. "여우가 꾸민 짓"이라는 공주의 말을 참조하면, 암투는 아마도 새 왕비와 왕자(공주) 사이에서 벌어지는 모양입니다.

대사가 물을 뜨러 간 사이, 공주는 울타리 쪽에 널어놓은 짐승 가죽을 둘러봅니다. 호랑이 가죽입니다. 이 집에 사는 사내가 맨손으로 호랑이를 잡았답니다. 호랑이 가죽 옆에는 곰 가죽도 있고, 여우 가죽도 있습니다. 호랑이를 잡은 장사는 대력장군보다 더 용맹한 장사라고 공주는 확신합니다. 대사는 그 장사 이름이 바보 온달이라고 알려줍니다. 이름을 들은 공주가 놀랍니다. 어렸을 때 공주는 울보였습니다. 아버지가 얼러도 공주는 울음을 그치지 않았습니다. 그럴 때마다 아버지는 먼 산을 가리키며 자꾸만 울면 저 멀리 산 속에 사는 바보 온달에게 시집을 보낸다고 말했습니다. 그 말이 그때는 얼마나 무서웠는지요. 한데, 지금 공주는 바보 온달이 사는 집에 와 있습니다. 인연이라면 인연입니다.

인연은 맺고 싶다고 맺을 수 있는 게 아니라고 했습니다. 그래서일까요, 공주는 이전에 이 집에 와본 것 같은 느낌에 빠집니다. 그렇지 않고서야 어찌 이리 생생하게 이 집이 떠오른단 말인가요. 대사는 부모가 태어나기 전에 자신이 있던 곳을 보는 것이 부처의 힘이라고 말합니다. 흔히 말하는 전생입니다. 공주는 마당을 가로지르는 토끼를 본 것도 같고, 뒷산에서 들려오는 뻐꾸기 소리도 이미 들은 것 같습니다. 마당에 있는 절구까지 생각나는데, 정작 온달의 얼굴은 생각이 안 납니다. 밖에 나갔던 온모(온달의 모친)가 돌아오자 대사는 다시 길을 떠나려고 하지만, 공주가 선뜻 따라 나서지 않습니다. 공주는 아무래도 이 집에서 지울 수 없는 인연을 느낀 듯싶습니다. 시간이 흘러도 쉽게 지워지지 않는 흔적이 그녀를 이 집에 붙들어 매는 것입니다.

온모가 대사에게 꿈 이야기를 합니다. 관을 쓴 온달의 모습이 햇덩이처럼 눈부셨는데, 조금 있다가 바로 그 관에서 피가 흘러내렸답니다. 대사는 온달이 장가를 드는 꿈이라고 풉니다. 그럼 관에서 왜 피가 흐른 것일까요? 대사는 피는 생명이니, 기운이 좋아 그런 거라고 얼버무립니다. 뒷산을 산책하고 온 공주는 여전히 이 집을 떠날 마음이 없습니다. 그녀는 어릴 적에 들은 바보 온달이 땅을 밟고 사는 사람이라고 생각한 적이 없습니다. 현실에 없는 것이라고 생각한 존재가 이리 집을 짓고 살고 있는데, 어떻게 확인을 안 하고 떠날 수 있을까요? 공주에게 온달은 현실과 꿈 사이에 존재합니다. 궁을 떠나 비구니가 되는 것은 엄연한 현실이라서 싫고 무섭고 분하고 억울하긴 해도 이상스럽다거나 어리둥절하진 않았습니다. 자기에게 주어진 운명이라고 생각하고 그저 아버지와 대사를 따를 뿐이었습니다.

그런데, 지금 머무는 곳이 온달네 집이라는 말을 들은 때부터 공주는 현실인 듯, 꿈인 듯한 묘한 상황 속으로 빠져듭니다. 그녀는 온달이라는 사람을 보면 다시 제정신으로 돌아올지 모른다고 생각합니다. 드디어 사립문이 열리며 온달이 나타납니다. 송아지만한 곰 한 마리를 어깨에 메고 있습니다. 온달을 봤으니 이제는 길을 떠나야겠다고 대사가 말하자 공주는 대뜸 이 집에 남겠다고 선언합니다. 갑작스럽습니다. 도대체 공주는 무슨 생각으로 이런 결심에 이른 것일까요?

대사님, 무얼 놀라십니까? 궁속에 있던 몸이 산속의 암자에서 세상과 끊는 몸이 된다면 이미 어제까지의 나는 없는 것. 그러니 내 한 몸을 이래라저래라 할 사람은 없겠지요. 아까부터 나는 꼭 꿈을 꾸는 것 같았지요. 그 옛날 아버님께서 온달에게 시집보내신다던 그 말이 이렇게 이루어질 줄이야…… 인연이요, 업이라고 하셨지요? 이게 인연이요, 업이 아니고 무엇입니까? 하필이면 이 길목에 온달의 집이 있고, 집을 나온 내가 여기서 발길이 멈춰지다니…… 이제 환해졌어요. 여기가 내 집이군요. 그래서 그렇게 모두 예전에 보던 물건이군요. 그래요. 내가 살던 곳이에요. 여기가 아버님 팔에 안겨서 멀리 바라보던 곳. 철없이 무서웠던 건 아마, 그때는 여기 올 것이 익지 못해서 그랬던가 봐요. 길이 없는 데로 보낸다고 하면 무서운가 보지요? 길이, 이젠 길이 익고 터져서 이렇게 오고 보니 그렇게 편할 수가 없군요.

길이 없는 곳이 이제 길이 되었습니다. 인연으로, 업으로 연결된 길입니다. 이번 생에 인연을, 업을 풀지 않으면 다음 생까지 이어집니다. 공주는 온달의 집에서 온달과 더불어 이 인연을, 이 업을 풀려고 합니다. 아버지와 더불어 살던 화려한 궁전은 덧없는 물방울에 불과했고, 가는 길을 몰라 두려움을 일으켰던 온달(의 집)이 실재로서 등장했습니다. 대사는 단호하게 안 된다고 말합니다. 지엄한 몸이 어떻게 천민과 결혼할 수 있느냐는 것입니다. 공주는 출가를 하는 것은 모든 소유를 버리는 것이라고 받아칩니다. '지엄'을 가지고 가는 출가도 있느냐고 되묻습니다. 공주가 부엌에서 나오는 온달 앞에 나서 갓을 벗습니다. 공주를 본 온달이 소스라치게 놀랍니다. 꿈속에서 본 그 구렁이 여인입니다. 공주는 거침없이 두 분을 모시고 싶다고 이야기합니다. 온모가 놀란 얼굴로 대사를 봅니다. 대사는 거세게 고개를 젓습니다.

공주는 뜻을 꺾을 생각이 없습니다. 온달은 넋이 나간 듯이 그저 서 있을 뿐입니다. 꿈에 본 여자가 어떻게 현실에 나타난 것일까요? 무엇이 꿈이고, 무엇이 현실인지 온달은 도통 구분할 수가 없습니다. 끝내 대사가 이 분은 평강 왕의 공주라고 외칩니다. 깜짝 놀란 모자는 땅에 바짝 엎드립니다. 신분이 밝혀졌지만, 공주의 뜻은 의연합니다. 홀린 듯이 공주를 바라보는 온달을 대신하여 온모가 죽을죄를 지었다고 읊조립니다. 그래도 공주는 뜻을 굽히지 않습니다. 그녀는 지금 이 상황이 꿈이라면, 그것이 무슨 꿈인지 알아보고 싶다고 외칩니다. 공주는 어린 시절에 들었던 꿈같은 이야기를 현실에서 경험하고 있고, 온달은 꿈에 본 구렁이 여인을 현실에서 다시 보고 있습니다. 온모가 온달에게 죽을죄를 빌라고 말해도, 온달은 무엇에 씌운 듯이 그저 멍한 얼굴로 공주를 바라보기만 합니다.

죽음

10년의 세월이 흘렀습니다. 10년이면 강산도 변한다고 합니다. 공주는 이제 궁에서 생활하고, 온달은 장군이 되었습니다. 백성들은 온달을 산에서 호랑이를 타는 영웅으로 떠받듭니다. 그만큼 온달은 백성들 마음 깊숙이 자리하고 있습니다. 지난 10년 동안 온달은 전쟁터에서 시간을 보냈습니다. 싸우는 족족 승리를 거두어서 왕의 신망 또한 두텁습니다. 밝은 지점이 있으면 어두운 지점도 있는 법, 천민 출신인 온달이 승승장구하는 것을 귀족들이 마땅히 여길 리가 없습니다. 게다가 온달의 부인은 권력 욕망에 불타는 평강공주입니다. 10년 전의 궁에는 공주를 지켜줄 사람이 없었습니다. 아버지가 왕이고, 오라비가 왕자였지만, 그들은 사사건건 시비를 일으키는 공주를 절로 내쫓은 이력이 있습니다. 지금은 공주를 온달이 지킵니다. 호랑이를 타고 다니는 영웅 온달을 그 누가 업신여길까요.

전쟁터에 나간 온달이 그리워 공주는 잠을 못 이룹니다. 이번 싸움에 이기고 돌아오면 온달은 대장군이 될 것입니다. 실력으로 따지면 이미 온달은 대장군이 되었어야 합니다. 공주와 온달을 견제하는 세력의 힘은 아직도 막강합니다. 그들은 싸움을 명분으로 온달을 전쟁터에 내보냅니다. 공주는 이제 온달을 자기 곁에 두려고 합니다. 변방을 떠돌던 온달이 궁중에서 자리를 잡으면, 공주가 꿈꾸는 세상 또한 그만큼 빨리 이루어질 것입니다. 지난 10년을 허투루 보낸 게 아닙니다. 그 기간 동안 공주는 온달과 더불어 자신의 길을 가로막는 반대자들을 가차 없이 제거했습니다. 산속에서 짐승이나 잡으며 살았을 온

달을 대고구려의 장군으로 만든 게 바로 공주 자신이 아닌가요. 온달
과 함께 있으면 공주는 어떤 일이든 이룰 수 있으리라 생각합니다. 이
제 그 시간이 점점 다가오고 있습니다.

　그런데, 이 밤에 공주는 이상스레 마음이 두근거립니다. 전쟁터에
간 온달에게 무슨 일이라도 생긴 것일까요? 둘은 예사 인연이 아닙니
다. 온달은 꿈속에서 본 공주를 아내로 맞이했고, 공주는 어릴 적 아버
지 입에서나 맴돌던 인물을 남편으로 맞았습니다. 심란한 마음을 다
스리지 못하는 공주 앞에 기적처럼 온달이 나타납니다. 아직 날이 새
지도 않았는데, 전장에 있어야 할 온달이 어떻게 여기에 있는 것일까
요? 갑옷을 입은 온달의 몸은 피로 낭자합니다. 깜짝 놀란 공주가 달
려가니 온달이 손을 들어 막습니다. 자기는 이 세상 사람이 아니랍니
다. 온달이 죽었다면 싸움에도 진 것인가요? 아닙니다. 온달은 싸움에
서 이겼습니다. 싸움에서 이긴 장군이 그럼 왜 죽은 것인가요? "나를
죽인 것은 고구려 사람이오."라고 그는 비통하게 외칩니다. 같은 편이
온달을 죽였다니요, 어떻게 이런 일이 일어날 수 있단 말입니까.

　공주, 고구려 평양성의 인심은 무섭더이다. 이 몸은 산에서 활을 쏘
고 창으로 끼니를 얻던 그때처럼 편한 마음을 한시들 가지지 못하였
습니다. 나보다 뛰어난 사람들이 구름처럼 모인 평양성에서 나는 눈
멀고 귀먹은 짐승이었습니다. 나는 보지도 듣지도 않았습니다. 부마
될 내력 없는 이 몸을 비웃는 소리도 나에게는 가을날 산의 가랑잎 스
치는 소리더군요. 하늘인 당신을 모신 이 몸은 아무것도 듣도 보지도

않았습니다. 무엇을 들어야 할 이치가 있었을까요? 숱한 사람들이 나에게 말했습니다. 공주 당신께서 하시는 이야기를 다 들어서는 안 된다고. 온달은 나라의 부마이고 나라의 장군이라고… 그러나 이 몸에게는 부질없는 말들. 공주, 당신이 나의 고구려였습니다. 고구려 그것은 당신이었습니다. 덕이 높으신 왕자의 말씀도 내 귀는 듣지 못하였습니다. 그분들은 모두 다른 고구려를 섬기는 어른들인 것을 나는 알게 되었지만 지금까지도 이 몸과는 상관없는 일입니다. 지금 나는 당신에게서 떠납니다. 나는 두렵습니다. 당신 말고 다른 고구려를 섬기는 사람들이 당신을 해칠 일이, 공주…….

죽은 온달은 살아 있는 공주가 걱정되어 유령으로 나타납니다. 온달이 죽으면 아무도 공주를 지켜줄 수 없습니다. 10년 전에도 그런 일이 있지 않았나요. 온달은 지난 10년 동안 공주를 하늘로 알고 살았습니다. 오로지 공주를 위해서 전쟁터에 나가 힘껏 싸웠습니다. 평양성의 귀족들은 온달을 부마로서 인정하지 않았습니다. 산에서 살 때는 몸은 고돼도 마음은 참으로 편했지만, 능력 있는 사람들이 구름처럼 모여 사는 평양성에서 그는 눈멀고 귀먹은 짐승이 되어야 했습니다. 그는 평양성에서 일어나는 권력 투쟁을 보려고도 들으려고도 하지 않았습니다. 아내인 공주가 권력 투쟁의 중심에 서 있다는 걸 온달이 몰랐을 리 없습니다. 온달이 가고 싶은 길과 공주가 이르고 싶은 길은 달라도 너무 달랐습니다. 그래도 어쩌나요, 온달에게는 오직 공주만이 하늘이었습니다. 공주가 곧 고구려였습니다.

숱한 사람들이 공주가 하는 이야기를 곧이곧대로 들어서는 안 된다고 말했습니다. 온달은 공주의 남편이나 장군이 아니고, 나라의 부마이자 나라의 장군이라고 외치는 사람들도 있었습니다. 사람들은 공주와 나라를 구분했지만 온달은 공주가 곧 나라여야 했습니다. 그는 공주를 지키기 위해 나라를 지켰습니다. 그런 그를 주변 사람들이 그냥 놔둘 리 없습니다. 공주와 각을 세우는 사람들은 공주보다 먼저 온달을 제거해야 했습니다. 섣부르게 공주에게 칼을 들이밀었다간 무지막지한 온달의 칼에 베일 수 있기 때문입니다. 온달은 자신이 죽으면 공주 또한 죽은 목숨이라는 걸 잘 알고 있습니다. 어떻게든 전쟁터에서 살아남아 정적들의 표적이 된 공주를 기필코 지켜내고 싶었습니다. 새벽 종소리가 울리네요. 온달은 머리에 상처가 있는 장수를 범인으로 지목합니다. 그리고는 어머니를 부탁하며 저 멀리로 사라집니다.

공주가 장군을 거듭 외치자 놀란 시녀들이 다가옵니다. 꿈일까요? 날은 아직 새지 않았습니다. 갑자기 밖에서 말 울음소리가 들립니다. 이 새벽에 어디서 말이 왔을까요? 시녀들이 상황을 알아보러 나간 사이, 공주는 꿈속에서 온달이 한 말을 떠올립니다. 그는 공주를 위해서 싸움을 한다고 했습니다. 온 나라가 우러러보는 높은 자리에 올라도 별다른 기쁨을 느끼지 못한다고도 했습니다. 평양성에서도 온달은 으뜸가는 용사입니다. 장군을 지키기 위해 공주는 장군의 적들을 목 자르고 멀리 쫓아 보냈습니다. 공주 홀로 가는 길이 아니라 장군과 더불어 가는 길이었습니다. 장군이 그 길 위에 있기에 공주는 거침없이 앞만 보고 달려갈 수 있었습니다. 공주에게 온달은 하늘이었습니다. 온달이 이를 길이 곧 공주가 이를 길이었습니다. 밖에서 웅성대는 소리가 들립니다. 상황을 알아보러 간 시녀들이 들어와 장군이 전사했다는 소식을 전합니다. 꿈이 아니었습니다.

무대가 전장으로 바뀝니다. 들판에 있는 작은 천막 안에 온달의 관이 있습니다. 병사들이 아무리 힘을 써도 관이 움직이지 않습니다. 영웅의 가슴에 맺힌 한이 걷히지 않았다는 얘깁니다. 관이 움직이지 않으니 사람들은 두렵습니다. 소식을 들은 공주가 나타납니다. 관 앞에 다가간 공주는 병사들에게 관 뚜껑을 열라는 손짓을 합니다. 온달의 시체를 쓰다듬으며 흐느끼던 공주는 이내 몸을 일으켜 장수들에게 투구를 벗으라고 명령합니다. 온달은 머리에 상처가 있는 장수가 자신을 죽인 범인이라고 했습니다. 온달을 섬긴 부장과 장수들이 싸움터에서 장수는 투구를 벗지 못한다고 맞섭니다. 공주가 거듭 명령을 내려도 그들은 군율이 산과 같다며 투구를 벗지 않습니다. 분노한 공주가 직접 벗기려고 하자 호위 군사들이 창으로 막아섭니다. 공주를 공주로 인정하지 않겠다는 표시입니다. 온달이 죽은 마당에 공주가 무슨 수로 이를 막을 수 있을까요.

장군, 비록 어제까지 장군이 치닫던 벌판이라 하나, 이제 누구를 위해 여기 머물겠다고 이렇게 떼를 쓰십니까? 장군의 마음을 내가 알고 있으니 집으로 돌아가십시다. 고구려는 내 아버지의 나라, 당신의 원수를 용서치 않으리다. 평양성에 가서 반역자들을 모조리 도륙을 합시다. 자, 돌아가십시다.

　공주만이 죽은 온달(의 영혼)을 달랠 수 있습니다. 공주가 병사들에게 관을 들어 올리라고 하자 기적처럼 관이 올라옵니다. 온달을 죽이는 데 동의한 부장과 장수들은 이 상황을 어떤 마음으로 보았을까요? 누군가가 명령한 일이겠지만, 어쨌든 그들은 온달이라는 영웅을 죽였습니다. 공주는 복수를 맹세합니다. 머리에 상처를 입은 부장이 공주의 서슬 푸른 말을 듣고 두려움에 떠는 장수들에게 공주보다 더 높은 사람이 우리 편이라고 이야기합니다. 공주보다 더 높은 사람은 누구일까요? 왕일까요? 왕자일까요? 아니면 왕과 왕자를 움직이는 또 다른 세력일까요? 공주가 남편의 원수를 갚으려면 막강한 세력과 힘을 겨루어야 합니다. 온달을 잃은 공주가 과연 이 싸움을 감당할 수 있을까요? 공주가 감당을 하든, 못 하든 싸움은 이제 시작되었습니다. 공주가 살려면 공주보다 더 높은 사람이 죽어야 하는 싸움.

욕망

　공주가 대사와 함께 온모가 사는 오두막을 찾습니다. 온모는 공주와 온달이 평양성으로 떠난 이후에도 이 오두막을 떠나지 않았습니다. 10년 전이나 지금이나 집은 변하지 않은 거죠. 여전히 온달을 잊지 못하는 공주에게 대사는 집착을 버리라고 충고합니다. 10년이란 세월이 흘렀는데도 이 마당, 저 울타리, 저 산봉우리들은 전혀 변하지 않았습니다. 숱한 세월이 흘렀는데도 왜 이것은 변하지 않았을까요? 공주는 시간이 흐르는데도 변하지 않는 이 강산을, 이 세월을 용서할 수 없습니다. 온달과 더불어 그 거친 세월을 견딘 대가는 과연 무엇이란 말인가요? 온달을 처음 만난 그때나, 온달을 잃은 지금이나 변한 것이 아무것도 없다면, 공주는 도대체 온달과 어떤 시간을 보낸 것인가요?

대사가 공주에게 10년 전 온달이 꾼 꿈 이야기를 합니다. 온달이 꿈에서 본 구렁이 여인이 바로 공주였습니다. 온달은 이 꿈을 공주에게 말하지 않았고, 공주는 어릴 적 아버지에게 들은 바보 온달의 이야기를 온달에게 말하지 않았습니다. 온달과 공주의 인연은 아주 먼 옛날의 어느 시점부터 시작되었습니다. 그들은 그 까마득한 시간을 내버려둔 채 지금 이 순간을 꿈인 듯 살아냈습니다. 지금 이 순간에 펼쳐지는 꿈을 위해 공주는 온달에게 글을 가르치고, 술책을 일러주고, 고구려와 신라를 말하고, 궁중이 어떤 곳인가를, 누구를 죽여야 하는지를 알려 주었습니다. 꿈속의 구렁이 여인이라면 결코 하지 않을 일이었습니다. 구렁이 여인이라며 하지 않았을 일을 공주는 왜 실행에 옮긴 것일까요?

권력을 향한 욕망이라고 밖에는 달리 말할 것이 없습니다. 10년 전에도 공주는 권력 싸움에서 밀려나 절로 도피하는 중이었습니다. 그 길 위에서 그녀는 운명처럼 온달을 만났지요. 공주는 산골 오두막에서 조용히 사는 삶 대신 온달을 고구려의 대장군으로 만드는 삶을 선택했습니다. 구렁이 여인이라면 어땠을까요? 온달은 공주와 산 10년을 꿈속 세상의 연장이라고 생각했습니다. 그는 평양성에 몸을 두고 있으면서도 늘 짐승을 잡고 사는 산속 삶을 꿈꾸었습니다. 구렁이 여인과 살았다면 온달의 꿈은 현실로 이루어졌을 겁니다. 꿈을 접은 온달은 평양성에서 공주의 꿈을 더불어 꾸며 살았습니다. 공주가 꾸는 꿈이 곧 자신이 꾸어야 할 꿈이었습니다. 공주가 글을 가르치면 글을 익혔고, 무예를 기르라면 무예를 길렀습니다. 온달에게 공주는 새로운 삶의 시작점이었고 종착점이었던 셈입니다.

공주는 온달이 죽은 다음에야 온달이 꾼 꿈의 진실을 알게 됩니다. 만약 공주가 10년 전에 이를 알았다면 공주는 어떤 선택을 했을까요? 사실 이 질문은 무의미한지도 모른다. 사람은 누구나 자신이 보고 싶은 것만을 보려고 하기 때문입니다. 그때 보지 못한 것을 우리는 시간이 흐른 다음에야 보게 됩니다. 다시 똑같은 상황이 반복돼도 공주는 아마 온달의 꿈을 알아채지 못할 것입니다. 인간이 추구하는 욕망의 그늘은 이토록 짙습니다. 욕망에 빠지는 순간 우리는 그 너머에서 빛나는 또 다른 꿈을 욕망의 어둠 속에 묻어버립니다. 공주는 "장군과 내가 한 꿈속에서 살면서도 모르고 지냈다는 것이 또 다시 새로운 짜증스러움이 되는구나."라고 한탄하지만, 그녀는 결코 온달과 한 꿈속에서 산 적이 없습니다.

온달은 온달의 꿈을 꾸었고, 공주는 공주의 꿈을 꾸었습니다. 그 두 꿈이 너무나 거리가 멀어 온달은 제 꿈을 버리고 공주의 꿈을 자기 꿈으로 받아들였습니다. 공주는 이 사실을 왜 몰랐을까요? 자기 욕망을 채우기 위해 오로지 앞만 보고 달렸기 때문입니다. 온달이 있었기에 가능했던 공주의 꿈은 온달이 죽자 속절없이 무너져 내립니다. 산골 오두막까지 찾아온 장교의 칼에 공주는 한 많은 생을 맺습니다.

온달을 통해 공주가 꿈꾸었던 세계를 상상해 봅니다. 그 세계는 아마도 구렁이 여인이 꿈꾸던 세계와는 확연히 다를 것입니다. 구렁이 여인은 꿈속에서 온달을 붙잡으려고 했습니다. 온달이 어미를 핑계 삼지 않고 여인 집에 머물렀다면, 온달은 어떤 삶을 살게 되었을까요? 이미 일어난 일은 되돌릴 수 없는 법입니다. 우리는 다만 이미 일어난 일에서 이야기 속 인물들이 미처 알아채지 못한 욕망을 안타깝게 지켜볼 뿐입니다. 온달은 공주의 욕망을 알았지만, 공주는 온달의 욕망을 알지 못했습니다. 두 사람의 인연은 시작부터 비극을 머금고 있었던 셈입니다.

6 현실 너머의 소리를 꿈꾼 연인들
- 신경숙의 「빈집」

들을 수 없는 것을 들으려는 욕망

소리를 듣지 못하는 귀머거리 여자가 있습니다. 그녀는 기타 치는 남자를 좋아합니다. 그가 소극장에서 기타 연주회를 할 때, 그녀는 기타 연주가 끝나는 마디마다 어김없이 박수를 쳤습니다. 쉬지 않고 박수를 치는 여자가 신기해 그는 연주회가 끝난 후 극장을 빠져나가는 여자에게 말을 걸었습니다.

두 사람의 인연은 그렇게 시작됩니다. 그녀는 기타 소리를 듣고 박수를 친 것일까요? 빌라 윗방에서 들려오는 커다란 망치 소리를 듣지 못할 정도로 그녀는 소리를 전혀 듣지 못합니다. 그게 의아해서 그는 그녀에게 기타 소리는 어떻게 듣느냐고 물은 적이 있습니다. "당신 손가락이 기타 위에서 소리를 냈어요."라고 여자는 대답합니다. 귀로 들을 수 없는 소리를 그녀는 눈으로 들은 것입니다. 눈으로 소리를 보고 듣는다고요? 이런 일이 가능하기나 한 것일까요? 귀가 먹은 베토벤은

교향곡을 만들었습니다. 소리를 듣지 못해도 마음속으로 소리를 느낄 수는 있습니다. 그녀는 기타 줄을 오가는 그의 손가락을 보며 소리를 상상했는지도 모를 일입니다.

남자가 치는 기타 소리를 마음으로 듣던 이 여자가 어느 날 아무 말도 없이 그의 곁을 떠납니다. 그는 그녀가 떠나는 걸 알면서도 붙잡지 않았습니다. 남자는 때가 되면 스페인으로 가려고 합니다. 그에게 스페인은 일상을 넘어선 자리에 있습니다. 반복되는 일상을 벗어난 자리에 스페인이 있습니다. 꿈을 꾸는 자리라고 표현해도 좋습니다. 돌려 말하면 그가 꿈꾸는 스페인은 어디에도 없는 곳이라고 말할 수 있습니다.

어디에도 없는 세상을 어떻게 갈 수 있을까요? 그래서 그는 스페인으로 가는 날을 계속 미룹니다. 겨울에는 다음 봄을 기약하고, 막상 봄이 오면 여름을 기약합니다. 그렇게 시간이 흐릅니다. 마음속에 품은 스페인은 흘러가는 시간을 먹으며 살을 찌웁니다. 그녀를 만나기 전에 그가 만난 또 다른 여자는 "당신의 기타 소리를 좋아했고 지금도 좋아하지만 그것만으로는 부족함을 느낍니다."라고 말하며 그를 떠났습니다. 소리를 듣지 못하는 여자 또한 기타 소리만으로는 부족했던 것일까요?

여자가 이삿짐을 실은 차를 타고 떠난 날 밤, 남자는 그녀가 없는 빈 집을 찾아갑니다. 낮에 건물 뒤에 숨어서 그녀가 떠나는 걸 분명히 확인했는데도, 그는 빈 집에서 들려오는 작은 소리 하나에도 민감하게 반응합니다. 그녀가 기르던 고양이 점박이가 어둠 속에서 그를 맞습니다. 점박이가 선반 위로 뛰어오르자 편지봉투가 끼워져 있는 책 한 권이 떨어집니다. 봉투 속에 편지가 있습니다. 그녀가 남긴 편지입니다.

차마 이야기할 수 없는 진실을 사람들은 글로 남깁니다. 그녀도 그런 것일까요? 그녀는 편지에 그를 떠난 이유를 두통 때문이라고 썼습니다. 여자는 단 한 번도 그에게 머리가 아프다는 말을 한 적이 없습니다. 그런데, 두통이라니요? 단순히 머리가 아픈 거라면 그녀가 굳이 그를 떠나지는 않았을 것입니다. 돌려 말하면 그녀의 두통은 그와 상관이 있다는 얘기입니다. 도대체 그는 어떻게 행동했기에 그녀를 두통에 시달리게 했을까요?

그쪽에겐 기타줄 위에서 춤추듯 움직이는 그쪽 손가락을 보고 있으면, 내 귀에는 그 손가락들이 내는 소리가 들린다고 했지만 사실은 아니었어요. 나는 아무 소리도 들을 수 없었습니다. 이제 나는 그 무슨 대가를 치러도 좋으니 단 한번만이라도 그쪽 손가락이 가는 자리에서 새어나오는 진짜 소리를 듣고 싶다는 지독한 욕망이 싹텄어요. 그 소리 속에 사랑하고 욕망하고 후회하며 살아가는 인간생활이 다 담겨 있을 것만 같았어요. 나는 그날부터 두통에 시달렸어요. 그쪽의 손가락이 튕기는 소리를 한번만, 한번만 내 귀로 듣고 싶어한 그 순간부터요. 어제는 한줌 먹은 알약을 토해냈어요. 의사는 내가 마음속으로부터 아무 생각을 하지 말아야 된다고 했어요.

그녀는 애초부터 소리를 듣지 못했습니다. 소리를 듣지 못하니 소리를 듣고 싶은 욕망 또한 없었습니다. 기타 연주회에 가면 그저 박수를 쳤습니다. 자신이 치는 박수소리조차 들을 수 없지만, 손과 손이 맞부딪치는 느낌이 좋아 박수를 친 것이지요. 그러다가 기타를 치는 남자를 꿈결처럼 만났습니다. 기타 줄을 옮겨 다니는 그의 손을 보며 소리를 느껴보려 했지만, 들리지 않는 소리가 들릴 리는 만무했습니다. 그를 향한 사랑이 깊어질수록 그가 치는 기타 소리를 듣고 싶은 욕망 또한 강해졌습니다.

머릿속으로 그린 상상의 소리는 여자를 더 이상 만족시키지 못했습니다. 그녀는 단 한번만이라도 기타 소리를 듣고 싶었습니다. 그냥 기타 소리가 아닙니다. 그가 치는 기타 소립니다. 불가능한 일을 꿈꾸는 순간 그녀는 지독한 욕망의 바다로 빠져듭니다. 마음으로 갈무리할 수 없는 욕망은 몸으로 뻗어 나갑니다. 소리에 대한 집착이 커질수록 그녀는 머리가 부서질 듯한 고통에 휩싸입니다. 욕망을 내려놓지 않으면 이 끔찍한 고통으로부터 헤어 나올 수 없습니다.

욕망을 놓으면 죽음이 따르고

참을 수 없이 머리가 아픈 날이면 그녀는 바로 앞에 있는 남자조차 알아보지 못했습니다. 울거나 웃으면 두통은 입 모양이 만들어지는 쪽으로 왈칵 쏠려 그녀를 더 깊은 고통 속으로 내몰았습니다. 그에게 왜 말을 하지 않았느냐고요? 그녀의 두통은 오로지 그녀만이 치료할 수 있습니다. 두통은 마음의 병에서 비롯됐기 때문입니다. 소리를 들으려는 지독한 욕망을 내려놓는 일은 그녀 자신만 할 수 있을 뿐입니다.

고통을 견디다 못한 여자는 그 지독한 소망을 억지로 내려놓습니다. 그 순간 머리가 편안해집니다. 참으로 알 수 없는 게 사람의 몸이고 마음이지요. 소리에 대한 욕망을 내려놓은 그녀는 이제 그를 떠나야 할 때가 왔음을 직감합니다. 그의 곁에 있으면 소리를 듣고 싶은 지독한 욕망이 다시 도질 겁니다. 예전에 그를 떠난 여자는 기타 소리만으로는 부족하다는 말을 남기고 떠났지만, 그녀는 기타 소리를 놓아야 하기에 그를 떠납니다. 그녀에게 기타 소리는 남자가 상상한 '스페인'과 같은 맥락에 들어 있는 셈입니다.

스페인에 빠진 남자는 그녀의 이런 마음을 전혀 몰랐습니다. 그는 손을 보고 소리를 듣는다는 그녀 말을 아무 의심 없이 믿었습니다. 그녀의 마음을 헤아릴 사이도 없이 그는 손가락을 더욱 맵시 있게 놀릴 생각만 했지요. 자기 마음에 빠져 다른 이의 마음을 보지 못하는 나르시스로 남자를 표현하면 어떨까요? 그는 스페인을 상상하며 그녀를 만났습니다. 스페인으로 가는 날이 그녀와 헤어지는 날이라는 걸 그는 마음속에 새기고 또 새겼습니다.

떠날 날을 마음에 품고 만나는 연인의 마음을 세심하게 들여다볼 사람이 어디에 있을까요? 그녀는 세상의 어떤 소리도 들리지 않는다고 느껴지던 날 금은방에서 반지를 샀습니다. 귓속의 깜깜한 칠흑을 위로해 준 그 반지를 그에게 줄 정도로 그녀는 그를 깊이 사랑했습니다. 그가 스페인을 생각하며 그녀를 만날 때에도, 그녀는 들리지 않는 소리를 들으려는 지독한 고통에 시달려야 했습니다.

　왜 달라졌을까? 처음 그녀가 그의 손가락을 봤을 때 그녀는 그의 손
가락 움직임만 보고서도 소리를 들을 수 있다고 했는데, 무엇이 그 소
리를 넘어 그녀로 하여금 한번만,이라는 원을 품게 하였을까.
　그의 손가락은 그의 슬픔을 타고 한번도 가본 적이 없는, 그러나 봄
이 오면 혹은 여름이 오면 가을이거나 겨울이 오면 다시 또 봄이 오거
나 여름이 오면 가을이 오면 혹은 겨울이 오면 가볼지도 모를, 스페인
의 고성과 폐허, 아란후에스나 알함브라 궁전에서 펼쳐질 아직 만들
어지지 않은 그의 추억을 연주했다. 거위와 생쥐와 어미쥐와 고양이
와 망치 소리를 상대로 기타를 뜯는 그의 모습은 고즈넉했으나, 그의
손가락은 그가 낼 수 있는 최대한의 음량을 어느 순간 넘어가고 있었
다.

　그녀가 없는 방안에서 남자는 기타 줄을 퉁깁니다. 처음에 그녀는
그의 손가락 움직임만 보고도 소리를 들을 수 있다고 했습니다. 이 상
태로 만족했다면 그녀는 그의 곁을 떠나지 않았을까요? 무엇이 그 소
리를 넘어 그녀에게 소리에 대한 집착을 불어넣은 것일까요? 그녀는
그가 바라보는 곳을 더불어 바라보고 싶었던 것일까요? 상상 속에서
느끼는 감각이 아니라 지금 바로 이곳에서 진짜 감각을 느끼고 싶었
던 것일까요?
　남자는 기타 소리를 타고 한 번도 가 본 적이 없는 스페인으로 나아

갑니다. 아직 만들어지지 않은 스페인의 추억이 그의 손가락을 타고 방안에 울립니다. 혼을 실어 타는 기타 소리에 젖은 흰순이(여자를 따라갔다가 집으로 돌아온 고양이)가 먼저 잠이 들고, 이어 점박이가 잠듭니다. 제 욕망에 상처를 입고 떠난 여인을 위한 이별 노래는 세상 모든 생명들을 잠재우는 자장가가 됩니다. 어머니가 들려주는 소리와 같은 자장가. 그의 소망대로 이 소리는 그녀의 귓결, 그 어두운 속에까지 닿을 수 있을까요?

이 소설은 전라남도 광양의 한 국도에서 일어난 교통사고를 알리며 마무리됩니다. 이삿짐을 실은 트럭이 눈길에 미끄러져 가로변의 미루나무를 들이받고 추락했습니다. 운전기사는 중상을 입었고, 이십대 후반으로 보이는 여자는 사망했습니다(흰순이는 그래서 집으로 돌아온 걸까요?). 죽은 여자가 그녀인지 아닌지는 여기서 중요하지 않습니다. 중요한 것은, 그가 소리의 한계를 넘어서는 바로 그 순간에 텔레비전에서 이십대 여자의 죽음을 알리는 소리가 들려오는 대목입니다.

그가 가고 싶은 '스페인'이나, 그녀가 들으려 한 '기타 소리'는 죽음과 이어진 공간이거나 소리인지도 모릅니다. 가고 싶어도 갈 수 없는 곳이 있고, 듣고 싶어도 듣지 못할 소리가 있습니다. 모든 동물을 아늑한 잠에 빠뜨리는 기타 소리로 그는 스페인을 체험하고 죽음을 체험합니다. 어쩌면 그녀일지도 모를 이십대 여자의 죽음은 이리 보면 죽음을 넘어서 탄생하는 예술의 자리를 에둘러 드러내는지도 모릅니다.

신경숙의 「빈 집」은 기형도가 지은 「빈집」이라는 시를 모태로 하고 있습니다. 시인은 사랑을 잃고 시를 씁니다. 기타리스트는 사랑을 잃고 기타를 칩니다. 시가 사랑을 잃은 시인의 고통을 이미지로 표현한다면, 소설은 사랑을 잃은 기타리스트의 아픈 마음을 이야기로 구현합니다. 시인은 장님처럼 더듬거리며 마음의 문을 닫는다고 쓰지만, 독자들은 시인이 닫은 마음의 문을 주저 없이 열어젖힙니다.

신경숙은 가여운 사랑을 빈집에 가둔 시인에게 사랑을 잃은 기타리스트의 은은한 기타 소리를 들려줍니다. 누구나 사랑을 하고 또 누구나 이별을 합니다. 누구나 마음속에 빈집 한 채는 가지고 있다는 말입니다. 기타를 치는 그는 사랑을 잃고 나서야 비로소 사랑은 연인의 마음을 헤아리는 일이라는 걸 깨달았습니다. 뒤늦게 확인한 편지처럼 깨달음은 언제나 사랑이 끝난 후에 오는 법입니다. 그래야 이전과는 다른 새로운 사랑이 펼쳐질 수 있기 때문입니다.

<보론> 기형도의 「빈집」을 읽다

사랑을 잃고 나는 쓰네

잘 있거나, 짧았던 밤들아
창밖을 떠돌던 겨울 안개들아
아무것도 모르던 촛불들아, 잘 있거라
공포를 기다리던 흰 종이들아
망설임을 대신하던 눈물들아
잘 있거라, 더 이상 내 것이 아닌 열망들아

장님처럼 나 이제 더듬거리며 문을 잠그네
가엾은 내 사랑 빈집에 갇혔네

— 기형도, 「빈집」

사랑을 잃은 사람이 글을 씁니다. 어떤 글일까요? 사랑을 잃었으니 연애편지가 아닌 것만은 분명합니다. 자신을 떠난 사람을 원망하는 글을 그는 쓰고 있을까요? 이미 떠난 사람을 원망한들 무엇이 달라질까요? 그럼, 사랑을 잃고 방황하는 자신을 자책하는 글일까요? 사랑하는 사람이 곁에 있을 때 잘해주지 못한 사람이라면 그럴 듯도 싶습니다. 그러나 이런 마음을 글로 표현한다고 해도 달라지는 것은 아무것도 없습니다. 그가 쓰는 글을 사랑하는 사람은 읽지 못할 테니까요. 그가 쓰는 글은 독자가 없는 글이라는 얘기입니다.

읽는 사람이 없는 글을 그는 왜 쓰려고 하는 것일까요? 사랑을 잃었기 때문입니다. 사랑을 잃은 사람이 글을 씁니다. 사랑을 잃은 눈으로 그는 사물을 봅니다. 사랑을 잃은 눈으로 보는 사물은 어떤 모습을 하고 있을까요? 사랑하는 사람과 함께 하던 시간을 그는 지금 혼자 보냅니다. 가슴이 저립니다. 혼자서 남아도는 이 시간을 보낸다는 게 참으로 끔찍합니다.

시인은 "짧았던 밤들"에 작별인사를 고합니다. "창밖을 떠돌던 겨울 안개들"에도 작별 인사를 고합니다. 그에게 밤은 왜 그리 짧았을까요? 그녀와 밤 시간을 보냈기 때문일까요? 아니면 밤만 되면 그를 찾아오는 삶의 고뇌 때문이었을까요? 시간에 작별을 고하는 걸 보면 그는 아무도 모르는 어딘가로 떠날 준비를 하는 것 같습니다. 사랑을 잃고 글을 쓰는 사람은 어디로 떠나려고 하는 것일까요? 그곳이 어디인지는 모르겠지만 창밖을 떠돌던 겨울 안개들이 없는 곳인 것만은 분명해 보입니다.

시인은 익숙한 것들과 작별을 고함으로써 익숙하지 않은 세상으로 가려고 합니다. 그리고 글을 씁니다. "아무것도 모르던 촛불들"을 안타깝게 부르며 글을 씁니다. 글을 쓰는 건 자기를 드러내는 행위입니다. 생각 없이 글을 쓸 수는 없으므로 글쓰기는 곧 자기 생각을 외부로 표현하는 행위와 다르지 않습니다. 어딘가로 떠나려는 사람이 글쓰기로 자기가 산 흔적을 남기는 건 모순이 아닌가요? 시인은 자기를 숨기려는 욕망과 자기를 표현하려는 욕망 사이에서 갈등하고 있습니다.

숨기려는 욕망과 표현하려는 욕망이 만나는 자리에 글쓰기가 있습니다. "공포를 기다리던 흰 종이들아"에 암시된 대로, 시인은 표현할수 없는 것을 표현하려는 '지독한 욕망'에 휩싸여 있습니다. 표현할수 없는 것을 시인은 왜 굳이 표현하려고 하는 것일까요? 가뜩이나 시인은 사랑을 잃은 상황이 아닌가요. 사랑을 잃은 슬픔을 안은 채 시인은 흰 종이가 내뿜는 공포와 마주합니다. 공포는 감각을 마비시킵니다. 움직이려 해도 몸이 움직이지 않습니다.

몸만 그런 게 아니고 정신 또한 그렇습니다. 정신이 마비되었는데 글을 쓴다고요? 시인은 스스로는 어찌할 수 없는 욕망에 직면해 있습니다. 그에게 글쓰기는 운명과도 같은 것입니다. 글을 쓰기 위해 사랑을 잃었다고 말하면 어떨까요? 흰 종이에서 피어오르는 공포와 마주하기 위해 사랑하는 사람과 이별했다고 말해도 좋습니다. 이리 보면 글쓰기는 단순한 유희가 아닙니다. 글쓰기는 목숨을 내놓고 자기와 맞서는 일입니다.

시인이 들여다보려고 하는 자기는 과연 무엇일까요? 글쓰기의 공포에 빠진 주체일까요? 사랑을 잃고 글을 쓰는 주체일까요? 그도 아니면 시간을 향해 미리 작별을 고하는 주체일까요? "망설임을 대신하던 눈물들"을 시인은 이야기하고 있습니다. 시인은 무엇을 망설인 것일까요? 자기를 표현하려는 욕망일까요? 표현할 수 없는 것은 표현하지 말아야 한다는 어느 철학자의 말을 따라서 그는 다만 눈물로 제 마음을 표현한 것일까요?

"더 이상 내 것이 아닌 열망들"에도 작별을 고하는 걸 보면 시인이 글쓰기를 통해 나아가려는 지점이 어디인지 어렴풋이나마 짐작됩니다. 그는 사랑을 비롯한 모든 욕망과 작별을 하려고 합니다. 욕망과 작별을 한다고요? 그게 가능하기나 한가요. 현실을 사는 주체라면 물론 가능하지 않습니다. 시인은 '쓰는 주체'가 되어 스스로 빈집에 갇힙니다. 빈집에서라면 자기를 괴롭히는 그 지독한 욕망들과 작별할 수 있을 거라고 그는 생각합니다. 사랑을 잃은 사람=시인은 그래서 글=시를 씁니다.

사랑을 잃고 글을 쓰는 존재는 스스로 장님이 됩니다. 장님은 아무것도 볼 수 없습니다. 장님이 된 시인은 더듬거리며 바깥과 이어진 문을 잠급니다. 빈집은 이제 완벽하게 막힌 공간이 되었습니다. 그곳에는 당연히 밤과 낮이 없습니다. 시간이 없는 세계에 겨울 안개가 있을

리 없고, 흰 종이도 있을 리 없습니다. 장님이 되어 빈집에 갇힌 시인은 드디어 삶의 고통=욕망으로부터 벗어난 것일까요?

"가엾은 내 사랑 빈집에 갇혔네."라는 결구가 눈에 뜹니다. 빈집에 갇힌 건 "가엾은 내 사랑"입니다. 그렇다면 내 사랑을 가엾게 생각하는 주체는 어떻게 되었을까요? 여전히 글을 씁니다. 장님이 된 사람은 빈집에 제 사랑을 가둬놓고 글을 씁니다. 글을 쓴다는 건 이미 욕망 속으로 빠져들었다는 얘기가 아닌가요? 이리 보면 이 시에 나오는 "빈집"은 정말로 비어있는 집이 아닙니다. "가엾은 내 사랑"을 가둔 집이 어떻게 빈집이 될 수 있을까요? 욕망은 이토록 질기게 사랑을 잃고 글을 쓰는 이에게 들러붙습니다. 사랑을 잃은 사람은 지금도 빈집에서 사랑을 잃은 공포를, 아픔을 곱씹고 있는 것입니다.

3부

가부장제에 갇힌 연인들

7 처용은 왜 관용을 베풀었을까
- 처용과 그의 아내

동해 용왕의 아들

처용은 용왕의 아들이라고 합니다. 용왕의 아들이 어떻게 인간 세상에 발을 들여놓았을까요? 『삼국유사』에 실린 이야기를 따라가 봅니다. 신라 제49대 헌강대왕이 개운포에 나가 놀다가 갑자기 구름과 안개가 자욱해져 그만 길을 잃었습니다. 왕이 괴이히 여겨 일관을 불러 물었지요. 일관은 동해 용왕의 조화라며 좋은 일을 해야 이 상황이 풀릴 것이라고 간언합니다. 이에 왕은 관원에게 명령하여 근처에 용왕을 위한 절을 세우라고 명령합니다. 왕이 명령을 내리자마자 구름과 안개가 걷힙니다. 개운포(開雲浦)라는 지명은 여기서 비롯되었다고 하네요. 동해 용왕이 아들 일곱을 거느리고 임금 앞에 나타나 왕의 덕을 찬양했습니다. 춤을 추고 음악을 연주하며 그 기쁨을 표현하기도 했습니다. 일곱 아들 중 하나가 임금을 따라 서울로 들어가 정사를 돕기로 합니다. 이 사람이 바로 처용(處容)인 것이지요.

'사람'이라고 했지만, 사실 처용은 인간과 비인간 사이에 존재합니다. 그는 인간이면서 동시에 용입니다. 경계를 뛰어넘은 존재라는 말입니다. 용왕은 왜 그를 인간 세상에 보낸 걸까요? 단순히 절을 지어 준 답례인 걸까요? 처용은 왜 인간 세상으로 나온 것일까요? 용왕의 명령을 마지못해 따른 걸까요? 어찌 보면 처용은 호기심이 넘치는 청년이었는지도 모릅니다. 인간 세상에서야 용궁을 신비한 세계로 드높이지만, 그곳에 사는 처용은 용궁 생활이 참으로 답답했을 겁니다. 왕자로서 격식에 맞는 삶을 살아야 했을 테니까요. 말이 좋아 격식이지, 격식에 따라 살려면 그만큼 자기 자유를 포기해야 합니다. 바깥에 대한 호기심이 왕성한 청년이 격식에 매여 사는 것을 좋아했을 리 없습니다. 용왕이 명령을 내리기 이전에 처용은 인간 세상으로 나아가 제 뜻(호기심)을 펼치려고 했다는 게 무방한 해석이겠습니다.

헌강왕은 처용을 마음에 들어 했나 봅니다. 왕은 처용을 오랫동안 곁에 두고 싶은 마음에, 신라의 아름다운 처녀를 처용에게 보냅니다. 또한 급간(級干)이라는 관직을 내려 처용에 대한 믿음을 표현합니다. 아름다운 아내를 얻고, 벼슬까지 얻은 처용이 어떻게 다른 마음을 품을까요? 용궁에서는 느끼지 못할 사람살이입니다. 사람들은 서로 만나 자잘한 정을 나누며 한 생을 보냅니다. 자잘한 정이 깊어지면 사랑 또한 깊어지지 않던가요. 처용은 하루하루가 즐거웠습니다. 밖에 나가면 더불어 노닐 사람들이 늘 있었고, 집에 들어오면 아내가 웃으며 처용을 맞아주었습니다. 용궁에서 온 왕자라는 특이한 신분이 사람들의 호기심을 자극하기도 했을 겁이다. 물론 그 이면에서 사람들은 이

방인인 처용을 못마땅하게 여겼을 수도 있습니다. 왕의 비호 아래 있으니 함부로 대하지는 못했을 테지만요.

『삼국유사』에서 처용은 도량이 넓은 인물로 묘사됩니다. 도량이 넓다는 건 인간관계가 모나지 않다는 걸 의미합니다. 하긴 모가 난 이방인이 어떻게 주류 사회에 적응할 수 있을까요? 어쨌든 처용이 신라 인사들과 두루두루 관계를 맺은 것은 분명해 보입니다. 이런 처용과 맞서는 존재가 바로 역신(疫神)입니다. 역신은 역병을 퍼뜨립니다. 당시 사회에서 역병은 불치에 가까운 병이었습니다. 역병이 휩쓸면 수많은 사람들이 목숨을 잃는 것만 봐도 알 수 있지요. 이토록 위험한 역신이 처용의 아내를 흠모합니다. 영웅호색(英雄好色)이라는 말처럼, 권력을 쥔 남자들은 아름다운 여자를 제 곁에 두려고 합니다. 자신이 지닌 권력을 더 빛나게 하기 때문이겠지요. 헌강왕이 처용에게 아름다운 여자를 보낸 것도 바로 이런 까닭입니다. 역신은 처용의 아내를 유혹함으로써 자신의 권력을 과시하려고 했는지도 모를 일입니다.

아내를 범하는 역신

처용이 밖에서 노니는 사이 역신은 사람으로 모습을 바꾸어 몰래 아내와 동침합니다. 두 가지 점을 생각할 필요가 있습니다. 하나는 역신이 변신한 사람이 처용인가 하는 점입니다. 역신이 처용으로 변신한 것이라면, 아내는 역신을 처용으로 알고 동침을 허락한 것이 됩니다. 역신이 처용이 아닌 다른 사람으로 변신한 것이면 어떻게 될까요? 처용은 밖에 나가 사람들을 만나는 경우가 많았습니다. 당연히 아내는 외로울 수밖에 없습니다. 역신은 아내가 처한 상황을 파악하고 '잘 생긴' 남자로 변장하여 아내를 만났을 수도 있습니다. 또 하나 우리가 눈여겨 볼 점은, 역신이 '몰래' 아내와 동침했다는 대목입니다. 처용으로 변했든, 다른 사람으로 변했든 역신은 '몰래' 아내와 정을 통했습니다. 처용 몰래 그랬다는 것일 수도 있고, 아내가 잠든 사이를 노렸다는 것일 수도 있습니다.

역신과 아내가 어떤 상황에서 정을 통했는지 불분명한 상황에서, 처용은 밤이 깊어서야 집에 들어왔다가 역신과 아내가 동침하는 장면을 목격합니다. 역신이 일부러 처용이 들어오는 시간을 노리고 상황을 만들었는지도 모릅니다. 역신과 처용이 맞닥뜨린 이 순간에 아내는 과연 어떤 상태로 있었을까요? 역신과 아내가 동침하는 상황이 그려지고 있는데도, 정작 아내가 어떤 상황에 처해 있는지는 전혀 드러나지 않습니다. 아내는 잠든 상태에서 역신에게 범해진 것일까요? 아니면, 기꺼운 마음으로 역신을 받아들인 상태에서 처용과 마주한 것일까요? 이야기에는 오로지 처용이 보인 반응만이 그려집니다. 잠자리에 두 사람이 누워 있는 것을 본 처용은 노래를 부르며 춤을 추었다고 하지요. 처용의 도량이 넓다는 것은 바로 이를 두고 하는 말입니다. 웬만한 남자면 냅다 뛰어가 아내를 범하는 역신이나 바람난 아내를 그 자리에서 처단했을 것입니다.

서울 밝은 달에
밤들어 노니다가

들어서야 자리를 보니

가랑이가 넷일러라

둘은 내 것인데

둘은 뉘 것인뇨

본디는 내 것이다마는

앗은 것을 어찌할꼬

– 「처용가」(신라 시대)

춤을 추면서 처용이 부른 노래입니다. 밤새 바깥에서 사람들과 놀다가 처용은 늦은 밤이 되어서야 집에 들어옵니다. 방안으로 들어가 잠자리를 보니 가랑이가 넷이네요. 두 사람이 잠자리에 누워 있다는 말입니다. 처용은 묻습니다. 둘은 내 것인데, 나머지 둘은 누구 거냐고요? 시대가 시대이니 만큼 여성을 사물로 보고 있다는 논의는 뒤로 젖혀둡니다. 처용은 본디 자기 것이지만 빼앗겨도 어쩔 수 없다는 내용으로 노래를 끝냅니다. 참으로 기가 찰 노릇입니다. 아내가 자기 것이면 지켜야 하는 것 아닌가요? 처용은 아내를 자기 것으로 말하면서도 그것을 지키려고 하지 않습니다. 그러기는커녕 그는 자기 것을 빼앗겨도 어쩔 수 없다고 체념을 합니다. 처용은 아내가 자신을 탐탁히 여기지 않는다는 걸 이미 알고 있지 않았을까요? 밤늦도록 밖을 맴도는 남편을 어느 아내인들 좋아할까요?

게다가 처용은 아내 입장에서 보면 이방인입니다. 왕이 명령을 하니 어쩔 수 없이 여자는 아내가 되었을 겁니다. 처용이야 자신이 하고 싶은 일을 마음껏 할 수 있지만, 아내는 텅 빈 집안에서 무엇을 할 수 있을까요? 역병을 퍼뜨리는 역신이란 이리 보면, 다른 남자와 정을 통하는 여자를 향한 남자들의 적개심을 표현한 이미지인지도 모릅니다. 가부장제 사회에서 불륜은 역병일 만도 합니다. 가부장제는 아버지에서 아들로 (집안)권력이 이어집니다. 오로지 남자만이 권력을 쥘 수 있는 것입니다. 그런 상황에서 여자가 다른 남자의 아이를 낳는다면 어떻게 될까요. 아버지에서 아들로 이어지는 권력 구조가 무너질 수밖에 없습니다. 집안을 허물어뜨리는 일이니 불륜을 역병이라 칭해도 상관없습니다. 처용은 바로 이런 상황에서 이 노래를 부르며 춤을 추는 특이한 상황을 연출하고 있는 것입니다.

가부장제와 역병

이 지점에서 우리는 처용이 용왕의 아들이라는 점을 다시 떠올려야 합니다. 처용은 인간과 비인간의 경계에 있습니다. 처용이 그저 인간이었다면 이야기가 이런 식으로 흐르지는 않았을 겁니다. 인간 처용이란 곧 가부장제를 대변하는 인물이 될 테니까요. 인간과 비인간의 경계에 있는 처용이라면 이야기가 달라집니다. 경계에 선 처용은 가부장제 바깥에 있는 인물이라고 할 수 있기 때문입니다.

역신은 처용을 그저 그런 인간으로 생각했을 것입니다. 아내를 범하면 처용 또한 다른 남자들처럼 자신을 대할 것이라고 판단한 게지요. 처용은 예상과 다른 행동으로 역신을 맞습니다. 불같이 화를 내며 폭력을 행사하기는커녕, 아무렇지도 않다는 듯 춤을 추고 노래를 부릅니다. 상대의 허점이라고 생각한 부분을 공격했는데, 상대는 전혀 상처를 입지 않습니다. 역신이 어떻게 패배를 인정하지 않을 수 있을까요?

역신은 형체를 드러내어 처용 앞에 무릎을 꿇습니다. 그리고는 다음과 같이 말합니다. "제가 공의 아내를 사모하여 지금 그녀와 관계했는데, 공은 노여움을 나타내지 않으시니 감동하여 칭송하는 바입니다. 맹세코 이후로는 공의 형용을 그린 것만 보아도 그 문에 들어가지 않겠습니다." 역신이 아내와 관계를 맺었는데도 처용은 노여워하지 않습니다. 역신은 처용의 아내를 사모했다고 말하고 있지만, 사실 이것은 별다를 게 없습니다. 중요한 것은 역신이 아내를 통해 처용을 시험하고 있다는 점입니다. 처용이 일반 남자들처럼 노여움을 표출했다면 역신은 어떻게 하려고 한 걸까요? 온 세상에 역병을 퍼뜨렸을 겁니다. 사람들을 역병으로 상징되는 비윤리적인 상황으로 내몰았을 겁니다. 다행히 처용은 화를 내지 않습니다. 그저 춤을 추고 노래를 부릅니다. 요컨대 그는 '자기 것'에 집착하지 않았습니다.

역신은 자기 것에 집착하는 사람들에게 역병을 퍼뜨립니다. 역병이 들이닥칠 때마다 사람들은 처용의 형상을 대문에 붙여 사귀(邪鬼)를 물리치려고 했습니다. 처용의 형상을 붙였다는 것은 제 것에 집착하지 않겠다는 마음을 드러낸 것과 같습니다. 물론 사람들이 처용처럼 행동했다는 말로 이 상황을 해석해서는 안 됩니다. 처용은 경계에 선 인물이기에 이렇게 행동하는 것이 가능했지만, 경계의 이쪽에 엄연히 서 있는 사람들이야 어디 그런가요. 사람들은 다만 처용의 가면을 쓰고 처용처럼 행동하려고 했을 뿐입니다. 역병은 일단 피하고 봐야 하니까요. 역병을 피한다면 처용이 아니라 처용 할아비 가면이라도 쓸 준비가 사람들은 되어 있을 것입니다. 역병이 물러가면 사람들은 가면을 벗고 다시 자기 것에 집착하는 일상을 살았을 게고요. 역신에게 아내를 빼앗긴 처용을 속 깊이 비웃으면서 말입니다.

분노하는 처용 아비

> 서울 밝은 달에 날새도록 노니다가
> 집에 들어 내 자리를 보니 다리가 넷이로다!
> 아아, 둘은 내 것이거니와 둘은 누구의 것인고.
> 이런 때에 처용 아비 곧 보시면
> 열병이야 횟갓이로다.
> 천금(千金)을 줄까 처용 아비야
> 칠보(七寶)를 줄까 처용 아비야
> 천금 칠보도 말고
> 열병신(熱病神)을 날 잡아주소서.
> 산이여 들이여 천리 밖에
> 처용 아비를 비켜가고자!
> 아아, 열병대신(熱病大神)의 발원이로소이다.
> — 「처용가」(고려 시대) 부분

신라 시대에 불린 「처용가」와 달리, 고려 시대의 「처용가」에는 역신에게 아내를 빼앗긴 처용의 한 맺힌 모습이 뚜렷하게 드러납니다. 처용은 열병신을 횟갓(횟감)으로 만들려 합니다. 생선을 칼로 썬 게 횟감이지요. 그만큼 증오하고 있다는 의미입니다. 열병신이 이런 처용을 천금과 칠보로 꼬입니다. 처용은 천금이니, 칠보니 필요 없으니 열병신을 잡아달라고 소리칩니다. 신라 시대 「처용가」에 보이는 관용이라고는 전혀 보이지 않습니다. 시간이 흐르면서 처용을 보는 관점이 달라진 것일까요?

신라 시대 사람들이 처용을 통해 역신을 피하려고 했다면, 고려 시대 사람들은 처용의 원한을 빌미 삼아 역신을 처단하려고 합니다. 처용의 마음에 새겨진 원한이 쉬이 사라지지 않으리라는 걸 눈치 챈 열병신이 "산이여 들이여 천리 밖에/ 처용 아비를 비켜가고자!"라고 발원합니다. 열병신은 자신을 횟감으로 만들겠다는 처용이 무서워 천리 밖으로 처용 아비를 피해가는 선택을 하는 것입니다.

역신에 시달리는 사람들 입장에서 보면, 강력한 힘으로 역신을 내모는 처용을 선호할 만합니다. 아내가 역신에게 겁탈을 당하는데도 관용을 베푼 처용을 그 누가 쉬이 받아들일까요? 일상적인 사고로는 결코 역병을 막을 수 없습니다. 역병을 전파하는 역신을 막으려면 역신의 마음을 움직이거나(신라인), 아니면 역신보다 더욱 강력한 힘으로 역신을 몰아내야(고려인) 합니다. 어느 한쪽이 옳다고 하기는 힘듭니다. 인간이 역신의 마음을 사는 것도 어렵거니와, 인간이 역신보다 더욱 큰 힘을 발휘하는 것 또한 거의 불가능하기 때문입니다. 시간이 흘러 신라에서 고려로 나라가 바뀌었다고는 해도, 역병은 여전히 사람들을 공포에 떨게 하는 악귀와도 같은 것이었습니다. 고려인들은 어찌 보면 신라인이 실천한 관용으로는 역신을 쫓아낼 수 없다고 생각했는지도 모릅니다. 비폭력이 실패했으니 남은 것은 폭력밖에는 없지 않은가요.

천금이나 칠보보다 소중한 게 생명입니다. 생명을 잃은 다음에 천금이나 칠보를 얻은들 무슨 소용이 있을까요. 생명을 지키려는 마음보다 더 큰 본능은 어디에도 없습니다. 사람들은 자기 생명을 지키기 위해 경계에 선 인물인 처용을 역신 앞에 내놓습니다. 백성들과 역신 사이에 처용이 있습니다. 처용이 없으면 백성들은 역신에게 속수무책으로 당할 수밖에 없습니다. 역신은 처용의 아내를 범할 정도로 몰염치한 존재가 아니던가요.

처용이 아내를 통해 역신과 거리를 둔다면, 백성들은 처용을 통해 역신과 거리를 두려고 합니다. 처용은 아내를 희생물로 삼고, 백성들은 처용을 희생물로 삼습니다. 아무런 희생 없이 역신을 물리치는 건 불가능합니다. 희생자의 자리는 이야기상으로는 부재하는 자리라고 할 수 있습니다. 아내가 부재하는 자리를 처용이 메우고, 처용이 부재하는 자리를 (처용의) 가면이 메우는 것이지요.

어디에도 없는 처용의 아내

시대를 불문하고 「처용가」에는 아내가 서 있을 자리가 없습니다. 왕이 처녀를 처용에게 선물했고, 처용은 아내를 역신에게 선물

했습니다. "내 것"으로만 표현되는 아내의 자리를 지움으로써 처용은 역신을 물러가게 합니다. 이런 처용은 왜 시간이 흐르면서 복수의 화신으로 변한 것일까요? 여기에는 역신에 대한 백성들의 한없는 두려움이 스며들어 있습니다. 대문에 처용의 가면을 붙이는 일로는 이 두려움이 해소되지 않자, 백성들은 아예 아내를 빼앗기고 분노하는 (또 다른) 처용을 다시 현실로 불러들인 것입니다.

이 자리에서도 아내는 여전히 역신에게 겁탈을 당합니다. 관용이 끝난 지점에서 처용은 드디어 분노를 터뜨립니다. 물론 그 분노는 시간이 흘러도 변치 않는 역신에 대한 백성들의 공포를 드러내는 것입니다. 백성들은 처용의 가면을 쓰고 역신을 향해 소리를 칩니다. 백성들이 있는 자리로 처용이 내려오는 것이라고 말하면 어떨까요?

백성들은 열병신을 횟감으로 만들려고 있지만, 정작 열병신에게 겁탈 당한 처용의 아내에 대해서는 별다른 관심을 기울이지 않습니다. 처용이 아내의 복수를 하려고 하는 것 아니냐고 물을 수 있습니다. 아닙니다. 처용은 아내의 복수를 하려는 게 아니라, "내 것"을 앗아간 열병신을 저주하고 있을 뿐입니다. 처용은 자신을 위해 복수를 감행하고 있다는 얘기입니다.

언제나 희생물이 되는 것은 약한 존재들입니다. 강자는 약자를 희생물로 만듦으로써 지금 벌어지는 환란으로부터 벗어나려고 합니다. 가부장제 사회에서 약자는 당연히 '여성'으로 나타납니다. 여성으로서 처용의 아내는 동시에 역신에게 범해진 창녀이기도 합니다. 가부장제를 지배하는 여성에 대한 두 가지 관념, 곧 아내(어머니)와 창녀의 구분법이 이 이야기에도 그대로 반영되어 있는 것입니다. 처용의 관용에 드리워진 빈자리가 무엇인지 우리는 이 지점에서 분명히 알 수 있지 않을까요.

8   애원을 해도 임은 끝내 떠나고
- 고려가요 속 연인들

「가시리」와 「서경별곡」

「가시리」와 「서경별곡」은 이별의 노래입니다. 헤어지기 싫은 사람과 이별하는 일만큼 서러운 일이 어디에 있을까요. 사랑하는 마음이 식은 사람이니, 아무리 애원해도 임은 떠날 마음을 바꾸지 않습니다. 사랑하는 사람은 바짓가랑이라도 잡고 매달리고 싶습니다. 사랑을 하는 데 자존심이 무슨 소용인가요. 사랑은 자존심 너머에 있습니다. 자존심이 강한 사람은 늘 자기중심으로 사랑을 생각합니다. 사랑이 어디 제 마음대로 되던가요. 내가 이리 하고 싶으면 상대는 저리 하고 싶고, 내가 저리 하고 싶으면 상대는 이리 하고 싶은 게 사랑입니다. 나와 상대가 가는 길이 같으면 상관없지만, 사랑의 길 위에서 나와 상대는 끊임없이 다른 길을 떠올립니다. 이 길이 완전히 틀어지면 이별을 하기 싫어도 어쩔 수 없이 이별을 해야 합니다.

「가시리」에 나오는 화자는 임을 따라 어디든 가고 싶습니다. 화자는 자꾸만 임에게 가실 거냐고 묻습니다. 사랑하는 사람을 버리고 가는 길입니다. 임과 헤어지면 어떻게 살아야 할지 막막하기만 합니다. 들어온 자리는 몰라도, 떠난 자리는 허전함이 더한 법입니다. 그 허전함을 알기에 화자는 떠나는 임을 잡고 싶습니다. 하지만 그 마음을 화자는 실행으로 옮기지 못합니다. 임이 서운할까 두려워서입니다. 이곳에 남은 사람이 이곳을 떠나는 사람을 걱정합니다. 지금 떠나면 언제 다시 만날지 모르는 데도 말이지요. 어차피 못 만날 사람, 이판사판으로 몰아붙일 만도 한데, 화자는 떠나는 이가 서운할까 두려워 아무 말도 못하고 이별을 감수합니다. 어찌 보면, 참으로 못난 사람입니다. 이러지도 저러지도 못하고 늘 수동적으로만 사니 이렇게 사랑하는 사람이 떠나는 것일 수도 있습니다.

떠나는 사람은 과연 보내는 사람의 이 마음을 알기나 할까요. 알 리가 없습니다. 사랑하는 마음이 이미 식었으니까요. 임은 빨리 이별의 시간이 흐르기만 기다립니다. 가지 말라는 말을 들을 때마다 온몸에 소름이 돋는지도 모릅니다. 잡는다고 머물 사람도 아니지만, 한사코 잡는다면 쉬이 떠날 수 없을 것 같기도 합니다. 다행히 화자는 잡을 듯 잡지 않습니다. 눈물을 머금은 연인의 얼굴을 외면한 채 이 사람은 길을 재촉합니다. 더 이상 이곳에 머물러야 할 까닭이 없습니다. 이별의 시간을 늘리는 것은 떠나는 이에게나 보내는 이에게나 힘든 일입니다. 갈 사람은 가야 하고, 남을 사람은 남아야 합니다. 남은 사람은 떠나간 사람이 다시 돌아오길 바라지만, 떠나는 사람은 다시는 이곳에 오지 않을 것이라는 걸 잘 알고 있습니다.

「가시리」의 화자가 억지로 이별을 수용하고 있다면, 「서경별곡」에 나타나는 화자는 어떻게든 떠나는 임을 따라나서려고 합니다. 이 시의 화자는 서경(평양)에 사는 모양입니다. 이곳에서 사는 삶이 만족스럽지만, 당신과 헤어지는 건 싫다고 화자는 단호하게 말합니다. 자신이 지닌 모든 것을 내던지고서라도 화자는 사랑하는 임을 따르려고 합니다. 임도 그럴까요? 화자와 같은 생각을 하는 임이 화자를 서경에 버려두고 떠날 리가 없습니다. 한번 가면 돌아오지 못할 길입니다. 이 도령과 춘향이 같은 운명이 아닌 다음에야, 떠난 임은 다시는 서경을 찾지 않을 것입니다. 그것을 알기에 화자는 임을 억지로라도 따라나서려고 합니다. 잡아두지 못할 것을 알기에 어떻게든 따라나서려고 합니다.

구슬이 바위에 떨어진들
구슬이 바위에 떨어진들
끈이야 끊어지겠습니까.

천년 동안 외롭게 산들
천년 동안 외롭게 산들
믿음이야 끊어지겠습니까.

– 「서경별곡」 부분

위 대목은 또 다른 고려가요인 「정석가」에도 나옵니다. 대중들이 부른 노래에 자주 나오는 것으로 보아, 당대 민중들이 이 대목을 유행가처럼 불렀다는 걸 알 수 있습니다. 구슬이 바위에 떨어지면 구슬은 깨질지도 모릅니다. 하지만 구슬을 꿴 끈은 절대로 끊어지지 않을 거라고 화자는 노래합니다. 끈이란 인연 줄입니다. 인연 줄이 살아 있으면 천년 동안 외롭게 살아도 믿음은 절대로 끊어지지 않는다고 화자는 강조하는 것이지요. 실제로 이 인연이 천년을 이어질지는 아무도 모릅니다. 화자는 다만 천년을 이어질 사랑으로 임을 따르려는 간절한 마음을 표현하고 있습니다.

'끈'과 '믿음'이라는 시어에 담긴 간절함을 떠나는 임은 과연 받아들였을까요? 다시 말하지만, 이런 마음을 아는 사람이 가지 말라고 붙잡는 사람을 떠날 리 없습니다. 보내는 사람은 간절하게 떠나는 이를 붙잡으려 하고, 떠나는 사람은 입으로는 가라고 말하면서도 마음으로는 붙잡으려는 연인의 손을 어떻게든 뿌리치려고 합니다.

천년의 사랑을 이야기해도 임은 떠날 뜻을 굽히지 않습니다. 기어이 배를 타고 대동강을 건넙니다. 임은 강 저편으로 떠나고 화자는 강 이편에 남는 것이지요. 끝내 자신을 뿌리치고 떠난 임이 원망스럽지만, 그 원망을 차마 겉으로 드러내기는 힘듭니다. 그래서 화자는 뱃사공을 끌어들입니다. 하긴 사공이 배를 내어놓지 않았다면 임이 어떻게 대동강 깊은 물을 건널 수 있을까요.

물론 억지논리라는 걸 화자는 잘 알고 있습니다. 그러면서도 화자는 사공의 아내 또한 배를 타고 강을 건너가 다른 남정네와 붙어먹을 거라고 저주합니다. 사공이 이 노래를 들었으면 얼마나 어이가 없었까요? 사공이라고 마음이 편치만은 않았을 것입니다. 대동강 나루에서 이루어지는 그 수많은 이별을 사공은 보아왔을 테니까요. 대동강 이쪽과 저쪽을 이어야 사공은 입에 풀칠이나마 할 수 있습니다. 대동강 나루는 이리 보면 냉혹한 사랑과 가슴 아픈 사랑이 혼재된 장소에 해당되는 셈입니다.

화자는 대동강 건너편에 핀 꽃을 이야기합니다. 배를 타고 강을 건넌 임은 저쪽에 탐스럽게 핀 꽃을 꺾을 것입니다. 꽃을 꺾는다는 건 다른 여자와 인연을 맺는다는 걸 의미합니다. 가부장제 사회는 남자 중심으로 세상을 보니 이런 표현이 자주 나옵니다. 꽃은 땅에 뿌리를 박고 핍니다. 이쪽에 남은 화자 역시 땅에 뿌리를 박은 꽃이라고 할 수 있습니다. 임이 그 꽃을 꺾어 품에 품지 않는 한, 땅에 뿌리를 박은 꽃은 그 자리에서 시간을 보내야 합니다. 돌려 말하면, 떠난 임이 저쪽에서 꺾은 꽃 역시 이쪽에 버려진 꽃과 같은 신세가 될 거라는 말입니다. 여자를 꽃에 비유하는 마음자리에는 남자는 여기저기를 떠도는 사람이고, 여자는 한 곳에 머물러 남자의 손길을 기다리는 사람이라는 맥락이 내포되어 있습니다. 가부장제의 차별 논리는 연인들의 사랑 방식에도 그대로 스며들어 있는 것입니다.

사람들은 흔히 「가시리」에 나오는 화자를 소극적인 여성으로, 「서경별곡」에 나오는 화자를 적극적인 여성으로 표현합니다. 겉으로만 보면 이렇게 보이기도 합니다. 하지만 두 작품에 나오는 화자들은 공히 다른 선택을 할 수 없는 상황에 놓여 있습니다. 소극적으로 대해도 임은 떠날 것이고, 적극적으로 대해도 임은 떠날 것입니다. '소극적/적극적'이라는 특성은 그저 남자 중심의 시선을 다르게 표현하고 있을 뿐입니다. 정말로 적극적인 여성이라면, 떠나는 임의 의사와 상관없이 배를 타려고 했을 겁니다. 시대적인 상황을 고려해야 한다고 해도 해석은 달라지지 않습니다. 떠나는 임을 남성에 대입하고, 보내는 이를 여성에 대입하는 사고방식이 달라지지 않는 한, '소극적/적극적'이라는 분석 틀은 여성을 꽃으로 인식하는 사고와 같은 맥을 형성하고 있을 따름입니다.

「청산별곡」

「청산별곡」은 현실의 고통을 견딜 수 없어 청산으로 숨어든 민중의 이야기를 담고 있습니다. 이제나저제나 가난한 민중들은 하루하루를 힘겹게 넘깁니다. 오늘 먹을 양식을 얻기 위해 오늘 일을 해야 하고, 내일 먹을 양식을 얻기 위해 내일 일을 해야 합니다. 그러다가 생각지도 못한 일이 갑작스레 몰아치면 허방에 빠진 채로 고통에 떨 수밖에 없습니다.

이 시의 화자는 이런저런 일들을 모두 내던지고 청산으로 가려고 합니다. 그곳으로 가 머루와 다래를 먹으며 살려고 합니다. 머루와 다래는 산속에서 자생하는 열매들입니다. 머루와 다래를 먹고 산다는 것은 그러므로 화자가 별다른 계획 없이 청산행을 소망하고 있음을 나타냅니다. 요즘 시중에 유행처럼 번지는 '자연인'이 되기 위해 화자는 청산으로 가는 게 아닙니다. 이곳에서는 도저히 살 수 없어, 화자는 이곳이 아닌 저곳을 그리워하고 있을 뿐입니다.

실제로 청산행이 이루어지면 화자는 청산에서 어떤 삶을 살게 될까요? 화자가 청산으로 가는 까닭은 가난 때문일 수도 있고, 실연 때문일 수도 있습니다. 여기서는 글 제목에 맞추어 실연을 청산행의 원인으로 제시합니다. 사실 가난이든, 실연이든 상관없을 수도 있습니다. 가난한 이들은 사랑 또한 마음대로 못하는 법이니까요.

시대가 시대이니 만큼 권력자의 침탈로 사랑이 파탄 나는 상황이 도래할 수도 있습니다. 옛이야기에도 두루 나오는 내용이 아니던가요. 가난도 싫고, 권력도 싫고, 사랑도 싫어 화자는 청산행을 결심합니다. 청산으로 가는 일은 무엇보다 마음을 비우는 일과 이어집니다. 마음을 비우지 않고 청산으로 갔다가는 더 큰 난관에 봉착하기 십상입니다. 뚜렷한 계획 없이 청산을 찾은 화자가 이 난관들을 과연 극복할 수 있을까요?

2연에는 우는 새가 나옵니다. 화자는 새의 울음소리를 시름 소리로 듣습니다. 아침에 일어나자마자 새는 시름에 빠져 울음을 웁니다. 화자라고 다를까요. "너보다 시름이 많은 나도 자고 일어나 우니노라"라고 화자는 한탄합니다. 아침이 되면 우는 새야 자연이라고 할 수 있지만, 아침이 되면 우는 화자는 자연이라고 할 수 없습니다.

3연에도 새가 나옵니다. 물 아래로 날아가는 새입니다. '물 아래'는 사람들이 사는 세속을 가리킵니다. 물이 있는 곳에 사람들이 사는 법이니까요. 화자는 이끼 묻은 쟁기를 손에 쥔 채 물 아래로 날아가는 새를 청산에서 보고 있습니다. 아침이면 우는 새는 물 아래로 날아가는데, 역시 아침이면 우는 화자는 물 아래로 날아갈 수 없습니다. 저 새처럼 물 아래와 청산을 오고가면 얼마나 좋을까마는, 물 아래에서 사는 고통을 잘 아는 화자가 섣불리 그리로 가기는 힘들 것입니다.

이렇게 저렇게 해서 낮은 지내왔지만
올 사람도 갈 사람도 없는 밤은 또 어찌하는가
얄리얄리 얄라셩 얄라리 얄라(후렴구)

어디에 던지는 돌인가 누구를 마치는 돌인가
미워하는 사람도 사랑하는 사람도 없이 맞아서 우니노라

– 「청산별곡」 4연과 5연

사방이 환한 낮에는 이런저런 일들을 하며 보냈습니다. 무슨 일이라도 해야 먹고 살 수 있으니, 임을 생각할 겨를도 없었습니다. 몸을 재게 놀리며 낮 시간은 보냈는데, 밤이 되자 그나마 할 일도 없습니다. 사방은 칠흑같이 어둡습니다. 바로 앞도 보이지 않을 정도지요. 자리에 누워 화자는 지난날을 생각합니다. 지금 이 시간에 임은 무엇을 하고 있을까요? 가난에 질려 헤어지긴 했지만, 한시도 임을 잊어본 적이 없습니다. 혼자 사는 마당이니, 올 사람도 없고 갈 사람도 없습니다. 그저 잠을 자며 밤 시간을 축내야 하지요. 잠도 오지 않습니다. 자려고 하면 할수록 임의 얼굴만 또렷이 머릿속에 남습니다. 멀리서 새 소리라도 들릴라치면 가슴이 메어옵니다. 청산까지 와서 이 무슨 청승인가요. 이러느니 차라리 임과 함께 세속에서 굶어죽는 게 나았을 거라는 생각도 듭니다. 물론 생각일 뿐입니다.

어느 날엔가는 산길을 걷다가 어디서 날아온 지도 모를 돌에 맞았습니다. 돌을 던진 이는 보이지 않는데, 돌 하나가 덩그러니 땅바닥에 놓여 있습니다. 돌에 맞은 머리도 아픕니다. 아픔은 확연한데 이 아픔이 기인한 곳은 어딘지 모르는 상황 앞에서 화자는 또 다시 울먹입니다. 더 이상 미워할 사람도 없고, 더 이상 사랑할 사람도 없습니다. 그런데도 그 감정만은 시간이 흘러도 새록새록 샘솟습니다. 오늘처럼 던진 사람이 없는 돌에 맞아 울고 있는 상황에 이르면, 정말로 이 세상을 깨끗이 하직하고 싶기도 합니다. 도대체 이놈의 운명은 어디서 온 것일까요? 누가 부여한 운명이기에 이토록 사람을 피 말리게 하는 것일까요? 울어도 소용이 없다는 걸 알면서도 화자는 끝없이 울고 있습니다. 울고 울다 보면 속이라도 시원해질 수 있으니까요.

이런 마음으로 어떻게 청산의 삶을 견딜 수 있을까요. 그렇다고 세속으로 돌아갈 수는 없습니다. 청산도 안 되고, 세속도 안 된다면 그 사이를 방랑하는 길밖에는 없습니다. 그래서 화자는 바다로 삶터를 옮깁니다. 청산에 살던 이는 바다에서 나문재나 굴, 조개 등을 먹으며 살고자 합니다. 청산에 갔던 때와 같이 계획이라는 것은 전혀 없습니다. 하긴 계획을 세운다고 무엇이 달라지겠습니까. 계획을 세운다고 해도 그대로 살 것도 아닙니다.

청산에서 견디지 못한 화자는 바다에서도 견디지 못합니다. 청산에 있어도 화자는 외롭고, 바다에 있어도 화자는 외롭습니다. 이 외로움을 떨쳐내려면 세속으로 들어가야 하는데, 그럴 마음은 털끝만큼도 없습니다. 사람들이 사는 곳으로 가도 여전히 외로울 거라는 걸 화자는 잘 알고 있기 때문입니다. 이래도 한세상, 저래도 한세상을 곱씹으며 발길을 그저 옮길 수밖에는 다른 방법이 없는 것입니다.

> 가다가 가다가 들었노라 외딴 부엌을 가다가 들었노라
> 사슴이 장대에 올라가 해금을 켜는 것을 들었노라
>
> 가다가 보니 배부른 항아리에 진한 술을 빚는구나
> 조롱꽃 누룩이 매워 잡으니 내 어찌하겠는가
>
> ─「청산별곡」7연과 8연

바다에서도 적응하지 못한 화자는 결국 세상의 이곳저곳을 방랑하는 신세가 됩니다. 목적지가 없는 인생이 무엇을 보고, 무엇을 들은들 무슨 상관일까요? 외딴 부엌을 지나다가 화자는 사슴이 장대에 올라가 해금을 켜는 것을 듣습니다. 사슴이 어떻게 장대에 올라가며 설사 올라간들 어떻게 해금을 켤까요? 사람들은 사슴 탈을 쓴 광대가 해금을 켜는 것으로 이 장면을 이해하지만, 굳이 그렇게 합리적으로 이해할 필요는 없습니다. 화자는 말 그대로 사슴이 해금을 켜는 환상에 빠진 것일 수도 있으니까요.

사슴이 해금을 켜는 불가능한 상황을 상상함으로써 화자는 자신이 처한 불행한 상황과 거리를 두려고 합니다. 진정한 자기를 찾기 위해 방랑하는 것이 아닙니다. 머물 곳이 없기에 화자는 방랑을 합니다. 깨

달음이니 뭐니 하는 말로 화자의 방랑길을 미화할 필요도 없습니다. 화자는 환상에 빠지지 않으면 이 지독한 현실을 견딜 수가 없는 거니까요.

이런 맥락으로 7연을 해석해야 술을 마시며 현실과 거리를 두는 8연의 상황과 자연스레 이어집니다. 화자는 어딘가를 지나가다 배부른 항아리에서 풍기는 술 냄새를 맡습니다. 조롱꽃 누룩이 핀 술독에서 냄새가 진동합니다. 그 냄새를 외면하고 어떻게 길을 갈 수 있을까요? 냄새가 자기 소매를 잡는다고 화자는 말하고 있지만, 사실은 화자 스스로 냄새를 따라 가는 것입니다. 술에 흠뻑 취해 이 풍진 세상을 잊고, 임에 대한 그리움을 잠시나마 잊으려고 하는 것입니다. 물론 이런다고 지나온 세월을 저편으로 날려 보낼 수는 없습니다. 그럼에도 화자는 기꺼이 환상에 빠지고, 기꺼이 술독에 빠집니다. 이것마저도 없으면 방랑하는 삶 또한 더 이상 유지할 수 없기 때문인 거지요.

청산으로 간 화자는 아침에 일어나면 외로워 울었습니다. 산길을 걷다가는 누가 던졌는지도 모르는 돌에 맞아 또 울었습니다. 청산을 떠나 화자는 바다로 갔지만, 화자의 외로움은 전혀 사라지지 않았습니다. 그러기는커녕 시간이 흐를수록 화자는 더욱 큰 외로움 속으로 빠져들었습니다. 사슴이 해금을 타는 장면을 상상하며 눈물을 흘렸고, 배부른 독에서 흘러나오는 술 냄새에 젖어 가슴 속 설움을 잊으려고 했습니다. "알리알리 알라셩 알라리 알라" 노래를 부르며 어서 빨리 이 지독한 일상이 흘러가기를 소망했습니다.

오늘도 화자는 오라는 곳이 없는 길을 걷습니다. 오라는 곳이 없어도 갈 길은 참으로 많습니다. 언제나 이 서글픈 방랑길은 끝을 맺을까요? 가난에 찌들어 사랑조차도 마음먹은 대로 할 수 없었던 당대 민중들의 서글픔을 이만큼 진실하게 드러낸 작품은 참으로 드물다고 하겠습니다.

「쌍화점」과 「만전춘」

고려시대 민중들이 사랑을 어떻게 받아들였는지는 「정석가」만 봐도 잘 알 수 있습니다. 이 작품에는 불가능한 상황을 설정한 후, 그 상황이 현실로 이루어지면 임과 헤어지겠다는 내용이 반복되고 있습니다. 바삭바삭한 모래밭에 심은 구운 밤 닷 되에서 움이 나고 싹이 나야 임과 헤어지겠다고 선언하는 화자를 보세요. 옥에 새긴 연꽃을 바위와 접붙여 세 묶음의 꽃을 피워야 임과 헤어지겠다는 화자는 또 어떤가요. 사랑에 빠진 사람들은 늘 이런 방식으로 말합니다. 말로는 헤어지자고 하면서도 손으로는 연인의 손을 꽉 붙들고 있습니다. 피치 못해 헤어지는 경우가 와도 그들은 다시 만날 날을 반드시 기약합니다. 그 기약이 이루어지는 것은 사실 중요하지 않습니다. 중요한 것은 기약했을 때의 그 마음을 시간이 흘러도 잊지 않는 것입니다. 이 시대를 사는 사람들 입장에서 보면, 어리석고도 어리석은 일이지요.

지금까지 이별에 처한 연인들을 주로 다루었지만, 사랑에 이별만 있는 것은 아닙니다. 누군가를 사랑하는 일은 한없이 즐거운 일입니다. 마음도 즐겁고 몸도 즐겁습니다. 사랑하는 사람을 보면 얼마나 안고 싶은지요. 그 사람의 체온을 느끼며 사랑에 빠진 사람은 헤어 나오기 힘든 에로스의 세계로 빠져듭니다. 에로스에 빠진 연인은 둘이 하나가 되는 상태에 이릅니다. 사랑이란 둘이 하나가 되는 과정 속에서 완성되는 행위가 아니던가요.

이제 우리가 살펴볼 「쌍화점」과 「만전춘」은 조선 선비들이 남녀상열지사(男女相悅之詞)라 하여 음탕한 노래로 지목한 작품들입니다. 앞서 살핀 작품들과 이 작품들은 분명 다른 특성을 지니고 있습니다. 신체적인 접촉을 직접적이든, 간접적이든 표현하는 내용이 많습니다. 단지 이런 내용이 담긴 노래라고 해서 음탕한 노래라고 하는 게 과연 온당한 것일까요?

「쌍화점」에 나오는 쌍화점은 외국인이 경영하는 만두가게를 의미합니다. 만두가게에 만두를 사러 갔더니 몽고인 주인이 화자의 손목을 쥐었답니다. 요즘으로 따지면 성추행입니다. 그런데 화자는 그 자리에 있던 어린 광대, 곧 심부름하는 아이를 향해 소문이 퍼지면 너를 탓할 것이라고 이야기합니다. 화자는 왜 아이에게 소문을 내지 말라고 하는 것일까요?

이 시가의 후렴구로는 "그 자리에 나도 자러 가리라/ 그가 잔 곳과 같이 어수선한 곳은 없다"가 사용되고 있습니다. 이 대목을 바탕으로 원문을 다시 해석하면, 쌍화점 주인이 아가씨의 손목을 잡는 행위는 성 관계와 관련이 있음을 알 수 있습니다. 아가씨는 그러니까 이 상황을 숨기기 위해 심부름하는 아이를 어르고 있는 것입니다. 조선 선비들이 이 작품에 남녀상열지사라는 딱지를 붙인 것은 바로 이러한 맥락에서 살필 수 있을 것입니다.

쌍화점 주인과 아가씨의 관계는 삼장사 사주(寺主)와 화자, 우물의 용과 화자, 술집 아비와 화자의 관계로 이어집니다. 세 관계 모두 앞서와 같이 남자가 여자의 손목을 쥐는 장면이 나옵니다. 사주에게 손목을 잡힌 여인은 어린 중의 입단속을 하고, 우물의 용에게 손목을 잡힌 여인은 조그마한 두레박의 입을 단속하려고 합니다. 소문이 나면 부끄러워할 만한 짓을 이들이 저질렀다는 얘길 겁니다.

은밀하게 이루어지는 사랑의 밀애는 사람들이 그만큼 에로스적 관계에 매몰되어 있음을 암시적으로 드러냅니다. 영원한 사랑의 관념을 외치는 한편으로 민중들은 육체의 에로스를 온몸으로 즐기려고 했습니다. 조선 선비들은 이를 음란한 노래라 하여 배제하려고 했지만, 그것을 즐기는 민중들의 입조차 막을 수는 없었습니다.

인간의 삶은 윤리와 도덕만으로 이루어질 수 없습니다. 고려가요를 남녀상열지사로 내몬 조선 선비들도 기생집을 찾아 여색을 즐겼습니다. 그들은 겉으로는 고상한 담론을 입에 담았지만, 어둠이 빛을 가리는 시간이 오면 너도 나도 기생집에 들어 그들이 그토록 비난했던 남녀상열지사를 온몸으로 경험했습니다.

성리학이 아무리 이념을 지향해도, 현실을 사는 선비들은 결코 남녀상열지사를 벗어날 수 없습니다. 에로스라는 측면에서 보았을 때, 이상과 현실의 균형은 거의 불가능하다고 볼 수 있습니다. 성인(聖人)의 경지에 이른 사람이야 색욕을 스스로 절제할 수 있다고 하지만, 그렇지 않은 범부들이야 성리학을 떠벌리는 와중에도 색욕을 즐길 수밖에 없습니다. 색욕은 인간의 본능이기 때문입니다.

「만전춘」에 표현된 내용은 「쌍화점」보다 더욱 직설적입니다. 1연에서 화자는 얼음 위에 댓잎 자리를 깔고 임과 얼어 죽을망정, 정든 오늘밤이 더디 새오라고 기원합니다. 에로스는 죽음을 넘어섭니다. 임과 뜨거운 하룻밤을 보내기 위해서라면 죽음쯤 두렵지 않다고 화자는 대범하게 말합니다. 죽음만큼 인간을 공포에 빠뜨리는 것이 어디에 있을까요. 죽음을 넘어선다는 건 곧 공포를 넘어선다는 것과 다르지 않습니다. 그만큼 이 시가의 화자는 임과 즐기는 에로스에 흠뻑 빠져 있습니다. 임과 하룻밤을 보내면 오늘 죽어도 상관이 없다고 화자는 강조합니다. 하루를 위해 온 생을 버리려는 이 마음을 사랑에 빠진 사람들은 단번에 이해할 겁니다. 사랑하는 사람을 온몸으로 안은 그 감각만으로 실연의 아픔을 견디는 이들 또한 이 세상에는 얼마나 많은지요.

오리야 오리야 나어린 비오리야
여울은 어디 두고 늪에 잠자러 오느냐
늪이 얼면 여울도 좋으니 여울도 좋으니

남산에 잠자리를 보아 옥산을 베고 누워
금수산 이불 아래 사향 각시를 안고 누워
남산에 자리 보아 옥산을 베고 누워

금수산 이불 아래 사향 각시를 안고 누워

상사병 고칠 약이 든 가슴을 맞춥시다 맞춥시다
아아 임이시여 평생 동안 떨어질 줄을 모르리니

— 「만전춘」 4~6연

    여울을 놔두고 늪으로 온 오리에게 누군가 늪에 온 이유를 묻습니다. 오리는 늪이 얼면 여울도 좋다고 말합니다. 늪이 얼면 늪에서 살던 오리 떼는 다른 곳으로 삶터를 옮길 것입니다. 그때가 되면 짝을 잃은 오리는 다시 여울로 옮기려고 합니다. 한마디로 바람둥이 오리인 셈이지요. 늪이 됐든, 여울이 됐든 오리는 더불어 어울릴 오리들만 있으면 됩니다. 영원한 사랑이니 하는 말을 이 오리는 절대로 하지 않습니다. 영원한 사랑이라는 이념에 매이면 지금 당장 사랑을 나눌 오리들을 외면해야 합니다. 바삭바삭한 모래벼랑에 구운 밤 닷 되를 심어도 싹이 나는 기적을 이 오리는 결코 꿈꾸지 않습니다. 여울과 늪을 오가며 오리는 뭇 오리들과 뜨거운 사랑을 나눕니다. 사랑만 나눌 수 있다면 여울도 좋고, 늪도 좋은 겁니다.

    에로스를 외치는 시인들은 사랑을 나누는 스케일도 엄청 큽니다. 그들은 남산에 잠자리를 보아 옥산을 베고 눕는 상상을 합니다. 금수산 이불 안에 사향 각시를 안고 누워 가슴을 맞추는 것으로 상사병을 고치자는 이들의 노랫소리를 그 누가 외면할 수 있을까요? 상사병이란 사랑을 이루지 못해 생긴 병입니다. 사랑으로 생긴 병이니 사랑으로 풀어야 합니다. 가슴을 맞추며 평생 동안 해로하기를 소망하는 이 노래를 민중들은 곳곳에서 거침없이 불렀습니다. 조선 선비들이 어두운 곳에서 비밀스레 즐긴 의식을 민중들은 밝은 세상에서 소리 높여 즐겼습니다. 성리학과 같은 이념으로 어떻게 본능인 에로스를 막아낼 수 있을까요? 조선 민중들 또한 고려 민중들처럼 온몸으로 사랑을 즐기며 남녀상열지사를 불렀습니다.

누군가가 온몸으로 부른 노래를 누군가는 음탕한 노래라 하여 비도덕적인 노래로 낙인찍었습니다. 그들은 「가시리」에 나오는 소극적인 여성을 연인의 전형으로 설정하여, 남자가 지배하는 가부장제 사회를 마음껏 즐겼습니다. 에로스는 사회를 무너뜨리는 저속한 풍속으로 단죄되었습니다. 밝은 세상에서 에로스를 쫓아낸 권력층은 어두운 세상에서 질탕한 에로스를 즐겼습니다. 굳이 과거를 들여다볼 것도 없습니다. 시시때때로 터지는 권력층의 성 접대 비리 사건은 지금 우리가 사는 이 사회에서도 심심찮게 벌어지고 있으니까요.

도덕이라는 이름으로 성을 판단하는 사람일수록 성에 매이는 경우가 많습니다. 그들은 보이는 곳에서는 군자인 양 행동하다가도 보이지 않는 곳에서는 온갖 변태 짓을 서슴없이 행합니다. 고려가요에 등장하는 연인들에게는 이런 모습이 거의 드러나지 않습니다. 그들은 거침없이 사랑을 표현했고, 거침없이 에로스를 나누었습니다. 지금 해야 할 사랑을 까마득한 미래로 미루지 않았습니다. 그 시대의 노래를 지금 우리가 여전히 부르는 까닭은 무엇보다 이 점에서 찾을 수 있지 않을까 합니다.

9   가부장제의 남성 판타지
- 김만중의『구운몽』

아홉의 덧없는 인생들

　김만중이 지은『구운몽』을 읽지는 않았어도 제목은 참 많이 들어봤을 겁니다. 고등학교 교과서에 실린 고전소설이니까요. 현실에서 꿈으로 꿈에서 다시 현실로 돌아오는 환몽구조를 기반으로, 한 남자가 여덟 여자와 만나 벌이는 사랑 이야기를 담은 소설입니다. 한 남자와 여덟 여자의 사랑 이야기라니! 가부장제 사회에서나 가능한 이야기지요. 능력 있는 남자가 뭇 여자를 거느릴 수 있다는 가부장 남자들의 로망이라고 표현하면 어떨까요? 인생은 덧없는 것이라는 깨달음을 이야기의 앞뒤로 배치한 소설치고는 내용이 참으로 파격적입니다. 그만큼 김만중은 권력을 쥔 당대 남성들의 사랑 판타지를 이 소설을 통해 드러내고 있다고 하겠습니다.

　수도자(修道者)인 성진이 팔선녀에 대한 욕망을 품자 스승 육관대사가 그에게 풍도(지옥)를 거쳐 인세(人世)로 환생하는 벌을 내립니다. 인간 세상에 양소유로 태어난 성진은 역시 인간으로 환생한 팔선녀와 만나 인연을 이룹니다. 제목에 나타나는 대로 그들은 꿈속에서 인연을 맺습니다. 지금 우리가 사는 이 세상은 성진 입장에서 보면 꿈속 세계입니다. 꿈은 현실처럼 느껴지지만 현실은 아니지요. 무서운 꿈을 꾸고 땀에 흠뻑 젖어 깨어난 적이 있나요? 꿈이 현실 같다는 건 그만큼 실감이 난다는 걸 의미합니다. 꿈이되 꿈만은 아닌 세상을 우리는 살고 있다고나 할까요? 성진은 양소유가 되어 남자로서 이룰 수 있는 모든 욕망을 이룹니다. 그리고 이 모든 욕망들이 덧없다는 걸 깨닫습니다.

이와 유사한 이야기 가운데 「조신의 꿈」(일연이 지은 『삼국유사』에 실렸습니다)이라는 설화가 있습니다. 조신 또한 스님입니다. 그는 한 여인을 좋아하는데, 그 여자가 다른 남자와 정혼을 했습니다. 조신이 부처를 원망하자, 관세음보살이 나서 그를 꿈속 세계로 내몹니다. 꿈속에서 조신은 좋아하던 여인을 만나 혼인을 하고 자식들까지 낳습니다. 어쨌든 자기 욕망을 실현한 것이지요.

하지만 그는 양소유처럼 화려한 삶을 살지 못합니다. 벼슬이 승상까지 오른 양소유는 공주를 비롯한 여덟 여자 모두와 인연을 맺었습니다. 의식주 문제를 걱정하지도 않았고요. 조신은 사랑하는 여자를 아내로 맞았지만, 의식주 문제를 전혀 해결하지 못합니다. 하루 이틀 굶는 게 아닙니다. 와중에 맏아들이 죽자 조신은 아내와 갈라섭니다. 같이 있으면 모두 죽을 수가 있으니 헤어져서 살 길을 찾자는 게 이유입니다. 꿈에서 깬 조신은 삶이 참 덧없는 걸 느낍니다. 양소유가 된 성진은 화려한 삶이 얼마나 보잘 것 없는 것인지 느끼고, 조신은 인생 자체가 얼마나 괴로운지 뼈저리게 느낍니다. 김만중이 유교사상을 따르는 선비이고, 일연이 불교사상을 따르는 스님이라서 이런 차이가 나는 걸까요?

『구운몽』을 지은 김만중은 화려한 가문을 배경으로 예조판서까지 오른 사람입니다. 노론의 핵심 인물로 당파싸움에도 적극적으로 참여했던 그는 홀로 된 어머니를 위해 이 소설을 지었다고 합니다. 소설(小說)을 가벼운 이야기라 해서 무시한 시대에 김만중은 소설, 곧 이야기로 어머니를 위로하려고 했습니다. 그는 『사씨남정기』를 통해 숙종과 장희빈을 희롱하는 소설을 쓰기도 했는데, 그만큼 이야기 감각이 뛰어난 인물이라고 말해도 좋겠습니다.

제목 구운몽(九雲夢)은 성진(양소유)과 팔선녀의 인연을 비유적으로 표현합니다. 구운(九雲)은 아홉 명의 덧없는 구름을 의미합니다. 구름이란 게 원래 한 곳에 정주하지 않고 떠다니는 특성이 있지 않은가요? 구운몽은 그러므로 정처 없이 떠도는 아홉 사람의 꿈이라고 해석할 수 있습니다. 제목에 이미 삶을 덧없는 것으로 생각하는 마음이 담겨 있는 셈입니다.

영웅이 미녀를 얻는다?

김만중은 화려한 삶의 이면에서 덧없는 삶을 봅니다. 양소유와 팔선녀는 그 누구보다 화려한 삶을 살다가 나이가 들어 삶이 덧없는 걸 느낍니다. 김만중은 왜 세속적 성공을 거둔 인물을 통해 삶은 덧

없다는 깨달음을 말하는 작품을 창작한 것일까요? 여기에는 가부장제를 지배하는 남성을 향한 강렬한 열망이 깃들어 있습니다. 가부장제는 가부장, 곧 남성이 권력을 쥔 사회입니다. 가부장제에서 남성 하나와 여성 여덟이 만나 사랑하는 이야기는 가능해도, 여성 하나와 남성 여덟이 만나 사랑하는 이야기는 불가능합니다.

「조신의 꿈」에 나오는 조신이 한 명의 여자와 사랑을 나누는 상황과 비교해 보세요. 조신은 오로지 한 여인에 대한 사랑을 이루기 위해 파계까지 감수하지만, 양소유는 팔선녀와 두루 만나 사랑을 나눈 후 현실로 복귀해 육관대사의 가장 뛰어난 제자가 됩니다. 스님 신분으로는 이룰 수 없는 욕망들을 성진은 꿈속에서 양소유가 되어 이룹니다. 양소유의 아버지 양 처사는 신선입니다. 그는 아내인 유 씨와 속세 인연을 맺어 아들을 낳고는, 소유가 열 살 때 청학을 타고 깊은 산골로 들어가 버립니다. 김만중 역시 유복자(遺腹子)로 태어난 점을 생각한다면, 작가는 양소유에게 자신의 삶=소망을 그대로 비추었는지도 모르겠습니다.

이 소설의 속 이야기는 양소유가 팔선녀를 만나는 이야기에 초점을 맞추고 있습니다. 과거에 급제한 후 나라에 공을 세우는 이야기도 나오긴 하지만, 그것은 양소유가 팔선녀와 인연을 맺는 과정에서 펼쳐지는 배경에 불과합니다. 양소유가 만약 조신과 같은 상황이라면 어떻게 됐을까요? 저마다 재능을 지닌 팔선녀를 만나지도 못했겠지만, 설사 인연을 맺었다고 해도 더불어 사는 즐거움을 느끼지는 못했을 것입니다.

김만중은 양소유를 팔선녀 모두와 어울릴 수 있는 당대의 영웅으로 묘사합니다. 영웅이 된 양소유만이 오로지 팔선녀와 인연을 맺을 수 있습니다. 그가 인연을 맺은 팔선녀는 공주부터 기생까지 신분도 다양합니다. 그들이 만나는 장소도 다양해서 여염집(진채봉, 정경패, 가춘운), 기방(계섬월, 적경홍), 전쟁터(심요연), 꿈속(백능파), 궁궐(난양공주)을 망라합니다. 팔선녀는 과거에 장원급제하고 승상까지 오른 양소유와 필담을 나눌 정도로 글을 짓는 솜씨가 뛰어납니다. 양소유만 뛰어난 게 아니라 팔선녀 또한 능력이 출중하다는 얘깁니다. 미모야 말할 나위가 없습니다. 거기다 이들은 양소유와 인연을 맺기 전부터 얽히고 설킨 관계를 유지합니다.

양소유가 나라를 구하는 공을 세우자 황제는 그를 부마로 삼으려고 합니다. 부마는 공주 한 사람과만 인연을 맺는 게 예의입니다. 하지만 양소유는 이미 정경패와 혼인을 약속한 상태였습니다. 그는 난양공주와 결혼하라는 왕명을 받아들이지 않습니다. 양소유가 아무리 영웅이라고 해도 엄연히 황제의 아랫사람일 뿐입니다. 황제의 명을 거역하는 것은 곧 목숨을 거는 것과 다르지 않습니다. 난양공주가 정경패를 만나 서로 의(義)가 통함으로써 두 사람은 양소유의 처가 됩니다. 난양공주는 공주라는 신분에 얽매여 다른 여인을 판단하지 않습니다. 공주는 양소유가 팔선녀 모두와 인연을 맺는 걸 기꺼이 인정합니다. 작가는 난양공주와 만나기 이전에 지은 인연이라고 하여 양소유를 두둔하지만, 상황에 따라 이것은 공주를 무시하고 왕명을 거역하는 행위로 비쳐질 수 있습니다.

김만중은 가부장제 남성들이 상상하는 판타지를 소설이라는 형식으로 표출합니다. 입신양명을 이룬 영웅은 많은 여인과 만나 마음껏 즐깁니다. 여인들은 모두 미모가 출중하고 글을 짓는 능력 또한 뛰어납니다. 한마디로 한 시대를 움직이는 권력자들과 대적할 만한 여인들입니다. 게다가 그녀들은 가부장(家父長)에게 절대 복종합니다. 한 사람뿐인 가부장의 총애를 얻기 위해 서로 싸울 만도 한데(인현왕후와 장희빈을 다룬 「사씨남정기」가 그렇지요), 이 작품에 나오는 팔선녀는 그런 마음을 전혀 내보이지 않습니다. 공주조차도 다른 여자들과 더불어 한 남자를 모시는 상황이니, 다른 말을 해서 무엇 할까요? 여덟 여자가 한 남자와 지내려면 남자에 대한 애착을 완전히 내려놓아야 합니다. 세속으로 쫓겨나기는 했지만, 팔선녀는 전생(현실)에서 도를 닦는 도사로서의 풍모를 내버리지 않은 것입니다.

긍정적으로 말하면 제 욕망을 절제하는 여자들이고, 부정적으로 말하면 양소유를 향한 사랑 말고는 욕망이 전혀 없는 여인들이 바로 팔선녀입니다. 물론 전생까지 이어진 인연이 양소유와 팔선녀를 이런 관계로 만들었을 수 있습니다. 양소유는 꿈속에서 자기가 이루고 싶은 모든 욕망을 이루었지만, 더불어 꿈을 꾼 팔선녀는 과연 무엇을 이루었을까요? 한 남자의 사랑을 여덟 여자가 고루고루 받은 것으로 팔선녀의 꿈이 이루어진 것이라고 할 수 있을까요? 팔선녀는 오로지 양소유를 따라 움직일 뿐입니다. 양소유가 영웅호걸로서 화려한 삶을 살면 그녀들 또한 화려한 삶을 살고, 양소유가 삶의 덧없음을 느끼고 현실로 돌아가면 그녀들 또한 그를 따라 기꺼이 현실로 돌아갑니다.

그는 팔선녀에게 연인이자 스승의 역할을 하고 있는 셈입니다.

가부장제의 남성 판타지

김만중은 양소유라는 인물에만 관심을 기울입니다. 제목은 '구운몽'이지만 작가는 팔선녀에게 그다지 관심이 없습니다. 여자는 그저 성격 좋고 능력 있는 남자를 만나 그 그늘에서 아들 딸 낳고 잘 살면 된다는 생각으로 그는 팔선녀를 그립니다. 물론 시대 상황이 그러니 어쩔 수 없는 거라고 생각할 수도 있습니다. 여자들은 아무리 능력이 뛰어나도 그 능력을 펼치기 힘든 사회였으니까요. 어려서는 아버지를 따르고, 젊을 때는 남편을 따르며, 늙어서는 아들을 따르는 게 이 시대 여자의 삶이었습니다. 권력이 있는 집안에 태어난다고 뾰족이 다른 삶을 살지는 않았다는 말입니다. 뛰어난 시인인 허난설헌의 경우처럼, 능력이 뛰어난 여인은 제 명대로 살기도 힘들었습니다. 기생과 같은 천한 일을 제외한다면, 여자들이 제도 밖에서 할 일은 아무것도 없었던 것입니다.

우리는 여기에서 가부장제를 사는 남자들이 꿈꾸는 판타지가 무엇인지 새삼 알게 됩니다. 김만중의 남성 판타지에는 '여성'이 없습니다. 팔선녀는 양소유라는 남성 영웅을 보조하는 인물들일 뿐 여성으로서 역할을 부여받지 못합니다. 물론 양소유를 만나는 과정에서 팔선녀는 상당히 적극적으로 자기 마음을 표현합니다. 그를 난처한 상황에 빠지게 해 재미있는 상황을 연출하는 경우도 있습니다. 하지만 이런 모든 이야기는 양소유라는 남성이 가부장제에서 누리고 싶은 판타지를 그리는 데만 한정됩니다. 영웅과 어울릴 수 있는 여인이 되려면 영웅을 곤경에 빠뜨릴 수 있는 재치가 필수적입니다. 이 재치는 그러나 남자와 대등하게 맞서려는 욕망이 아니라 남자의 욕망을 어떻게든 충족시키려는 마음으로 드러납니다. 여자들의 모든 행동은 오로지 양소유라는 영웅의 마음을 얻기 위한 과정으로서만 의미를 부여받게 되는 것입니다.

현실로 돌아온 성진은 육관대사 앞에서 현실과 꿈은 다르다고 이야기합니다. 황제가 아닌 사람이 이룰 수 있는 거의 모든 것을 그는 꿈속에서 이루었습니다. 최고 벼슬에 올랐고, 저마다 개성이 있는 팔선녀를 만나 그윽한 사랑을 나누었습니다. 수많은 자식들까지 두었으니, 당대 사대부들이 가장 소망하는 삶을 산 것이지요. 그렇게 화려한 삶을 살았으면서도 그는 현실과 꿈은 다른 거라고 거침없이 말합니다. 아무리 화려한 삶을 살아도 늙음이니, 죽음이니 하는 것들을 벗어날 수 없습니다. 이 세상에 태어나는 순간 인간은 시간의 포로가 되어버리기 때문입니다. 시간이라는 거대한 벽 앞에 부딪친 양소유는 바로 그 지점에서 깨달음을 추구하는 성진으로 돌아옵니다. 깨달음을 얻으려면 시간 밖으로 뛰쳐나가야 합니다. 시간 밖에서 '온전한 나'를 들여다볼 수 있는 눈을 길러야 하는 것이지요.

현실과 꿈을 구분하는 성진에게 육관대사는 장자가 꾼 꿈을 예로 들어 현실과 꿈은 다르지 않다고 밝힙니다. 성진이 곧 양소유고, 양소유가 곧 성진이라는 얘기겠습니다. 성진과 양소유가 같다면, 성진이 있는 현실과 양소유가 있는 꿈이 다르지 않다는 말도 성립됩니다. 성진은 양소유가 되어 세속적인 욕망을 마음껏 누렸습니다. 육관대사는 욕망에 빠진 제자를 더욱 큰 욕망의 바다로 내몰았습니다. 욕망의 바다에서 마음껏 뛰어 논 성진은 비로소 욕망의 덧없음을 느낍니다. 그리고는 현실로 돌아와 깨달음의 길을 추구합니다. 욕망을 버리고 깨달음을 추구한 게 아니라, 욕망의 본질이 무엇인지 정확히 알고 그는 깨달음의 길에 본격적으로 들어선 셈입니다.

뒤이어 팔선녀들이 찾아와 머리를 깎고 불가에 귀의합니다. 작가는 팔선녀에 대한 이야기를 줄입니다. 양소유가 팔선녀를 대변하고 있기 때문입니다. 이리 보면 '구운몽'은 성진(양소유) 한 사람에 대한 이야기로 귀결됩니다. "여덟 비구니가 성진을 스승으로 섬겨 보살의 큰 도를 얻어 아홉 사람이 함께 극락세계로 가니라."라는 말로 이 소설은 끝납니다. 여덟 비구니, 곧 팔선녀는 성진을 스승으로 삼아 깨달음을 얻습니다. 작가는 "일체의 법은/ 꿈과 환상 같고, 거품과 그림자 같으며/ 이슬과 같고 또한 번개와 같으니/ 응당 이와 같이 볼지어다."라는 「금강경」 끝 구절로 깨달음에 이르는 도(道)를 제시합니다. 꿈에서 본 화려한 삶이 거품에 불과하다는 인식은 양소유가 세속에서 이룬 과업을 부정하는 것과 다르지 않습니다. 세속적 성공을 스스로 허물고 다음 세상에서 깨달음에 이르는 이야기에 스민 남성 판타지가 보이나요?

「조신의 꿈」에 나오는 조신은 욕망이 빚은 비참한 삶에 질려 깨달음에 이르는 길로 바짝 다가갑니다. 여기에는 남자들이 꿈꾸는 판타지가 없습니다. 양소유는 꿈과 현실에서 모든 걸 이루었지만, 조신은 꿈속에서 더할 수 없는 비극을 겪었고, 현실에서도 스승의 인정을 받을만한 결과를 내지 못했습니다. 양소유가 당대 권력자들이 꿈꾸는 판타지를 담고 있다면, 조신은 당대 권력자들이라면 피하고 싶은 비극을 담고 있습니다. 돌려 말하면 양소유는 조신의 삶을 모릅니다. 당연히 현실로 돌아간 성진은 조신과 같은 사람들이 겪는 아픔을 제대로 이해할 수가 없습니다. 이것이 남성영웅 판타지에 내포된 한계입니다. 남성영웅은 오로지 자기 관점으로 세상을 재구성하려고 합니다. 거기서 벗어나는 것은 애초부터 관심을 기울이지 않습니다.

김만중이 성진과 양소유라는 인물들을 통해 꿈꾼 판타지는 무엇보다 영웅으로서 사는 삶과 연결됩니다. 양소유가 과연 조신의 시선으로 세상을 볼 수 있을까요? 다시 말해 김만중이 과연 당대 백성들의 시선으로 세상을 봤을까요? 입신양명을 향한 욕망을 그는 세속에서 이루었고, 어렵사리 이룬 세속의 욕망을 그는 꿈은 한갓 물거품이라는 깨달음으로 간단히 내쳤습니다. 가부장제를 사는 남자에게 이만한 남성 판타지가 어디에 있을까요? 여전히 가부장제가 지속되는 지금 이 사회에도 이러한 남성 판타지는 남아 있습니다. 상류사회를 향한 뭇 사람들의 동경어린 시선을 떠올려 보세요. 양소유가 살던 시대와 다른 점이 있다면, 여자 역시 이 판타지의 주인공이 될 수 있다는 점입니다. 돈은 남자와 여자를 가리지 않는 법이니까요.

10 왜 항상 여자만 희생을 하는가
- 옛이야기 「구렁덩덩 신 선비」

경계에서 시작된 사랑

옛이야기는 인간과 자연의 경계를 허무는 데서 비롯됩니다. 인간을 이쪽 현실로, 자연을 저쪽 현실로 말할 수 있습니다. 이쪽과 저쪽에 드리워진 경계를 허물기 때문에 옛이야기에는 인간과 동물이 인연을 맺는 이야기가 많이 나옵니다. 물론 인간과 혼인을 하는 동물은 어김없이 사람으로 변합니다. 사람들이 이야기를 만드니 당연한 일이겠지요. 「구렁덩덩 신 선비」에는 이쪽과 저쪽의 경계에 있는 인물로 구렁이가 나옵니다.

그런데, 이 구렁이는 인간 몸에서 나왔습니다. 구렁이 모습을 지닌 사람이라는 얘기지요. 외모 지상주의니 하는 말이 유행할 정도로 지금 우리는 사람을 판단할 때 외모를 먼저 봅니다. 외모가 잘 나면 호감을 느끼고, 외모가 못 나면 뭔가 꺼림칙한 느낌이 듭니다. 만약 구렁이를 닮은 사람을 보게 된다면 어떤 마음이 들 것 같습니까? 별다른 생각이 들지 않는 사람은 제 마음을 참으로 잘 다스리는 사람입니다. 아니, 사람 마음을 벗어나 자연의 이치를 깨달은 이라고 할 수 있겠지요.

옛 사람들도 지금 사람들과 다르지 않은 생각을 했을 겁니다. 순박하다고 해서 인물을 따지지 않는 건 아니니까요. 구렁이가 사는 집 이웃에 딸 삼형제가 살았던 모양입니다. 하루는 세 딸이 구렁이 구경을 한다며 놀러왔습니다. 첫째 딸은 구렁이를 보고는 징그럽다며 막대기로 구렁이 왼쪽 눈을 찔렀습니다. 둘째 딸도 언니를 따라 더럽다고 소리치며 막대기로 오른쪽 눈을 찔렀습니다.

구렁이 눈에서 눈물이 주르륵 흘러내립니다. 구렁이로 태어난 것도 서러운데, 처녀들까지 괴롭히니 구렁이의 설움은 더욱 더 깊어집니다. 한데, 셋째 딸은 언니들과 다르게 "불쌍하다 구렁덩덩, 가엾어라 신 선비"라고 말하며 옷고름으로 구렁이 눈물을 닦아주기까지 합니다. 낳아준 부모도 징그럽다며 부엌 구석에다 삼태기를 씌워놓고 구렁이를 키우는 참입니다. 구렁이는 눈물이 글썽한 눈으로 자기를 바라보는 셋째 딸을 그만 제 마음속으로 받아들이게 됩니다. 누군들 이러지 않겠어요?

구렁이는 이웃집 셋째 딸에게 장가보내 달라고 어머니를 조릅니다. 어머니는 기겁할 노릇이지요. 아무리 자기 배 아파 낳은 자식이라고 해도 구렁이를 어느 누가 사위로, 남편으로 맞아들이겠어요? 그래도 부득부득 구렁이 아들이 우겨대니 어머니는 하는 수 없이 옆집을 찾아갑니다. 입이 떨어질 리 없지요. 진탕 욕을 먹고 쫓겨날 수도 있으니까요. 구렁이 어머니가 이웃 딸네 어머니에게 넌지시 혼인 의사를 비치자, 딸네 어머니는 말도 안 된다며 펄쩍 뜁니다. 이웃이라 함부로 할 수는 없어 불편한 마음을 숨기고 딸들에게 물어는 봅니다.

첫째와 둘째 딸은 혼인이라는 말을 듣고는 이내 거절을 하지요. 구렁이는 징그럽고 더럽다는 게 그 이유입니다. 겉모습으로 구렁이 신랑을 판단한 겁니다. 셋째 딸은 어떨까요? 부모가 허락한다면 구렁이와 혼인을 하고 싶다고 말합니다. 구렁이에 대한 연민일까요? 아니면 구렁이에게서 셋째 딸은 특별한 능력을 본 것일까요?

사실 구렁이는 한 집안을 지키는 수호신과 같은 존재입니다. 집안에 망할 기운이 퍼지면 지붕 위에 있던 구렁이가 땅으로 떨어져 내린다는 이야기도 있잖아요. 겉모습은 흉측(인간의 시선입니다)할지 몰라도 구렁이는 인간의 삶에 보탬이 되는 영물(靈物)인 셈입니다. 셋째 딸이 구렁이와 혼인을 하겠다니 부모인들 어쩌겠어요?

혼인날, 구렁이는 자기 집과 이웃집 사이 돌담에 기다란 장대를 걸쳐놓고는 그것을 타고 이웃집으로 갑니다. 사모관대를 비롯해 갖출 것은 다 갖추고 식장에 들어선 걸 보면, 이 구렁이는 분명 예사 구렁이는 아닌 듯합니다. 남들 하는 의식을 다 거치고 나서 첫날밤을 보낼 시간이 왔습니다. 갑자기 구렁이가 색시에게 큰 가마솥에 하나 가득 물을 끓여달라고 말합니다. 목욕을 한다네요. 목욕을 하고 나온 구렁이는 어떻게 됐을까요? 맞습니다. 허물을 쏙 벗었습니다. 인물이 훤한 늠름한 새신랑으로 변신한 것이지요.

구렁이가 어떻게 사람으로 변했는지는 이야기에 나와 있지 않습니다. 읽는 사람이 상상을 할 도리밖에는 없지요. 하늘나라에서 죄를 짓고 땅으로 유배를 온 선인(仙人)일 수도 있겠지요. 서양 이야기에 자주 등장하는 저주받은 왕자일 수도 있겠고요. 구렁이 허물을 벗으려면 연인에게 진실한 사랑을 받아야 한다는 조건이 걸려 있는지도 혹 모르지요.

분명한 것은, 구렁이 남편은 이쪽과 저쪽의 경계에 있는 인물이라는 점입니다. 살았다면 산 인물이고, 죽었다면 죽은 인물인 겁니다. 색시는 분명 이쪽에 사는 인물입니다. 구렁이가 아무리 사람이 됐다고 해도 이런 사실은 달라지지 않습니다. 인연을 맺을 수 없는 사람들이 인연을 맺었으니 하늘이 그냥 둘 리 없습니다. 반드시 지켜야 할 금기를 내리는 것이지요. 하늘이 내린 금기는 시간이 흘러 구렁덩덩 신 선비가 과거를 보러 떠나기 전날 밝혀집니다. 신랑은 장가가던 날 벗은 허물을 색시에게 주면서 의미심장한 말을 합니다.

"이것을 아무에게도 보이지 말고 잘 간수해주오. 만약 이게 없어지면 나는 다시는 집으로 돌아올 수 없을 게요."

힘들게 인연을 맺은 사람들이 마음 편히 사는 걸 하늘은 싫어하는 것일까요? 뜻을 이룬 사람에게 하늘은 항상 금기를 내립니다. 금기를 지키면 뜻을 펼치며 살 수 있지만, 금기를 어기면 펼친 뜻마저도 허물어집니다. 여러분은 신랑이 금기를 입에 담는 순간, 신랑과 색시가 험난한 상황에 빠져들 것이라는 걸 예상했을 겁니다.

　신랑이 하는 말을 다시 들어 볼까요. 허물을 아무에게도 보이지 말라는 게 핵심입니다. 금기가 깨지려면 누군가 허물을 봐야 합니다. 누가 이 역할을 할까요? 예, 맞습니다. 구렁이를 괴롭힌 언니들입니다. 사람을 겉모습으로만 판단하는 '못된' 언니들 말입니다. 「신데렐라」에도 못된 언니들이 나옵니다. 사랑의 신인 에로스와 프시케의 사랑을 담은 이야기에도 못된 언니들이 나옵니다. 가부장제 사회를 배경으로 이 이야기들이 만들어져서 그런 걸까요?

　옛이야기를 읽을 때는 이야기를 지은 사람의 생각이 이야기에 어떻게 투영되어 있는지 살펴야 합니다. 이야기에 나오는 못된 언니들을 보며 여자들은 질투의 화신이라는 잘못된 관념에 빠져들 수도 있으니까요. 여자들만 질투를 느끼는 게 아닙니다. 남자들도 마찬가지입니다. 가부장제는 아들에서 아들로 권력이 이어지는 제도를 말합니다. 권력은 남자가 거머쥐고 있지만, 아들을 낳는 이는 여자입니다. 가부장제라는 제도가 놓인 미묘한 자리가 이해되나요?

　인류의 역사는 여자를 쟁탈하는 역사로 이어져 왔습니다. 여자를 얻기 위해 남자들이 전쟁을 일으켰다는 얘기지요. 이런 인류학적-역사적 사실까지 생각하며 옛이야기를 읽어야 하느냐고 반문할 수 있습니다. 그저 이야기가 좋아 옛이야기를 읽을 수도 있겠지요. 다만 이야기에 서린 차별 논리는 가려서 읽어야 한다는 지레걱정에 이런 말을 했습니다. 이야기를 즐겁게 읽고 편견어린 시선에 빠질 이유는 없는 것이니까요.

허물이 없어지면 돌아올 수 없다는 말을 들은 색시는 복주머니에 허물을 넣어 옷고름에 차고 다녔습니다. 하루는 언니들이 옷고름에 차고 있는 게 무어냐고 묻습니다. 보여줄 게 못 된다고 해도 언니들은 막무가내로 복주머니를 풀어서는 그예 안에 있는 것을 확인합니다. 뱀 허물을 보고 언니들은 동시에 징그럽고 더럽다고 외치며 구렁이 허물을 활활 타는 화로 속에 던져 넣었습니다. 일어나지 말아야 할 일이 일어난 겁니다.

신랑은 분명 허물이 없어지면 집으로 돌아올 수 없다고 얘기했습니다. 과연, 돌아올 시간이 훨씬 지나서도 신랑은 돌아오지 않습니다. 두 해가 지나도 돌아오지 않자 색시는 직접 신랑을 찾아 나서기로 합니다. 참으로 당찬 여자지요. 신랑이 이승과 저승의 경계에 있는 인물이니, 신랑을 찾으려면 이승을 넘어 저승으로 넘어가야 합니다. 살아 있는 사람이 어떻게 저승으로 갈 수 있을까요? 색시는 지금 자기 목숨을 걸고 신랑을 찾아 나섭니다. 목숨을 내놓은 이에게 이승이니 저승이니 하는 경계가 무슨 소용이 있겠습니까?

이승을 건너 저승으로

발 닿는 대로 길을 가던 색시를 구더기를 잡아먹는 까마귀 떼가 먼저 맞습니다. 까마귀는 죽음과 이어진 새입니다. 까마귀는 죽은 영혼을 이승에서 저승으로, 저승에서 다시 이승으로 데려가고, 데려오는 새이기도 합니다. 까마귀와 만난 색시는 저승길 문턱에 다다른 셈입니다. 까마귀들에게 색시는 하얀 바지에 옥색 두루마기를 입은 구렁덩덩 신 선비를 보지 못했느냐고 묻습니다.

그냥 알려주면 좋으련만 까마귀는 조건을 겁니다. 구더기를 옥같이 희게 해주면 가르쳐준다는 겁니다. 금기를 어긴 인간이 또 다른 금기를 넘어 저승으로 들어가려고 합니다. 하늘이 그냥 들여보내 줄 리가 없지요. 하늘은 색시가 할 수 있는 일을 조건으로 제시합니다. 몸을 사용해야 하는 단조로운 일입니다. 하늘은 색시의 인내심을 시험하고 있는 겁니다. 구더기를 깨끗한 물에 씻어 옥같이 희게 해주었더니 그때서야 까마귀들이 저리 가서 멧돼지에게 물어보라고 합니다.

멧돼지는 칡뿌리를 캐 다듬어 달라고 요구하고, 논을 가는 노인은 이 논 저 논 다 갈아 물대고 써레질하여 씨 뿌리고 못자리 만들어주면 신랑이 있는 곳을 가르쳐 주겠다고 이야기합니다. 노인 다음에는 개울가에서 산더미처럼 빨래를 쌓아놓고 하나하나 방망이로 두드려 빨고 있는 할머니가 나옵니다. 할머니는 검은 빨래는 희게 빨고 흰 빨래는 검게 빨아 달라고 말합니다.

색시는 이 모든 일을 묵묵히 수행합니다. 빨래를 끝내자 할머니가 색시에게 주발 뚜껑 하나와 젓가락 하나를 줍니다. 주발 뚜껑을 배로 삼고 젓가락 하나를 노로 삼아 저기 샘물을 따라 가면 구렁덩덩 신 선비네 집이 나온답니다. 그곳에 가서 동냥을 하라네요. 밥을 주거든 일부러 그릇을 떨어뜨려 밥알을 하나하나 주우랍니다. 날이 저물면 그 집에서 하룻밤 묵으라는 얘기도 빼놓지 않습니다. 스스로 경계를 넘어 저승으로 들어간 색시는 신랑을 찾아 다시 이승으로 돌아오게 될까요?

　할머니 말대로 샘물을 따라 들어가니 생전 처음 보는 경치가 펼쳐집니다. 높은 언덕에는 아름다운 꽃이 만발하고, 드넓은 들에는 온갖 곡식이 풍성하게 익어가고 있습니다. 어디선가 갑자기 "후여, 후여, 구렁덩이 신 선비네 떡쌀 술쌀 그만 까먹고 어서 가라, 후여."하고 외치는 소리가 들립니다. 분명 '구렁덩이 신 선비네'라고 했습니다. 색시가 얼른 소리 나는 쪽을 보니 계집아이가 소리를 치며 새를 쫓고 있습니다.

　계집아이가 다시 '구렁덩덩 신 선비네'를 입에 담습니다. 색시는 다급하게 구렁덩덩 신 선비네가 어디냐고 계집아이에게 묻습니다. 아이는 저희 마님이 아무에게도 집을 가르쳐주지 말라고 했다며 안 가르쳐 주네요. 색시는 금가락지를 주며 계집아이를 어르고 달랩니다. 금가락지가 탐이 났는지 계집아이는 그예 입을 엽니다. 신 선비네 집 앞에서 색시는 할머니가 알려준 대로 동냥을 하고, 일부러 그릇을 떨어뜨리고, 밥알 하나하나를 주우며 시간을 보냈습니다. 날이 저물자 하룻밤 묵고 가게 해달라고 부탁을 했습니다.

　이제 색시는 그립고도 그리운 신랑을 만나게 되는 걸까요? 휘영청 밝은 달을 보고 있으려니 저쪽 사랑채에서 노랫소리가 들려옵니다. "달도 밝고 별도 밝은데 이내 마음 외롭구나. 고향에 있는 내 색시도 저 달 보고 있을까."라는 노랫소리를 가만히 들어보니 남편 목소리가 분명합니다. 색시는 내용을 약간 바꿔 노래를 부릅니다. "달도 밝고 별도 밝은데 이내 몸은 고달파라. 구렁덩덩 신 선비님도 저 달 보고 있을까." 노래를 들은 신랑이 버선발로 달려 나옵니다.

가부장제의 그늘

두 사람이 만났으니 이제 이승으로 돌아갈 일만 남은 건가
요? 아닙니다. 구렁덩덩 신 선비는 그곳에서 또 혼인을 했습니다. 아
내가 경계를 넘어 이승으로 찾아올 줄 예상하지 못한 걸까요? 두 색시
가 한 남자를 두고 내기를 벌입니다. 능력이 있는 여자가 남편을 얻는
흥미진진한 내기입니다. 첫 번째 내기는 참새 떼가 앉아 있는 나뭇가
지를 꺾어오는 것이고, 두 번째 내기는 얼음판 위에서 나막신 신고 물
동이를 이고 걸어오는 것입니다. 차분하고 덤벙대지 않는 사람이 이
기는 내기네요. 여자는 이러이러해야 한다는 가부장제의 관념이 짙게
드리워진 내기라고 할 수도 있습니다.

둘 다 본색시가 이깁니다. 이승에서 저승까지 찾아간 색시를 그 누
가 이길 수 있을까요? 마지막 내기는 호랑이 눈썹을 뽑아오는 내기입
니다. 호랑이 눈썹을 뽑으려면 호랑이와 싸워 이겨야 합니다. 본색시
는 무작정 산으로 갑니다. 깊은 산속을 헤매다 오막살이 한 채를 발견
합니다. 안에 들어가 보니 머리가 하얀 할머니가 베를 짜고 있는데, 치
마 밑으로 호랑이 꼬리가 보입니다.

호랑이를 만났으니 이제 호랑이를 제압해야 합니다. 별다른 힘이
없는 색시가 어떻게 호랑이를 이길 수 있을까요? 색시는 진심에 호소
합니다. 이승을 넘어 저승까지 온 색시가 간절하게 토로하는 진심을
영물인 호랑이가 이해 못 할 리 없지요. 할머니는 뒤늦게 들어온 아들

호랑이의 눈썹을 뽑아 색시에게 줍니다. 다른 색시는 어찌 되었느냐고요? 본색시만큼 간절하지 않았나 봅니다. 돼지 눈썹을 호랑이 눈썹인 듯 뽑아 왔습니다.

색시가 신랑과 함께 이승으로 돌아오는 이야기는 따로 나오지 않습니다. 그리스로마 신화에 나오는 오르페우스는 죽은 아내를 살리기 위해 악기 하나를 들고 저승에 갔습니다. 그가 타는 소리에 감명을 받은 하데스는 죽은 아내를 이승으로 데려가려는 오르페우스의 소망을 들어줄 수밖에 없었습니다.

언제나 그렇듯, 하데스는 금기를 걸었습니다. 저승을 벗어나기 전까지는 뒤를 돌아봐서는 안 된다는 금기. 금기는 지키기 위해 있는 게 아니라 어기기 위해 있는 것입니다. 금기를 지키면 아무런 이야기가 나올 수 없으니까요. 오르페우스는 저승을 나오기 바로 직전에, 그러니까 이승 빛이 환하게 비치는 자리에서 그만 뒤를 돌아봅니다. 순간 아내는 저승으로 다시 끌려들어가지요. 오래오래 재미나게 살았다는 구렁덩덩 신 선비 이야기의 결말을 보면 색시에게는 이런 일이 일어나지는 않은 모양입니다.

이웃집 셋째 딸은 스스로 구렁이 신랑을 선택하여 색시가 됩니다. 이야기 제목은 '구렁덩덩 신 선비'로 되어 있지만, 이 이야기를 이끄는 실제 주인공은 색시입니다. 신선비는 색시의 힘을 입어 인간이 되고, 이승으로 돌아오는 수동적인 역할을 하는 데 그칩니다. 색시는 구렁이 신랑의 특별함을 한눈에 알아봅니다. 구렁이 신랑의 능력이 실제로 드러나는 것은 없지만, 경계를 오가는 구렁이라는 이유만으로도 신랑은 특별한 인물이라고 할 수 있습니다.

중요한 것은 이런 남자를 이끄는 인물이 색시로 그려지고 있다는 점입니다. 색시는 인간이면서도 구렁이 신랑처럼 이승과 저승을 자유로이 오갑니다. 구렁이 신랑에 걸맞은 색시라고 말할 수도 있지만, 달리 말하면 구렁이 신랑을 능가하는 인물이라고도 할 수 있습니다. 왕자가 나타나길 기다리는 '공주'와는 애초부터 다른 특성을 지닌 인물이라는 얘기지요.

색시는 무조(巫祖, 무당의 기원)로 일컬어지는 바리데기나, 제주도 신화에 나오는 자청비의 계보를 따르고 있습니다. 가부장제의 틀로 환원될 수 없는 뛰어난 능력을 그녀들은 지니고 있습니다. 그녀들은 주어진 과업을 폭력으로 이루지 않습니다. 참고 또 참는 인내로 그녀들은 뜻을 이룹니다. 틈만 나면 전쟁을 벌여 생명이 사는 세상을 불구덩이로 만드는 가부장제와는 다른 길을 걸은 것이지요.

물론 이 이야기에도 가부장제의 그늘은 짙게 드리워져 있습니다. 한 남자를 위해 자신의 모든 것을 희생하는 여성상이 여전히 드러나고 있기 때문입니다. 하지만 색시는 그 희생을 스스로의 힘으로 감내하며 이겨나갑니다. 가부장제에 매인 여성이 가부장제를 넘어 제 뜻을 이루는 길을 보여주고 있다고나 할까요? 여러분은 이 이야기를 어떻게 읽고 싶나요? 꼭이 제가 읽은 대로 읽을 필요는 없습니다. 이야기는 언제나 새롭게 읽히기를 기다리고 있습니다. 어떠세요, 여러분은 그 속으로 빠져들고 싶지 않은가요?

4부

가부장제 너머로 가는 사랑

11 경계를 넘어 다른 세계로
- 수로부인(水路夫人)의 경우

경계에 선 수로부인 - 「헌화가」

『삼국유사(三國遺事)』에 등장하는 수로부인(水路夫人)은 참으로 매력적인 인물입니다. 신라 성덕왕 때 순정공(純貞公)의 부인으로 알려진 수로부인은 고대가요 「해가(海歌)」와 향가 「헌화가(獻花歌)」에도 나올 만큼 당대 사람들에게 널리 알려진 여성이었습니다. 버젓이 남편이 있는데도, 암소를 끄는 노인은 수로부인에게 꽃을 바치고, 해신(海神, 용)은 용궁으로 수로부인을 납치합니다. 현실과 판타지를 넘나들며 수로부인은 이승과 저승(용궁)을 오갑니다. 이승과 저승을 오가는 수로부인은 인간이면서 인간이 아닙니다. 정확히 말하면 수로부인은 경계에 서 있는 인물인 거지요. 경계에 선 인물은 이승과 저승 가운데 하나를 선택하는 사람들보다 한결 자유롭습니다. 이승에 국한된 삶을 산 남편 순정공이 어떻게 이승과 저승의 경계에 선 수로부인을 감당할 수 있을까요? 견우노인이나 해신에 비하면 순정공은 수로부인에게 별다른 열정을 내보이지 않습니다. 그는 수로부인을 그저 지켜볼 수밖에 없는 처지인 셈이지요.

「헌화가」는 견우노인이 수로부인에게 꽃을 바치며 부른 노래입니다. 강릉태수로 부임하는 순정공이 바닷가에서 점심을 먹습니다. 주변을 둘러보니, 바위 봉우리가 병풍처럼 둘러쳐서 바다를 굽어보고 있네요. 높이가 천 길이나 되는 그 위로 붉은 색 꽃이 보입니다. 철쭉 꽃입니다. 수로부인이 꽃을 보고 가까이 있는 이들에게 청합니다. "누가 저 꽃을 꺾어다 주겠소?" 그 누가 목숨을 걸고 천 길 벼랑 위로 올라갈까요. 말이 천 길 벼랑이지 사실 그곳은 이승과 저승의 경계에 있는 곳입니다. 죽음을 각오해야 올라갈 수 있는 벼랑으로 쉬이 나서는 사람은 당연히 없습니다. 수로부인의 아름다운 얼굴에 수심이 어립니다. 이럴 때 남편 순정공이 나서주면 얼마나 좋을까요? 순정공은 나설 기미가 없고, 종자들은 "그곳은 사람의 발자취가 이르지 못하는 곳입니다."라고 거듭 말하며 벼랑 위로 올라가길 주저합니다. 수로부인이 아무리 아름다워도 목숨을 버리면서까지 꽃을 꺾을 수는 없습니다.

마침 한 늙은이가 암소를 끌고 그 곁을 지나다가 수로부인이 하는 말을 들은 모양입니다. 젊은 종자들도 무서워 올라가지 못한 벼랑을 늙은이는 가뿐히 올라갑니다. 꽃을 꺾어서는 땅으로 내려와 「헌화가」를 부르며 수로부인에게 꽃을 바칩니다. 늙은이는 어떻게 벼랑으로 올라간 것일까요? 수로부인이 인간이면서 인간이 아닌 것처럼, 늙은이(견우노인) 또한 인간이면서 인간이 아닙니다. 어떻게 알 수 있느냐고요? 앞서 벼랑은 이승과 저승이 통하는 곳이라고 했습니다. 이승과 저승이 통하는 벼랑을 이승에 매인 종자들은 결코 올라갈 수 없습니다. 그들은 벼랑에 올라가 꽃을 꺾는 일을 한없이 두려워합니다. 죽음이 두렵기 때문입니다. 죽음을 넘어서지 못한 종자들은 그래서 이승에 매일 수밖에 없습니다. 견우노인은 다릅니다. 그는 이승과 저승의 경계에 있기에 이미 죽음을 넘어선 존재입니다. 삶과 죽음을 넘어선 존재가 어떻게 벼랑 따위를 무서워할까요.

천 길 벼랑 위에 핀 꽃을 보며 수로부인은 아마도 견우노인과 같은 도인(道人)을 생각했을 겁니다. 도인은 이승에서는 찾을 수 없는 사람이지요. 이승에 매이면 도인이 되는 건 불가능하니까요. 이승과 저승의 경계를 오가는 수로부인은 첫눈에 견우노인이 도인이라는 걸 알아봅니다. 도인에게 젊고 늙음은 별다른 의미가 없습니다. 머리카락과 수염이 하얀 도인의 얼굴은 아기 얼굴만큼이나 고우니까요. 도인은 젊은 사람이기도 하고 늙은 사람이기도 한 것입니다.

젊음과 늙음을 나누는 것은 이승에 사는 사람들일 뿐입니다. 이승의 시간에 매인 사람들이 분별을 하는 것이죠. 돌려 말하면 견우노인은 시간에 매이지 않으므로 젊으면서 동시에 늙은 사람이 됩니다. 견우노인은 노인이지만 젊은이 못지않은 열정을 지니고 있습니다. 동시에 견우노인은 뜨거운 마음만큼이나 드넓은 지혜로 세상을 바라봅니다. 수로부인이 견우노인을 첫눈에 알아본 것처럼, 견우노인 또한 수로부인을 첫눈에 알아봅니다. 도인은 언제 어디서나 도인을 알아보는 법이니까요. 견우노인이 수로부인에게 바치는 노래는 그런 점에서 도를 깨달은 이들이 서로를 향해 부르는 아름다운 사랑의 찬가라고 할 수 있습니다.

> 짙붉은 바위 가에
> 잡은 암소 놓게 하시고
> 나를 아니 부끄러워하시면
> 꽃을 꺾어 받자오리라
>
> – 「헌화가」

　꽃은 이승과 저승의 경계에 피어 있습니다. 아무나 딸 수 있는 꽃도 아니지만, 아무나 받을 수 있는 꽃도 아닙니다. 수로부인은 손가락으로 벼랑 위에 핀 꽃을 가리켰지만, 주변 사람 누구도 그 꽃을 따려고 하지 않았습니다. 벼랑으로 올라가는 게 두렵기 때문입니다. 벼랑 위에는 아무나 맛볼 수 없는 달콤한 진리가 꽃으로 피어 있습니다. 진리로 다가가는 길이 어디 쉬울까요? 목숨을 내놓지 않으면 감히 생각조차 할 수 없는 길이 그 길입니다.

　견우노인은 수로부인의 말을 듣자마자 벼랑 위로 올라갑니다. 짙붉은 바위 가에 핀 꽃이 무엇인지 그는 금방 알아차렸기 때문이지요. 암소는 지상에 놓아둔 채 견우노인은 바위 가에 올라가 꽃을 따옵니다. 견우노인은 꽃을 바치기 전에 수로부인에게 "나를 아니 부끄러워하시면"이라는 말을 하고 있습니다. 수로부인의 마음을 은근히 떠본 것입니다. 견우노인을 부끄러워한다면 수로부인은 꽃을 받을 자격이 없습니다. 수로부인이 어떻게 했을 것 같은가요? 부끄러워하지 않고 서슴없이 꽃을 받았습니다.

부끄러운 마음은 분별하는 마음에서 뻗어 나옵니다. 벼랑에 올라가면 죽을 거라는 생각 역시 분별심입니다. 이승에 사는 사람들은 삶과 죽음을 분별하고, 그에 따라 이승과 저승을 분별합니다. 견우노인과 같은 도인은 이러한 분별심에서 벗어나 한마음으로 벼랑에 올라가 꽃을 꺾어 수로부인에게 바칩니다. 수로부인 또한 견우노인과 같은 마음으로 기꺼이 꽃을 받습니다.

주변 사람들은 수로부인에게 꽃을 바친 견우노인을 세상 물정 모르는 사람이라고 평가할지 모릅니다. 나이 들어 노망난 늙은이라고 손가락질할지도 모릅니다. 하지만 수로부인은 견우노인이 깨달은 사람이라는 것을 잘 압니다. 그녀는 경계에 서 있기 때문입니다. 깨달은 사람은 어떤 경우에도 부끄러워하지 않습니다. 그들은 처음부터 부끄러운 짓을 하지 않으니까요. 수로부인과 견우노인을 오가는 마음을 남녀 간의 사랑으로 해석하지 말아야 하는 까닭은 여기서 분명해질 것입니다.

다른 세계에서 - 「해가」

견우노인과 헤어진 수로부인은 순정공을 다시 따라나섭니다. 이틀이 지나 그들이 임해정(臨海亭)에서 점심을 먹을 때, 갑자기 바다의 용이 나타나 수로부인을 데리고 바닷속으로 들어가 버립니다. 순정공은 속수무책입니다. 바다에 사는 용과 한낱 인간이 어떻게 싸울 수 있을까요? 문득 한 노인이 순정공에게 다가와 다음과 같이 말합니다. "옛사람 말에 뭇사람의 입에 오르내리면 쇠 같은 물건도 녹인다 했으니 바닷속의 짐승이 어찌 뭇사람의 입을 두려워하지 않겠습니까? 당연히 경내(境內)의 백성을 모아야 합니다. 노래를 지어 부르고 막대기로 언덕을 치면 부인을 찾을 수 있을 것입니다." 참으로 지혜로운 노인입니다. 개인의 힘으로는 초자연적인 힘을 지닌 용을 이길 수 없습니다. 하지만 집단의 힘은 다릅니다. 특히나 하늘의 뜻을 머금은 백성의 힘이라면 아무리 바다용이 힘이 세다고 해도 충분히 감당할 만합니다.

순정공에게 방법을 알려준 노인은 「헌화가」에 나오는 견우노인과 이어지는 인물입니다. 지혜로운 노인은 나이를 허투루 먹지 않습니다. 나이를 먹는다고 지혜로워지는 게 아닙니다. 나이를 먹을수록 욕망을 내려놓아야 지혜로워지는 법입니다. 이 이야기에 나오는 노인이 그렇습니다. 노인은 수로부인을 구하기 위해 함부로 칼을 들고 나서지 않습니다. 칼을 들고 나서봤자 인간이 용을 이겨내기는 힘들다는 걸 아니까요. 노인의 말을 듣고 순정공은 경내에 있는 백성들을 모읍니다. 백성들이 모여 노래를 부릅니다. 노래만 부르는 게 아니라 막대기로 바위를 치며 노래를 부릅니다. 웅장하게 울려 퍼지는 백성들의 노랫소리는 바닷속까지 퍼져 들어갑니다. 백성들이 목청껏 부른 그 노래를 아래에 적습니다.

해신(海神)아, 해신아, 수로를 내놓아라
남의 부녀를 앗아간 죄 그 얼마나 클까

네 만약 거슬러 내놓지 않으면

그물로 너를 잡아 구워 먹겠다

　가락국 김 수로왕 신화에 나오는 「구지가(龜旨歌)」와 유사한 내용을 담은 이 노래는, 「구지가」와는 아주 다른 기능을 하고 있습니다. 「구지가」는 임금을 간절하게 맞이하는 노래입니다. 이 노래에도 위협적인 어조가 나오지만, 그것은 백성들의 간절한 소원을 반어적으로 표현한 것입니다.

　「해가」에 나오는 위협적인 어조는 바다용이라는 침탈자로부터 수로부인을 구하려는 백성들의 소망을 담고 있습니다. 반어가 아니라는 말입니다. 바다용이 백성들의 위협에도 수로부인을 내놓지 않을 경우, 백성들은 정말로 커다란 그물을 만들어 바다용을 잡을 기셉니다. 동양에서 용은 아주 신성한 존재입니다. 서양신화에 나오는 용은 괴물로 묘사되는 경우가 많지만, 동양신화에 나오는 용은 바다를 지키는 신으로서 신성시되는 경우가 많습니다. 그런 신성한 용에게 백성들은 집단의 힘으로 맞섭니다. 백성의 마음을 하늘과 연결시키지 않으면 전혀 불가능한 상황입니다. 백성들이 부르는 노래에 주술성이 개입되는 이유이기도 하겠습니다.

　결국은 바다용이 꼬리를 내립니다. 바다용을 그저 악당으로 보면 안 됩니다. 용은 스스로 부인을 받들고 바다에서 나와 백성들의 뜻을 기꺼이 받아들입니다. 용궁을 경험하고 나온 수로부인의 태도를 봐도 바다용을 욕망에 찌든 허튼 인물로 평가하기는 힘듭니다. 순정공이 바닷속 일을 묻자 수로부인은 "일곱 가지 보물로 장식한 궁전에 음식은 달고 향기로우며 인간의 음식은 아닙니다."라고 이야기합니다.

수로부인은 용궁에서 용왕과 함께 지내며 달고 향기로운 음식을 마음껏 먹었습니다. 달고 향기로운 음식을 달고 향기로운 마음으로 표현해도 좋습니다. 수로부인은 인간 세상에서는 경험할 수 없는 일을 용궁이라는 다른 세계에서 겪습니다. 용궁은 「헌화가」에 나오는 '벼랑'과 유사한 기능을 하는 장소입니다. 이승에 사는 수로부인은 바다용에게 납치됨으로써 저승을 경험합니다. 저승에 갔다가 이승으로 돌아온 사람은 산 사람일까요, 죽은 사람일까요? 이승에 순정공과 (견우)노인이 있다면, 저승에는 용왕이 있습니다. 수로부인은 그 사이를 오가며, 산 것도 그렇다고 죽은 것도 아닌 신비한 경험을 하고 있는 셈입니다.

용궁에서 나온 수로부인의 옷에서는 세간에서는 맡아보지 못한 이상한 냄새가 풍겨 나옵니다. 경계에 선 인물의 근원적인 특징이지요. 수로부인은 분명 이승에 사는 여자입니다. 하지만 그녀는 언제나 저승에 사는 신물(神物)들의 위협에 곧잘 노출되고는 합니다. 신물들이 수로부인을 해치려는 것은 아닙니다. 차라리 신물들은 수로부인을 곁에 두려고 합니다. 수로부인은 세상에 견줄 이가 없을 만큼 아름다운 용모를 지니고 있기 때문입니다.

세상에 다시없을 용모를 지닌 수로부인은 이리 보면 애초부터 이승과 저승을 오가는 경계인이 될 수밖에 없습니다. 경계에 선 사람은 이곳과 저곳을 넘나들며 이곳 사람들은 다가갈 수 없는 세계와 마주하고 있습니다. 「헌화가」에 나오는 견우노인이 그렇고, 「해가」에 나오는 해신이 그렇습니다. 깨달음을 얻은 이들이 그리워할 만큼 수로부인은 그윽한 아름다움을 지닌 여인이었던 셈입니다.

여기서 하나 짚어두고 넘어갈 것이 있습니다. 수로부인의 아름다움을 단순히 겉모습으로만 한정해서는 안 된다는 점입니다. 수로부인은 견우노인과 수작을 할 만큼 지혜로운 여성으로 그려집니다. 그녀는 인간의 감정으로 견우노인을 맞이하지 않습니다. 견우노인을 대하는 마음에 인간의 감정이 섞였다면, 수로부인은 붉어진 얼굴로 부끄러워하며 꽃을 받으려고 했을 것입니다. 그녀는 당당한 모습으로 견우노인이 내민 꽃을 받아듭니다. 견우노인에 버금가는 도인의 정신을 지니고 있었다는 징표인 것이지요.

바다용에게 납치를 당해 용궁이라는 다른 세계를 경험하고 나왔을 때도 수로부인은 당당한 모습으로 순정공을 대했습니다. 바다용 또한 부인을 정성껏 받들었습니다. 한마디로 수로부인은 도인의 풍모를 지닌 여성이었습니다. 우리나라 이야기 속에 이런 여인이 또 있을까 하는 생각이 들 만큼 수로부인의 형상은 참으로 이채롭습니다.

12 황진이는 어떻게 자유를 얻었는가?

- 전경린의 「황진이」

천한 기생의 딸로 태어나

조선 사회는 신분제가 명확한 사회였습니다. 신분이 높으면 대우를 받았고, 신분이 낮으면 대우를 받지 못했습니다. 아비의 신분이 높아도 어미의 신분이 낮으면 대우를 받지 못했지요. 판서 아버지와 노비 어머니를 둔 홍길동을 생각해 보세요. 홍길동은 아버지를 아버지라 부르지 못하고, 형을 형이라 부르지 못했습니다. 아버지의 신분이 높아 노비는 아니었지만, 어머니의 신분이 노비여서 노비가 아닌 것도 아니었습니다. 노비면서 노비가 아닌 이 모순을 온몸으로 품고 살자니 홍길동의 가슴은 자연 분노로 들끓었습니다. 게다가 홍길동은 그 누구보다 탁월한 능력이 있었습니다. 능력 있는 이로 태어나 아무 일도 하지 못하는 신세가 된 홍길동은 결국 나라 밖에 율도국을 세워 스스로 왕이 됩니다. 그에게 조선의 왕은 병조판서를 제수했지만, 그것은 홍길동의 역심을 다스리기 위한 고육책일 뿐이었습니다.

얼자(孽子, 어미가 노비)로 태어난 홍길동은 그래도 남자였습니다. 능력만 있으면 어떤 방식으로든 살 길을 도모할 수 있었다는 말이지요. 여자에게는 그런 길마저 막혀 있었습니다. 양반의 서녀(庶女)로 태어난 여자는 양반 첩이 되거나, 양반의 후처로 들어가 살 길을 도모해야 했습니다. 시댁 식구들이 신분이 낮은 여자를 '어미'로 인정했을까요. 아이를 낳아도 서자나 서녀를 낳은 격이니, 신세가 바뀔 리도 없었고요. 숨을 죽이고 살면 그나마 목숨을 붙일 수 있었지만, 남편의 사랑을 등에 업고 안방을 노리기라도 하면 몰매를 맞고 쫓겨나기 일쑤였습니다. 조선 사회에서 처첩 갈등이 왜 일상사로 일어났을까요? 처는 집안에서 자기 권위를 지키려고 했고, 첩은 어떻게든 그 권위를 빼앗아 신분을 높이려고 했습니다. 남자들이 만든 가부장제 하에서 여자들은 살기 위해 이런저런 싸움을 벌일 수밖에 없었던 셈입니다.

황진이는 바로 이런 시대에 기생의 딸로 태어났습니다. 어머니는 거문고에 빼어난 실력을 보인 진현학금이었고, 아버지는 젊은 시절을 한량으로 보낸 황 진사였습니다. 기생이면 칠천(七賤) 중의 하나지요. 정절이 중시되는 시대에 뭇 사내를 상대로 몸을 파는 기생이니 냉대를 받을 수밖에 없었을 겁니다. 진현학금은 폭군 연산의 여자가 되지 않기 위해 스스로 눈이 머는 약을 먹었습니다. 기적(妓籍)에서 풀린 여인은 금강산에 들어가 6년 동안 거문고를 연마했습니다. 2년이 지나 송도의 젊은 한량이 현학금을 사랑했습니다. 황 진사였습니다. 그들 사이에 아이가 생겼고, 현학금은 황 진사의 반대를 무릅쓰고 아이를 낳았지요. 어미는 딸을 낳으려고 했고, 아비는 어떻게든 딸을 지우려고 했습니다.

황 진사의 정실인 신씨 부인이 진을 데려가 키웠습니다. 서녀가 아닌 적녀(嫡女)로 키워 대갓집에 시집을 보낸다는 약속을 받고 현학금은 기꺼이 황 진사의 곁을 떠납니다. 부인은 틈이 날 때마다 진에게 「여교(女敎)」를 읽혔습니다. 여자는 남자에게 순종해야 한다는 내용의 책입니다. 이런 책을 읽을 때마다 진은 답답했습니다. 양반 남자들이 갈 길은 참으로 무진한데, 양반 여자들이 갈 길은 사대부가의 안방을 차지하는 길밖에 없었습니다. 그것도 아들을 낳아 집안의 대를 이어야 가능한 일이지요. 진은 다른 생의 가능성을 찾고 싶었지만, 가부장제가 공고한 사회에서 다른 길을 찾는 것 자체가 불가능한 꿈이었습니다. 부인은 진을 사대부가의 정실로 들여보내려고 했지만, 끝내 그 뜻을 이루지 못하고 유명을 달리 합니다.

부인이 죽자 이내 진은 집안에서 천덕꾸러기가 되었습니다. 부인이 죽기 전 정한 혼처가 동생인 난에게로 돌아가면서, 부인이 그토록 숨겼던 출생의 비밀이 밝혀지게 됩니다. 진은 남자들이 만든 가부장제의 바깥으로 속절없이 내몰렸습니다. 이제 가문은 그녀를 보호하지 않습니다. 가문의 보호를 받지 못하는 여자가 어떻게 자기를 지킬 수 있을까요?

진은 이제 선택을 해야 합니다. 황씨 집안에서 정해주는 혼처를 아무 말 없이 받거나, 그것을 거부하고 홀로 사는 길을 걷는 것. 진이 후자를 선택하면 집안에서는 난리가 날 것입니다. 가부장제와 맞서는 일이니까요. 실제로 황 진사는 부잣집 후처로 가라는 말을 진이 거부하자 나랏법을 들먹입니다. 남자들도 나랏법에 매여 있는데, 여자가 어떻게 나랏법을 벗어날까요? 가부장제에 매이면 가부장제를 벗어나지 못합니다. 진은 황 진사와 얽힌 끈마저 끊어냄으로써 가부장제의 바깥으로 스스로 뛰쳐나갑니다.

지독한 사랑은 죽음을 부르고

진은 기생의 딸로 태어났다는 이유로 벼랑으로 내몰렸습니다. 기생의 딸로 태어나고 싶어 태어난 게 아닙니다. 태어나 보니 어미가 기생이었습니다. 신분이란 이런 겁니다. 정승판서의 딸로 태어나고 싶다고 그리 되는 것도 아니고, 천민의 딸로 태어나기 싫다고 그리 되는 것도 아닙니다. 운 좋게 양반으로 태어난 이들은 그 운으로 운이 나쁘게 태어난 사람들을 천한 자들이라고 구박합니다. 신분이 선택할 수 있는 것이라면, 그 누가 천민으로 태어나고 싶을까요? 인간이 만든 신분이 정작 인간의 삶을 갉아먹습니다. 인간은 제도를 만듦으로써 같은 인간을 귀하고 천한 신분으로 나눕니다.

사랑 또한 이와 비슷한 점이 있지 않을까요? 사랑하고 싶다고 사랑할 수 있는 게 아니고, 사랑하기 싫다고 그 사랑에서 완전히 배제되는 것도 아닙니다. 진에게도 이렇게 거역할 수 없는 일이 일어납니다. 사랑에 한이 맺혀 죽은 젊은 선비의 상여가 진의 집에서 멈추었습니다. 출생의 비밀을 안 진이 아픈 몸을 치유하기 위해 절에서 요양할 때, 병에 걸린 노모를 돌보던 선비가 절을 드나들었습니다. 그는 처음 본 날로부터 진을 마음에 품었습니다.

병든 노모가 죽어 더 이상 절에 올 필요가 없는데도, 그는 야밤에 불쑥 별채에 나타나 사람들을 긴장시켰습니다. 진에게 편지를 전하기 위해서입니다. 요양을 마치고 집으로 돌아가는 날, 진은 진관 스님에게서 이 편지를 받습니다. 편지에는 사랑에 빠져 이도저도 못하고 말라가는 한 남자의 슬픔이 고스란히 적혀 있습니다. 뒤늦게 편지를 본 진은 아무것도 아닌 여인에게 목을 매는 선비가 참으로 서글펐습니다. 자신은 잘못한 것이 없는데도, 마음속에 이는 미묘한 아픔을 떨쳐내기 힘들었습니다.

그 선비가 망령이 되어 진의 집 앞에 멈춘 것입니다. 상여꾼들은 여인의 속곳으로 망자를 달래야 한다고 말합니다. 천출 소생이라고 해도 진은 엄연히 황 진사의 딸입니다. 양반가 정실이 되기 힘들 뿐이지, 진을 첩이나 후처로 원하는 남자들은 많은 터입니다. 그런 여인에게 속곳을 내어달라니 얼마나 황당한 일인가요. 때는 여름입니다. 이대로 시신을 방치하면 언제 고약한 냄새를 풍길지 모릅니다. 거기다 굵은 비까지 내립니다. 진은 선택을 해야 합니다. 황 진사가 구한 장정들과 상여꾼들이 팽팽하게 대치하고 있는 상황에서, 소복을 입은 진이 대문 밖으로 걸어 나옵니다. 계집종인 연두 손에 진의 흰 속곳이 들려 있습니다. 진은 속곳을 제 손으로 상여 위에 올려놓습니다.

'나와 남이 다르거늘, 저마다의 목숨이 다르거늘, 홀로 사랑하고 내 잔에 피를 쏟아 붓고 간 이시여, 어찌 이런 사무친 일이 있단 말이오. 빌고 또 비나니, 맺힌 것을 푸소서. 이승의 일은 까맣게 잊고 훨훨 극락왕생 하소서. 정녕 혼자 못 가겠거든, 내 넋까지 거두어 가소서. 정녕 혼자 못 가겠거든, 내 넋 속에 둥지 틀고 원 없이 살고 가시오.'

속곳을 상여에 올리는 순간 진은 죽은 사내와 통정한 것이 됩니다. 그녀는 죽은 넋을 위로하기 위해 이 일을 벌인 것이지만, 가부장제에 물든 사람들은 정조를 잃은 여인으로 진을 판단합니다. 만약 진이 아니라 적녀인 난이 이런 일을 벌였으면 어떻게 됐을까요? 소문을 들은 한양 집에서는 당장 혼인을 물렸겠지요. 왜 이런 상황이 벌어졌는지는 중요하지 않습니다. 중요한 것은 이런 상황이 벌어졌다는 사실입니다. 황 진사는 진에게 통혼을 넣은 상대가 이 일을 알기 전에 시집을 가라고 말합니다. 진은 그럴 생각이 없습니다. 시집을 가지 않으면서 양반가에 머물 수는 없습니다. 시집을 가지 않는 것도 나랏법을 어기는 것이니까요. 사람이 곧 재산이 되는 사회였으니, 혼기가 찬 여인이 시집을 안 가는 것은 곧 나라의 재산을 좀먹는 일이기도 했습니다.

여인이 시집을 가지 않으면서 나랏법을 어기지 않는 길은 무엇일까요? 진은 어미인 진현학금이 걸은 길을 선택합니다. 기생의 길이지요. 기생이 되면 시집을 가지 않아도 됩니다. 한 사내의 여인이 되지 않고 뭇 사내의 여인이 되는 삶. 당대 사회에서 보면, 여자로서는 가장 비천한 삶을 사는 길이었습니다. 상여에 속곳을 얹는 순간 진은 제 몸 속에 남아 있던 경계를 무너뜨렸습니다. 경계를 세우면 분별이 일어납니다. 분별이란 나와 너를 나누고, 나와 사물을 나누는 것입니다. 처녀 몸으로 속곳을 죽은 시신에 놓으면 어떤 일이 벌어질지 알면서도 진은 그 일을 마다하지 않았습니다. 죽은 사내와 자신이 다르지 않다고 생각했기 때문입니다. 한 여인을 그리워한 사내는 한이 맺혀 죽었습니다. 그 한을 온몸에 품은 채 진은 가혹한 세상으로 들어갈 마음을 먹은 것입니다.

몸도 마음도 잊어야 기생이 된다

기생이 되기로 결심한 진은 어미인 현학금과 친했던 퇴기 옥섬을 찾습니다. 노래를 부르고 싶다는 진에게 옥섬은 어미 원한을 풀기 위해 기생이 되는 것이냐고 묻네요. 진은 어떤 대답을 했을까요? "그런 거 없어요. 어머니가 죽어간 그 자리에서 나는 거꾸로 살려고 하는 거예요. 그 자리가 저라는 씨앗을 떨어뜨린 자리이니, 그곳에서 꽃 피울 수밖에요. 진흙 연못의 연이 어디 다른 곳으로 가 꽃을 피우는가요? 세상 바깥에서 온몸을 더러운 물에 담그고 천하게 살겠지만 내 생은 길고 짧거나, 천하고 귀한 세상의 이치를 벗어나 자유로울 거예요." 진은 자유를 말하고 있습니다. 천하고 귀한 것으로 세상 이치를 나누는 세상을 벗어나 그녀는 더러운 물에 발을 담그고 천하고 귀한 것을 따지지 않는 삶을 살려고 합니다.

가부장제는 남자를 구속하기도 하지만, 무엇보다 여자를 구속하려고 합니다. 남자의 대를 잇는 일은 여자가 있어야만 가능하기 때문입니다. 권력을 쥔 남자는 자신의 권력을 여자가 낳은 아들에게만 물릴 수 있습니다. 참으로 묘한 제도가 아닌가요. 권력은 남자가 쥐고 있는데, 그 남자를 낳는 이가 여자라는 것이요.

여자가 자식을 낳으니 가부장제는 어떻게든 여자의 삶을 통제하려고 합니다. 여자들이 제 뜻대로 살면 아들에서 아들로 이어지는 권력 체계가 흔들릴 수 있습니다. 가부장제는 여자를 어머니와 창녀로 나누는 것으로 이 문제를 해결하려고 합니다. 집안의 대를 잇는 아이를 낳는 여자, 곧 아내=어머니는 그 누구보다 순결해야 합니다. 아내를 숭고한 자리에 남겨둔 남자들은 기생을 통해 아내에게서 얻지 못한 즐거움을 얻으려 했습니다. 기생은 그러니까 가부장제를 공고히 하는 역할을 당대 사회에서 맡고 있었던 셈입니다.

아내와 어머니의 역할을 포기한 진은 쾌락을 원하는 남자들을 몸과 마음으로 사로잡아야 했습니다. 사대부 남자들은 기생에게 몸을 원하는 동시에 기예 또한 원했지요. 기예는 악기를 타는 솜씨나 시와 글씨를 다루는 솜씨를 가리킵니다. 진은 옥섬에게 잠자리 기술을 배우는 한편으로 뛰어난 기예를 익히는 데 힘을 쏟았습니다. 기예가 탁월해야 사대부 남자들과 담론을 즐길 수 있습니다. 잠자리 기술만으로는 그들의 사랑을 오랫동안 받기 힘들었다는 얘기지요. 그녀를 거쳐 간 남자들은 무엇보다 그녀가 내보이는 기예에 탄복합니다. 사대부를 어떻게 다루어야 하는지 진은 정확히 알고 있었다고나 할까요. 몸을 통해 뭇 사내들을 받아들인 여인은 이렇게 기예를 통해 제 뜻을 펼치는 새로운 길을 연 것입니다.

열다섯에 동기(童妓)가 되어 송도 관아의 교방에 들어간 진은 2년여 만에 기예와 행실과 예법과 시서 교육을 마치고 머리를 올리게 됩니다. 머리를 올린다는 건 남정네와 첫날밤을 보내는 걸 말합니다. 거액을 내놓은 신청자가 있어 그 돈으로 별채와 난간 두른 대청마루와 연못까지 달린 호화로운 집을 마련했습니다. 거액을 낸 신청자는 그러나 약속한 날, 진의 방에 나타나지 않습니다. 진에게 연정을 품고 있던 유기장 정씨의 아들 수근이 이런 일을 벌였네요. 돈을 댄 사람이 천한 신분의 수근이라는 게 알려지면 사람들이 어찌 생각할까요? 게다가 진은 기생에게는 당치 않은 정(情)에 제 뜻과는 상관없이 얽매였습니다. 기생이 되면서 진은 제 몸에 새겨진 모든 걸 버릴 거라 다짐했습니다. 여기에는 물론 연정 또한 포함되어 있었지요.

수근 문제로 혼란스러운 와중에 송도 유수가 진을 부릅니다. 송도 바닥이 '명월'이라는 이름으로 들끓으니 그 또한 보고 싶었을 겁니다. 성은 한, 이름은 일규, 호는 묵지인 송도 유수는 진의 첫 정인이 됩니다. 정인(情人)은 말 그대로 정을 나누는 사람입니다. 진은 세상 남자들과 몸으로 부딪치면서, 그들을 기예로 다스릴 것이라고 다짐했습니다. 그녀에게 정인은 몸으로만 부딪치는 남자가 아니라, 그녀의 기예를 진심으로 아껴주는 사람인 셈입니다. 낮 잔치 자리에서는 진의 기예만 보던 유수가 늦은 밤에 다시 진을 부릅니다. 첫날밤을 치를 날이 다시 다가온 것입니다. 큰돈을 주고 떠난 수근이 자꾸만 진의 마음을 얽어맵니다. 자신을 비우기로 한 맹세가 처음부터 깨질 판입니다.

옥섬은 마음에 매여서는 절대로 안 된다고 강조합니다. 진 또한 그리 생각하지요. 하지만 어디 마음이 제 뜻대로 움직이던가요. 송도 유수의 명령이니 거부할 수 없는 자리입니다. 기생으로 살려면 무언가를 하려는 마음을 자꾸만 버려야 합니다. 그래야 무언가를 할 수 있습니다. 진은 보름 동안 유수와 낮밤을 같이 합니다. 그 사이에 유수를 모시던 기생 죽선이 소복 차림에 머리를 풀고 방으로 뛰어들어서는 은장도로 제 손목을 긋는 일이 일어납니다. 기생 일이란 이런 겁니다. 남자의 시선이 다른 여인에게로 옮기면 이전 여인은 속절없이 버림을 받게 됩니다. 유수는 아무 말 없이 자리를 박차고 방을 나갑니다. 진은 자신이 모욕을 받은 듯 마음이 가라앉습니다. 남자의 정에 매이지 않겠다고 다짐했지만, 서운한 것은 어쩔 수 없습니다.

마음이 없이 어떻게 몸으로만 다른 남자의 몸을 받아들일까요? 남자들은 기생에게 마음이 없이 몸을 받아들이라고 요구합니다. 기생은 스치는 인연일 뿐이니까요. 죽선은 이 마음을 잃고 그만 유수에게 정을 주었습니다. 언제 떠날지도 모를 남자에게 정을 주었습니다. 진은 몸도 정도 마음도 제 것이 아니라는 옥섬의 말을 인정합니다. 애초부터 그녀는 자신을 채운 모든 것을 비우려고 했습니다. 남자의 정에 연연하면 기생의 삶을 선택한 이유가 사라져 버립니다. 이 때문일 겁니다. 진은 소실로 들어오라는 한 유수의 청을 거절합니다. 그녀는 소실이 되지 않기 위해 기생이 되었습니다. 이 뜻을 버리고 소실이 되면 그녀는 한 남자의 품에 갇힌 삶을 살게 됩니다. 자유를 잃게 된다는 말입니다.

한양으로 떠나는 유수와의 이별 자리에서 진은 몸도 정도 마음도 제 것이 아니라고 말합니다. 유수가 그럼 그것은 누구의 것이냐고 묻습니다. 강의 것이고, 바람의 것이고, 소나무의 것이고, 백학의 것이고, 작은 풀의 것이고, 모래의 것이라고 진은 말합니다. 한마디로 진은 이 세상 모든 사물들을 온몸으로 받아들여야 비로소 자유로운 인간이 될 수 있다고 생각합니다. 모든 것을 받아들이려면 제 몸을 완전히 비워야 하지요. 조금이라도 무언가에 매이면 아무것도 받아들일 수 없습니다. 한 유수는 진이 말하는 바가 무엇인지 잘 압니다. 그래서 그는 진과 함께 있고 싶으면서도 진을 떠납니다. 다만 묵지라는 백마를 남겨 제 마음을 표현할 따름입니다. 진은 한 유수와 첫날밤을 보냈습니다. 그에게 첫 정을 주었지만 그렇다고 그에게 매이지는 않았습니다. 첫 정인과 무사히 만나고 무사히 헤어진 것입니다.

그래도 사랑은 시작되고

진은 뭇 사내의 정인이 되는 길에서 가부장제를 벗어나는 길을 찾습니다. 가부장제는 여자를 한 사내의 정인으로 자꾸만 묶으려 합니다. 여인이 뭇 사내의 정인이 되면 가부장제를 세우는 틀은 뿌리부터 흔들립니다. 진을 마음에 품은 사내들은 그래서 진을 독점하려고 합니다. 가부장제의 바깥으로 뛰쳐나가기 위해 기생을 선택한 진은 사내들의 이러한 독점욕을 받아들이지 않습니다. 그 욕망을 받아들이는 순간, 그녀는 더 이상 가부장제의 바깥에 있을 수 없게 되니까요. 아무 남자에게도 얽매이지 않아야 비로소 가부장제에 매이지 않는 이 상황을 진은 그 누구보다 잘 알고 있습니다.

문제는 그럼에도 불구하고 한 사내에게로 향하는 마음을 그녀 스스로 억제하기는 힘들다는 점입니다. 양반가 서자로 태어나 방랑을 하는 이사종을 진은 바로 이런 마음으로 대합니다. 한 사내에게 얽매일 수 없다는 데서 진은 이사종을 뭇 사내와 같이 대해야 합니다. 그와 즐기는 현재에 집중해야 한다는 말입니다. 그러지 않고 그와 다른 삶을 사는 시간=미래를 꿈꾸면 기생이라는 신분은 진에게 속박으로 작용할 수밖에 없습니다. 한 사내를 마음 깊이 받아들이고 어떻게 다른 사내의 품에 안길 수 있을까요? 게다가 마음에 품은 사내를 기생인 진은 언제든 떠나보낼 준비를 해야 합니다. "진은 처음으로 두려움을 느꼈다. 이사종이 떠날 것이 두려웠고 자신이 길가의 꽃인 것이, 아무도 잡아둘 수 없는 길가의 꽃인 것이 두려웠다."

두렵기는 진을 마음에 품은 이사종도 마찬가집니다. 그는 기생인 진을 사랑하는 게 아닙니다. 뭇 사내와 연인을 공유하고 싶은 남자가 세상 어디에 있을까요? 그러면서도 그는 야밤에 다른 사내의 품에 안기는 연인을 두 눈 뜨고 바라봐야만 합니다. 겉으로는 한없이 정답고 평온해 보이지만, 두 사람은 언제 터질지 모를 한 아름의 폭탄을 안고 사랑에 빠져 있는 셈이지요. 이런 상황에서, 새로 부임한 송도 유수가 조정 대신의 접대를 부탁합니다. 진은 망설입니다. 연인인 이사종이 신경 쓰이는 것이지요. 진이 사랑 놀음에 빠진 사이 명월관은 적자에 허덕이고 있습니다. 저도 모르는 사이에 진은 기생이 된 이유를 잊었습니다. 다시 초심으로 돌아가려면 이사종에 대한 마음을 어떻게든 정리해야 합니다. 진은 단호하게 관계를 끊는 방법을 선택합니다.

진은 연인 관계는 끊되 이사종이 객사에 머물길 바라지만, 진의 마음이 뜬 마당에 이사종이 객사에 머물 이유가 없습니다. 애초부터 객사에 머물라는 진의 말이 어불성설인지도 모릅니다. 사실 진은 이사종을 떠나보낼 마음이 없습니다. 그저 연인 관계만 끊어지길 바랍니다. 연인이었던 사람들이 연인 관계가 끊어져서도 같은 집에 사는 게 가당키나 한가요. 진이 처한 상황을 잘 아는 이사종이 집을 떠나자 진은 아득한 절벽에 누운 심정이 되어버립니다. 한 유수와 헤어질 때와는 비교가 되지 않는 슬픔이 가슴 저 깊은 곳에서 밀려옵니다. 눈에 보이지 않으면 마음도 사그라질 줄 알았습니다. 아니었습니다. 시간이 흐를수록 이사종을 잃은 마음은 칼이 되어 진의 몸을 칩니다. 시간이 약이라고 하지만, 길고도 긴 그 시간을 견딘 사람에게만 통할 말이었습니다.

명월관을 떠난 지 닷새 만에 이사종은 돌아옵니다. 그는 진이 만 사람의 연인이라는 것을 인정한다고 했고, 진은 그와 함께라면 지옥이라도 마다하지 않겠다고 선언합니다. 오랫동안 아팠던 몸은 그의 몸에 안기는 순간 씻은 듯이 낫습니다. 그래도 여전히 불씨는 남아 있습니다. 진을 만인의 연인으로 인정한다고 외쳤지만, 진이 다른 사내와 동침을 할 때마다 이사종은 술로 마음을 달래야 했습니다. 화를 참지 못하고 손님방에 뛰어들어 상을 엎었고, 진을 끌어내 대문 밖에 팽개치기도 했습니다. 말이 사랑이지 사실은 집착과 다르지 않았지요. 진은 다시 선택을 해야 했습니다. 이전처럼 아무 조건이 없는 이별을 하기는 싫었습니다. 진은 이사종에게 5년 후에 만나자고 말합니다. 기생 신분을 벗고 자유로이 만나고 싶었던 것.

5년 후면 현재를 사는 게 아니라 미래를 사는 것입니다. 현재를 살기로 다짐했던 진은 왜 미래를 이야기하고 있는 것일까요? 그녀는 그것만이 서로를 잃지 않는 길이라고 생각합니다. 지금대로라면 두 사람은 서로에게 지쳐 누구든 이별을 통보할지도 모릅니다. 그러느니 멀리 떨어져 현재를 충실히 사는 게 낫다고 진은 판단합니다. 현재를 위해 미래를 버리는 게 아니라, 미래를 위해 현실을 충실히 살자는 계획인 셈입니다. 진의 이 선택을 우리는 어떻게 받아들여야 할까요? 진은 누구에게도 매이지 않는 자유로운 인간이 되기 위해 기생이 된다고 했습니다. 한데, 지금 진은 이사종을 얻기 위해 미래를 이야기하고 있습니다. 이것은 그녀가 그토록 부정했던 한 남자의 소실이 되는 길이 아닌가요?

자유로운 인간으로 사는 길

이사종이 떠난 자리에 양곡 소세양이 들어섭니다. 마흔다섯에 이조판서에 오른 이 인물은 시와 서화에서도 명성을 얻은 풍류객입니다. 그는 아무리 절세가인이 있는 곳이라도 한 달 이상 머물지 않는 것을 자기 기율로 삼고 있습니다. 그런 그가 진이 있는 송도에는 얼마나 머물지 내기까지 걸립니다. 수많은 기생들과 어울리면서도 언제나 거리를 지키던 소세양도 진 앞에서는 결국 거리를 허물려고 합니다. 그는 거리를 허물려고 했지만 진은 끊임없이 거리를 두려고 합니다. 소세양이 거리를 두는 이유를 묻자 진은 아득한 우주 가운데 있는 저마다의 자리를 이야기합니다. 그 자리를 버리고 흔들리는 마음을 한곳에 의지하면, 남는 것은 흘러버린 시간밖에 없다는 것. 진은 그 시간에 매이느니 그 시간을 뚫고 가려고 합니다.

진은 그 무엇에도 흔들리지 않는 이 마음을 화담 서경덕을 만나면서 비로소 체험합니다. "진은 화담이 자신을 바라볼 때 그 눈빛의 새로움에 깊은 충격을 받았다. 어떤 색깔도 닿은 적이 없는 듯 순결한 흰 빛의 시선이었다. 그가 진을 직시하는 순간 진 자신도 모든 색을 넘어 하얗게 남는 듯했다." '순결한 흰 빛의 시선'은 감정이 묻지 않은 시선을 가리킵니다. 이사종이 진을 바라보고, 진이 이사종을 바라볼 때는 이런 시선이 개입할 수 없습니다. 욕망에 물든 시선이니까요. 화담은 진을 격물(格物)하듯 바라봅니다. 젊은 여자라는 선입견이 없이 그저 한 사물로서 그녀를 대한 것이죠. 지금까지 진은 자신을 바라보는 남자들의 시선에서 숱한 욕망을 보아온 터였습니다. 화담은 무엇보다 욕망에 물들지 않은 시선으로 자신을 봐주고 있는 것입니다.

그런데 담담하고 편안하게 다만 진을 있는 그대로 직시하는 화담의 시선은 처음으로 진의 존재를 긍정하고 있었다. 피해 의식도 없고 가해의 죄책감도 없는 화평을 느낀 것이다. 심지어 여자들조차 그녀 앞에서는 비굴해지거나 시기하며 외면하지 않았던가. 진은 화담의 공활하고 따뜻하고 명쾌하고 자유로운 시선으로부터 구원의 가능성을 감지했다. 그러나 어떻게 다가갈 것인가? 그는 화곡의 초당에 은둔하는 학자였고, 진은 저자거리의 꽃인 기생이었다. 이틀을 지내는 동안 이따금 진의 눈이 반짝 빛을 발했을 뿐이었다. 진은 오직 예를 다할 뿐, 어떤 표정이나 말이나 몸의 교태로 화담을 향한 공경심을 내색하지 않았다.

소세양에게 거리를 둔 것처럼, 진은 화담에게도 거리를 둡니다. 거리를 두지 않으면 상대에게 얽매이니까요. 진과 거리를 두지 않는 소세양이 진을 욕망이 가득한 눈으로 바라본다면, 진과 거리를 두는 화담은 욕망이 없는 눈으로 진을 바라봅니다. 상대가 아무것도 원하지 않는 눈으로 바라보는데, 어떻게 그 앞에서 어떤 표정이나 말이나 몸의 교태로 반응을 보일까요. 진은 그저 스승을 기리는 마음으로 화담을 대우합니다. 그녀는 화담의 시선에서 자신을 그 자체로 긍정하는 마음을 느낍니다. 아름다운 몸을 욕정이 그득한 시선으로 탐하는 게 아니라, 아름다운 몸 자체를 관조하는 시선을 화담은 내보이고 있습니다. 저 시선을 지닌 이의 마음으로 이 세상을 보면, 이 세상과도 자연 거리를 둘 수 있지 않을까요?

사내의 몸을 받아들이되 그 사내에게 예속되지 않는 마음을 진은 화담의 시선에 담긴 무욕에서 이끌어냅니다. 진은 이 마음으로 이사종과 헤어진 5년을 보냅니다. 그리고 마침내 관아에 종을 하나 사 넣고 기적에서 이름을 뺍니다. 기생이 아닌 신분으로 5년 후에 만나자는 이사종과의 약속을 지킨 겁니다. 기생의 신분을 벗던 바로 그날 진을 돌보던 옥섬이 명을 달리합니다. 죽음을 피해갈 수 있는 생명은 없습니다. 진 또한 언젠가는 죽음이라는 절대 타자와 마주할 것입니다. 그렇더라도 새로운 인생을 함께 한 옥섬의 죽음을 쉬이 받아들일 수는 없습니다. 마음을 다잡으려 해도 몸이 내버려두지 않습니다. 시간이 약이라는 것은 이럴 때도 씁니다. 시간이 흐르면 몸에 새겨진 기억이 흐려질 테고, 그러면 자연히 마음 또한 제자리를 잡을 것입니다.

풍덕 군수가 되어 돌아온 이사종을 진은 바로 이런 마음으로 받아들입니다. 무예가 뛰어났던 그는 무과 시험을 거쳐 선전관이 되었다가 그간의 공로를 인정받아 외직으로 나옵니다. 진은 진대로 그녀의 삶을 살았고, 이사종은 이사종대로 그의 삶을 산 것입니다. 다만 어머니가 정한 혼처를 물리지 못해 그는 3년 전에 혼인을 했답니다. 그 말을 듣고 진은 통곡을 합니다. 그리 될 수밖에 없다는 것을 알면서도 통곡을 합니다. 이사종에 매이는 눈물이 아니라, 그로부터 벗어나려는 눈물이었습니다. 세상에 태어나 처음으로 탐을 낸 사내를 진은 그렇게 떠나보냅니다. 그녀는 풍덕에서 3년, 한양 본가에서 3년, 도합 6년을 이사종과 살기로 합니다. 아무리 이사종의 품이더라도 담 안에 묶여 생을 마치고 싶지는 않았습니다. 기생이 됐을 때 스스로 서약한 일이기도 했고요.

풍덕 3년을 보내고 한양 본가로 올라간 진은 이사종의 부인이 지정한 부엌 곁방으로 들었습니다. 사랑채에서 심정적으로 가장 먼 곳입니다. 이사종은 당장 사랑채 손님방으로 진의 처소를 옮기려 했지만, 진 스스로 부인이 내준 방으로 들어갑니다. 집안에서 쓸데없이 분란을 일으키지 않으려는 겁니다. 스스로를 낮추어 집안사람들과 화목하게 지내고 싶기도 했습니다.

딱 한 번 위기가 있었습니다. 소세양이 보낸 편지가 사람들 손을 거쳐 본가로 왔지요. 이를 문제 삼는 부인에게 진은 자신은 이 세상 무엇에도 속하지 않는다고 분명히 말합니다. 아무에게도 속하지 않으니 평생을 두고 이어갈 귀한 인연들과 교류를 하는 것은 전혀 이상하지 않다는 것. 다행히 부인은 진의 진심을 받아들입니다. 더불어 3년 뒤에 이 집을 떠날 여자라는 사실을 굳게 믿습니다.

다시 송도로 돌아온 진은 이사종에 대한 그리움을 춤과 노래로 풀어냅니다. 거문고가 바깥에 있는 사물이었다면, 춤과 노래는 몸속에서 저절로 나오는 마음이었습니다. 어디에도 매이지 않은 몸으로 진은 춤을 추었고, 그로써 어디든지 당장 떠날 수 있는 몸을 만듭니다. 화담 선생을 찾아 배움을 청하는 것도 주저하지 않았습니다. 송도의 거상인 백고정의 정실 자리도 마다합니다. 화담의 말마따나, 진은 전생애를 걸고 자신의 절대고독을 지키려고 합니다. 절대고독이란 아무것에도 매이지 않는 자리를 의미합니다. 인연에 매이고, 돈에 매이고, 권력에 매이면 절대고독의 경지에는 결코 이를 수 없습니다. 진은 몸으로 들어오는 그 숱한 욕망들을 춤으로 녹여내고, 노래로 녹여냈습니다. 모든 것을 받아들이는 마음으로 아무것도 받아들이지 않았습니다.

온몸으로 길을 만든 여인

몇 해 동안 세상을 떠돌고 송도로 돌아온 진에게 스승인 화담이 "네게서 몸은 무엇이더냐?"라고 묻습니다. 그동안 전쟁터에 나간 이사종이 죽었고, 아버지인 황 진사가 죽었습니다. 남편과 아이를 잃은 동생 난을 명월관으로 데려오기도 했습니다. 중국으로 떠난 줄 알았던 수근이 지족사에서 등신불이 되는 사건을 겪기도 했습니다. 수근을 그 길로 내몬 지족선사가 진의 미모에 반해 세속으로 흘러들어 진을 찾아 여기저기를 들쑤시기도 했습니다. 벗으로 지낸 이생과 금강산 여행을 떠나서는 온몸으로 세상을 떠돌았습니다. 문둥이 가족의 배를 채우기 위해 몸을 팔아 곡식을 사기도 했지요. 하루를 기약한 삶이 석 달 동안 이어졌습니다. 온몸으로 세상을 어루만진 여인에게 스승은 몸에 대해 묻습니다. 진은 어떤 대답을 했을까요?

진은 몸이 곧 길이라고 말합니다. 걸어온 길을 버려야 새 길을 걷습니다. 지나온 길에 집착하면 새 길로 들어설 수 없습니다. 몸도 그렇습니다. 지나온 몸에 집착하면 새 몸을 얻을 수 없습니다. 사내들이 진의 몸을 지나 제 길로 갔듯, 진 또한 제 몸을 지나 자기 길로 끊임없이 왔습니다. 길은 길을 걷고자 하는 사람이면 누구나 받아들입니다. 권력이 높은 사람이 걷는 길을 권력이 없는 사람 또한 걸을 수 있습니다. 길을 가기 위해 그녀는 기꺼이 제 몸을 팔았습니다. 제 몸을 팔아 더 많은 길을 만들어냈습니다. 화담은 진이 걸은 이 길을 인정합니다. 그러면서 그는 올 여름이 되면 하늘로 돌아갈 것이라며 줄이 없는 거문고를 보여줍니다. 줄이 없는 거문고가 소리를 냅니다. 그 소리를 들으려면 소리를 들으려는 그 마음을 내려놓아야 합니다. 몸을 버려야 비로소 몸길이 보이듯이.

온몸으로 길을 만든 여인이 있습니다. 그 길은 가부장제의 바깥으로 나가는 길이면서, 동시에 가부장제를 만든 남자들을 맞아들이는 길이었습니다. 가부장제의 안과 밖을 유유히 오가며 황진이는 바람처럼 어디에도 얽매이지 않는 삶을 살려고 했습니다. 어디에도 얽매이지 않는 삶을 욕망처럼 붙들고 사는 사람들이 얼마나 많은지요. 어디에도 얽매이지 않는 삶을 살려면 어디에도 얽매이지 않으려는 마음까지도 놓아야 합니다. 화담이 '순결한 흰 빛의 시선'으로 젊은 진을 바라보았듯, 사욕이 없이 사물을 바라보는 마음을 길러야 합니다. 진은 온몸의 욕망을 내려놓음으로써 이 마음에 이릅니다. 진흙탕 연못 위에서 꽃을 피우는 연꽃처럼 온몸을 세속의 진흙탕 속에 기꺼이 내던졌습니다. 그것뿐입니다. 바로 그것으로 진은 온몸으로 난 길을 서슴없이 걸은 것입니다.

13 도대체 무엇이 인륜입니까?

- 허생의 처를 기리며

부재하는 여성 인물

이남희는 「허생의 처」에서 박지원의 「허생전」에는 등장하지만 실제로는 부재한 인물을 작품 밖으로 이끌어냅니다. 허생을 현실로 내몬 아내입니다. 박지원은 허생의 아내에게는 전혀 신경을 쓰지 않습니다. 허생의 처는 그저 남편을 따르는 그림자에 불과하죠. 오 년 동안 수십만 냥을 번 허생은 빈손으로 집으로 돌아옵니다. 가장이 집을 비웠지만 아내가 굶지는 않았을 겁니다. 허생이 있을 때도 집안 생계는 아내가 바느질을 해서 꾸렸으니까요.

허생이 오 년 만에 집에 돌아왔지만 박지원은 아내 얘기를 전혀 하지 않습니다. 이웃 노파의 입을 빌려 허생이 집을 나간 그 날을 제삿날로 삼아 아내가 오 년째 남편 제사를 지내고 있다는 말만 들려줍니다. 허생의 아내는 집안에 남아 여전히 일상을 살아갔다는 얘기인 거죠. 허생은 그런 집에 빈손으로 들어와서는 이내 책만 읽습니다. 그에게 아내라는 존재는 과연 무엇일까요? 그냥 자손을 잇거나 밥이나 해주는 대상인 걸까요? 우리가 이남희가 지은 「허생의 처」를 통해 허생을 다시 읽어야 하는 이유입니다.

이 소설은 외부 서술자 '나'로 등장하는 연암 박지원이 선인(仙人)을 만나 허생 이야기에 드러난 모순을 언급하면서 시작됩니다. 선인은 남편이 많은 돈을 벌었는데도, 아내는 여전히 굶주린 삶을 살았다는 점에 주목합니다. 왜 이런 일이 벌어진 것일까요? 선인의 말을 거울삼아 연암은 허생의 처가 주인공이 되는 소설을 다시 씁니다.

연암이 쓰는 '속 이야기'에 나오는 허생의 처인 '나'는 남편의 성공을 애타게 갈망하는 여염집 여자로 묘사됩니다. 그녀는 열 살 때 병자호란을 겪었습니다. 적병은 삭도 못 되어 성 밑에 나타났습니다. 식구들을 단속하느라 분주히 움직이던 아버지는 상황이 좋지 않자 어머니에게 자결을 권유합니다. 어머니는 당연하다는 듯 고개를 끄덕입니다. 적병들에게 몸을 더럽히느니 차라리 죽는 게 낫다는 생각인 겁니다. 가부장제 사회는 무엇보다 여자의 순결을 강조합니다. 여자는 남자의 씨를 받아 집안의 대를 잇는 존재니까 순결해야 한다는 것이죠.

아버지와 어머니는 서모(庶母)가 낳은 아들(윤복)을 어떻게든 살리려고 합니다. 앞서 말했듯 가부장제 사회에서 집안의 피는 아들에서 아들로 이어지기 때문입니다. 적병들이 미치광이처럼 날뛰는 상황 속에서 간신히 목숨을 건진 아버지와 윤복은 큰집으로 피난을 갑니다. 집에 남은 어머니와 서모 그리고 '나'는 뒤뜰의 채소 묻는 움 속에 숨어 있다가 적병에게 발각되어 갖은 수모를 당합니다.

어머니가 머리를 주춧돌에 짓찧어 자해를 하자 적병이 분연히 달려와 어머니를 대문 밖으로 끌어다 버렸습니다. '나'는 울면서 엉금엉금 기어 어머니를 따라갔지만 아무도 제지하지 않았고, 그렇게 '나'는 살아 집으로 돌아올 수 있었습니다. 그때 죽은 어머니가 이십 년이 흐른 지금 자꾸 아내('나')의 꿈에 나타납니다. 머리 한쪽이 으깨어져 피가 흐르고, 다리에도 상처를 입었는지 몸이 한쪽으로 기울어져 있습니다. 한두 번도 아니고 자꾸 반복되어 나오니 아내는 참으로 불안합니다. 집안에 무슨 일이 생기려는 전조가 아닌가 하는 생각이 들기도 합니다.

5년 만에 빈손으로 집에 돌아온 남편은 집안에 머무는 일이 거의 없습니다. 어젯밤에도 남편은 들어오지 않은 모양입니다. 이럴 거면 왜 들어온 건지. 아내는 추위가 닥치기 전에 아버지 산소에 다녀오기로 작정합니다. 꿈자리가 심란한 이유도 있지만, 무엇보다 눈 뜨고 굶어죽을 수는 없기 때문입니다. 아버지 산소를 들린 후 친정에서 양식이라도 얻어올 생각인 겁니다.

적병이 물러간 후 아버지는 성치 않은 몸을 이끌고 장사를 시작했습니다. 양반이라도 먹어야 살 수 있으니까요. 돈을 벌어야 청나라로 끌려간 서모를 데려올 수 있다는 마음도 있었을 겁니다. 유일한 아들인 윤복을 제대로 키우려면 어미가 필요할 테니까요. 아버지는 장사 일이 집안 체통을 버리는 일이라고 생각했습니다. 그래 아버지는 공부하는 선비를 어떻게든 사위로 맞아들이려 했습니다. '나'는 이렇게 해서 공부만 하는 남편을 얻은 것이지요. 남들에게 인재라는 말을 심심찮게 들은 남편은 정말로 공부만 했습니다. 집안 살림은 오로지 아내의 몫이었지요.

바가지를 긁는다고 분연히 책을 덮고 나가 버린 후 오 년 동안 나는 남편이 죽었는지 살았는지조차 모르고 지냈었다. 굶기를 밥 먹듯 하며 무작정 기다렸었다. 들어오면 밥이라도 한술 해 주려고 입쌀을 구해 두기도 했고, 매일 사랑방을 청소하고 간간이 불을 때었고, 장마철 전후로 서책을 바람 쐬어 말려 두고, 의복도 금방이라도 입을 수 있게 매만져 두었었다. 내년까지 소식이 없으면 제사를 지내야겠다고 하면서도 남편이 집에 있을 때나 다름없이 해 두었다.

집에 있을 때 남편은 글만 읽었고, 집을 나간 오 년 동안에도 남편은 집에 있는 아내에게 소식 하나 전하지 않았습니다. 아내는 무작정 남편을 기다렸습니다. 언제 들어올지 몰라 자기는 굶어도 입쌀을 구해 두었고, 남편이 공부하던 사랑방에 간간이 불도 때었습니다. 내년까지 소식이 없으면 제사를 지내야겠다는 마음까지 먹을 정도로 아내는 남편을 정성껏 대한 것입니다.

바가지를 긁지 않았느냐고요? 집안에는 아무것도 먹을 게 없는데, 남편은 그저 책이나 읽고 있습니다. 어느 아내가 바가지를 긁지 않을까요. 10년 동안 책만 읽기로 계획한 허생은 7년째 되는 해, 아내가 바가지를 긁는다고 집안을 뛰쳐나가서는 5년 만에 빈손으로 돌아왔습니다. 집에 들어온 허생은 아내에게 밖에서 조그만 실험을 해봤다며 저녁이나 달라고 통명스레 말했습니다. 5년 동안 지극으로 남편을 기다린 아내 입장에서 보면 얼마나 어이가 없을까요? 5년 만에 돌아온 남편은 더욱 오만해졌습니다. 더 이상 글도 읽지 않았고, 늘 나돌아 다니며 집에 들어오지 않는 날이 많았습니다.

왜 여자만 책임을 져야 하는가

이런 남편을 볼 때마다 아내의 마음속에는 죽든지 도망치든지 하고픈 욕망이 샘솟았습니다. '여필종부(女必從夫)'라고 해서 아내는 어떤 경우에도 남편을 따라야 한다는 게 법도인 사회였습니다. 남편 성공을 곧 아내 성공으로 받아들여야 하는 사회이기도 했습니다. 친정에 다녀올 노자를 얻기 위해 한양에 사는 동생(서모 소생) 집에 간 아내는 거기서 뜻밖의 말을 듣습니다. 5년 전 변 부자에게 만 금을 꾸어 간 남편이 지난여름에 십만 금을 들고 와 갚았다는 것입니다.

아내는 하루 풀칠하기도 힘든데, 십만 금을 변 부자에게 주었다니! 그러고는 집에 돌아와 아내가 뼈 빠지게 일해 번 돈으로 생활을 하다니, 이게 어디 남편으로서 할 도리인가요. 동생의 집을 나와 큰집으로 간 아내를 시할머니가 붙듭니다. 큰집에 온 남편이 곧 집을 떠난다며 아내를 부탁한 모양입니다. 시할머니는 남편 편입니다. 아내가 처한 상황은 생각하지 않고, 오로지 남편 입장에서 아내를 탓하는 것이지요.

그런데, 이상하지 않나요? 시할머니도 아내와 같은 여자인데, 왜 같은 여자 편을 들지 않고 남자 편을 드는 걸까요? 가부장제 사회는 남성에게 권력을 부여합니다. 남성들이 지배하는 사회라는 말이지요. 그럼 여성에게는 전혀 권력이 없느냐고요? 아닙니다. 여성에게도 권력이 부여됩니다. 단, 아들을 낳은 여성입니다. 아들이 권력이 잡으면 그때야 여성은 어머니로서 권력을 쥐게 됩니다. 아들을 낳은 시할머니는 집안에서 권력을 행사할 수 있지만, 자식이 아예 없는 아내는 집안에서 숨을 죽이고 지내야 합니다.

시할머니는 남편을 의젓하고 출중한 사람으로 표현합니다. 아이 적부터 방안에 들어앉아 차분하게 공부만 했다는 겁니다. 이런 사람이 집에 있지 않고 밖으로 나도는 건 온전히 아내의 잘못이라는 할머니의 말을 아내는 그저 가만히 들을 수밖에 없습니다. 하고픈 말은 많은데, 함부로 말을 할 수 없는 것이지요. 상하 관계가 뚜렷한 사회니까요. 시할머니 방을 나오자 이번에는 사랑에서 부릅니다. 시아주버니는 아내에게 무슨 말을 할까요?

"제수씨도 아시겠지만 우리처럼 넉넉지도 못한 형편에 명이 녀석을 가르친 것은 다섯째 아버님의 하나뿐인 자손이기 때문에 다른 사람을 제쳐 두고라도 뒷바라지를 한 겁니다. 또 그 동생은 본바탕이 뛰어나기도 했구요. 어려서부터 총기가 있었어요. 말수도 적고 어른스러운 것이 남달랐습니다. 집안에선 당연히 그 동생이 가운을 다시 일으킬 거라고 기대가 대단했구요. 사돈어른께서 사위로 맞으려고 극력 애쓰신 것도 다 그런 점을 보고 그러신 걸로 압니다. 그런데 동생은 과년하도록 독서만 할 뿐 과거에 응시하려 하지 않으니 여간 걱정들을 한 게 아닙니다. 아, 물론 이건 다 지나간 얘깁니다. 글쎄 제 말은……
요사이 얼핏 들으니 대사동 이 대감께서 동생의 재주가 출중한 걸 인
정하시고, 조정에 중용하려고 찾고 있다고 합니다. 그런데 어제 동생
은 와서 내 말은 귓전으로 흘러 넘기고, 이 대감을 피할 작정인지 유람
을 떠난다 어쩐다 하니 여간 애가 타지 않습니다. 사람에게는 기회가
여러 번 오는 게 아닌데, 이번에 입신할 수 있도록 제수씨가 힘껏 설득
을 하시지요."

남편이 능력이 있기는 있는 모양입니다. 위에 나오는 '이 대감'은 변
부자 소개로 허생과 만난 이완을 가리킬 것입니다. 허생은 그에게 나
라를 살릴 세 가지 비책을 얘기했지만, 이완은 상황론을 들며 그 모두
를 거부했습니다. 남편은 이 나라에서는 더 이상 자신의 포부를 펼치
기 힘들다 생각하고, 아예 세속과 인연을 끊으려고 하는 셈입니다.

시아주버니는 남편과 아내가 어떤 상황에 있는지 전혀 모릅니다.
남편은 지금 아내를 거들떠보지 않습니다. 아내가 '이 대감'의 '이' 자
만 이야기해도 남편은 아마 어리석은 여자니 뭐니 하며 분통을 터뜨
릴 것입니다. 무엇보다 집안사람들 말도 듣지 않는 남편을 힘없는 아
내가 어떻게 설득할 수 있단 말인가요. 남들 입에 오르내리는 대단한
(?) 남편은 5년 동안 밖에서 엄청난 돈을 벌었으면서도 아내에게는 단
한 푼도 주지 않았습니다. 하루 풀칠하기도 힘든 집안 상황을 알면서
도 남편은 조정에 나갈 수 있는 길도 애써 마다하고 있습니다. 남편은
제 뜻을 펼친다고 하면 그만이지만, 남편만 바라보는 아내는 도대체

무엇이 되는 것인가요?

아내가 원하는 행복한 세상

큰집에 들렀다가 집으로 돌아가는 길에 아내는 몸이 나른하게 까라지며 정신없이 토합니다. 먹은 것도 없는데 헛구역질만 무한정 납니다. 맥을 놓고 멍하니 앉아 있는데 길가 밭에서 일하던 아낙이 다가와 애가 선 거 아니냐고 묻습니다. 임신이라고? 아내는 놀라 후다닥 일어납니다.

백중날 절에 갔다가 산에서 변을 당한 게 생각납니다. 변을 당한 뒤로 죽어야겠다는 생각도 했었지만, 모진 게 목숨이라 지금까지 살아왔는데 임신이라니요. 농사꾼 부부를 보며 아내는 신혼 초를 떠올립니다. 그때나 지금이나 재주가 뛰어나다는 것 말고 남편에 대해 아는 것은 거의 없습니다. 혼인한 첫 무렵에 남편은 매년 정초가 되면 사랑 바람벽에 문장을 한 줄씩 써넣는 습관이 있었습니다. 성현이 이룬 업적을 본받기 위해 쓰는 글이라고 했습니다. 스물두 살이 되는 해부터 남편은 바람벽에 아무것도 쓰지 않았습니다. 이미 갈 길이 정해졌다는 게 그 이유였습니다. 그때부터 남편은 십 년을 기약하고 독서를 시작했습니다. 아내는 그저 남편이 앞으로 무엇인가를 경영하려니 하며 믿었습니다.

친정아버지가 돌아가시면서 맏상제인 윤복은 가산을 정리하고 선산이 있는 청안으로 떠났습니다. 유일한 의지였던 친정이 사라지자 아내는 삯바느질로 호구지책을 삼을 수밖에 없었습니다. 독서에 골몰

한 남편은 굶든지 먹든지 눈 하나 깜빡하지 않았습니다. 안방으로 건너오지도 않았습니다. 힘들었지만 아내는 견뎠습니다. 남편의 뜻이 높음을 믿었기 때문이지요.

남편이 오랜만에 찾아온 벗과 얘기하는 걸 아내는 엿들은 적이 있습니다. 벗에게 남편은 십 년 동안 주역을 읽을 거라고 했습니다. 이 세상, 이 우주를 한마디로 말할 수 있는 지식을 얻기 위해서랍니다. 과거는 어쩔 거냐고 벗이 묻자 남편은 진흙탕에 빠지지 않을 거라고 대답합니다. 남편은 지금 과거를 보기 위해 글을 읽는 게 아닙니다. 그는 시대 상황을 들먹이며 더러운 물에 갓끈을 씻지 않을 거라고 다짐합니다. 아름답다고요? 아내는 이때 똑똑히 깨닫습니다. "남편은 언제까지나 저렇게 신선놀음만 할 터이고, 난 언제까지나 굶주려야 할 것이라는 것을." 말입니다.

차차 참을성을 잃어가던 아내가 딱 한 번 남편에게 불평을 토로했습니다. 가슴에 울화는 쌓이는데 터뜨릴 데는 없고, 자연 남편에게 불평이 갈 수밖에 없는 것이지요. 아내가 과거를 응시하지 않는 이유를 묻자 남편은 공부가 미숙하다고 말합니다. 그럼 장사라도 하는 게 좋지 않으냐고 아내가 묻자 남편은 장사 밑천이 없다고 말합니다. 아내가 공장이 일을 말하니 남편은 기술이 없다고 말합니다. 기가 찰 노릇이지요.

남편은 십 년을 기약한 공부가 이제 칠 년밖에 안 되었다고 강변합니다. 칠 년밖에 안 되었다니? 대체 무엇을 위해 독서를 하느냐는 아내의 하소연을 들은 남편은 애석하다는 말을 남기고 집을 나가 돌아오지 않았습니다. 사람들은 남편을 능히 천하를 경영할 재주가 있는 뛰어난 인재라고 말합니다. 실제 「허생전」을 보면 남편은 뛰어난 능력으로 수많은 사람들을 먹여 살렸습니다.

하지만 아내 생각은 다릅니다. 아내는 이 세상이 돌아가는 법칙이란 성현들이 주장하는 것처럼 그렇게 복잡하고 어려운 것은 아닐 거라고 생각합니다. 사랑하는 이를 만나 자식을 낳고, 그 자식에게 보다 좋은 세상을 살도록 해주는 것보다 더 좋은 세상이 어디에 있을까요? 친정집 갈 길에 먹을 양식으로 떡을 찧고 있는데, 남편이 오랜만에 집에 들어옵니다. 저녁상을 물린 남편은 아내를 앉혀놓고 다시 집을 나갈 거라고 묵묵히 얘기합니다. 큰집에 의탁해 있으라는 말을 서슴없이 하네요. 제 뜻이 이 집에 없으니 돌아오는 걸 장담할 수도 없답니다.

어차피 끊어진 인연입니다. 아내는 대뜸 남편하게 절연하자고 말합니다. 절연은 요즘으로 치면 이혼입니다. 남편은 부부에게는 신의가 있는데 어찌 절연을 하느냐고 반문합니다. 남편이 생각하는 신의는 과연 무엇일까요? 아내는 믿음을 어긴 건 남편이라고 주장합니다. 신의를 지켜야 할 상대가 없으니 차라리 팔자를 고치고 싶다는 게 아내의 마음입니다.

남편은 인륜이니, 예의니, 염치니 하는 말을 입에 담습니다. 이에 대한 아내의 답변을 직접 들어볼까요. "인륜? 예의, 염치? 그게 무엇이지요? 하루 종일 무릎이 시도록 웅크리고 앉아 바느질하는 게 인륜입니까? 남편이야 무슨 짓을 하든 서속이라도 꾸어다 조석 봉양을 하고,

그것도 부족해 술친구 대접까지 해야 그게 예의라는 말입니까? 하루에도 열두 번도 더 청소하고 빨래하고 설거지하는 게 염치를 아는 겁니까? 아무리 굶주려도 끽 소리도 못하고 눈이 짓무르도록 바느질을 하고 그러다 아무 쓸모없는 노파가 되어 죽는 게 인륜이라는 거지요? 난 터무니없는 짓 않겠습니다.”

남편은 기다리는 게 부녀의 아름다운 덕이라는 말로 받아치네요. 남편이 말한 ‘아름다운 덕’은 누가 만든 덕일까요? 5년 동안 남편을 기다린 아내의 덕은 생각지 않고, 가부장제에 물든 남편은 어떻게든 아내를 제도에 가두려고 합니다. 아내 덕에 입에 풀칠한 남편은 유유자적 더러운 세상을 경멸하며 가슴에 품은 경륜을 뽐낼 뿐입니다. 시대를 잘못 타고난 자신의 신세를 한탄하면서도, 정말로 시대를 잘못 타고난 아내의 마음을 이해하지 않으려 합니다.

아내는 열 살 때 직접 전란을 겪었습니다. 아이가 보는 앞에서 어머니는 주춧대에 머리를 박았지요. 그때 아내는 뼈가 저리도록 느꼈습니다. “그건 사람이 살고 자식을 낳고 그 자식들을 보다 좋은 세상에서 살게 하려는 때문이라고요.”라는 말에 아내가 남편을 떠나려는 이유가 구체적으로 나와 있습니다. 좋은 세상이란 자식들이 행복하게 사는 세상입니다. 아내는 이런 세상에서는 결코 자식들이 행복하게 살 수 없다고 생각합니다. 권력을 쥔 남자도 괴롭고, 권력에 억눌린 여자도 괴로울 수밖에 없습니다.

남자는 언제나 여자를 감시할 테고, 여자는 언제나 남자의 속박에서 벗어나기 위해 힘겨운 사투를 벌이겠지요. 제 집안 하나 간수하지 못하는 남자들이 이 넓은 세상을 어떻게 경영한단 말입니까? 작가는 허생의 사회 실험은 실패할 수밖에 없다고 이야기합니다. 아내를 보살피지 않는 사람이 어떻게 세상 사람들을 보살필 수 있을까요? 이념에 들떠 정작 집안을 살피지 않은 수많은 남자=영웅들의 이야기를 작가는 이렇게 에둘러서 비판하고 있는 셈입니다.

14 목숨을 걸고 쟁취한 사랑
- 춘향의 사랑법

'춘향'이라는 사랑의 아이콘

춘향과 이 도령의 그 유명한 사랑 이야기를 모르는 사람은 없을 겁니다. 어미가 기생인 춘향은 사또의 자제인 이몽룡을 만나 뜨거운 사랑을 나누었습니다. 조선 시대에는 어미의 신분에 따라 자식의 신분이 결정되었습니다. 아비가 양반이어도 어미가 천인이면 그 자식은 천인으로 낙인찍혔지요. 황 진사의 딸인 황진이가 그랬고, 홍 판서의 아들인 홍길동이 그랬습니다. 춘향의 어미인 월매는 기적(妓籍)에 오른 기생이었습니다. 기생 어미를 두었으니 춘향 또한 기생 신분에서 벗어날 수 없습니다. 이 도령과 사랑을 나눈다고 해도, 신분상 그녀는 이 도령의 정실이 되지 못합니다. 첩실이 되어 살 수는 있지만, 그렇게 되면 그녀와 이 도령 사이에서 태어나는 아이들은 천민이라는 신분의 굴레를 쓰고 살아야 합니다.

조선 후기의 백성들은 글을 알지 못했으므로 저자에 나가 강담사

(講談士, 이야기꾼)가 들려주는 이야기를 즐거이 들었습니다. 강담사는 당시 유행하던 소설을 사람들이 모인 자리에서 읽어주었는데, 특히 인기가 있는 이야기가 『춘향전』이었답니다. 춘향전은 무엇보다 춘향과 이 도령의 사랑 이야기를 담고 있습니다. 예나 지금이나 대중들은 사랑 이야기에 목말라 합니다. 받으면 받을수록 더욱 받고 싶은 것이 사랑이라지요. 사랑에 웃고 사랑에 우는 풍경은 수백 년 전이나 지금이나 다르지 않게 펼쳐지고 있습니다. 사람들에게 인기가 있는 드라마치고 사랑이 없는 이야기가 있던가요. 현실감이 없는 자극적인 사랑 이야기를 '막장 드라마'라고 욕하면서도, 대중들은 그 속에 담긴 애절한 사랑을 외면하지 못합니다.

당대 백성들은 왜 춘향을 좋아했을까요? 춘향이 이 도령과 첫날밤을 보낼 때 백성들은 달콤한 상상에 빠졌을 것이고, 춘향과 이 도령이 이별을 할 때 백성들은 눈물 콧물을 짜며 슬퍼했을 것입니다. 변 사또가 춘향을 감옥에 가두고 가혹한 벌을 내릴 때는 속 깊은 한숨을 내쉬었을 것이며, 암행어사가 된 이 도령이 마패를 높이 쳐들고 암행어사 출도를 외칠 때는 가슴을 쭉 펴고 이야기꾼을 따라 암행어사 출도를 외치기도 했을 것입니다. 백성들은 춘향을 통해 꿈을 꾸었습니다. 춘향이 기뻐하면 백성들도 기뻐했고, 춘향이 슬퍼하면 백성들도 슬퍼했습니다. 춘향은 저 먼 구중궁궐에 사는 여인이 아니었습니다. 춘향은 기생의 딸이었지요. 천한 신분인 춘향을 변 사또는 제 마음대로 다루려고 했습니다. 기생의 딸은 기생이라는 논리로 수청을 거부하는 춘향을 핍박했습니다.

변 사또가 춘향을 괴롭힐수록 백성들은 더욱 더 춘향을 마음속에 품었을 겁니다. 백성들은 늘 권력의 횡포 아래 놓여 있지 않은가요. 그들은 어서 이 도령이 나타나 춘향을 구해주길 간절하게 바랐습니다. 춘향이 구원을 받는 날이 곧 자신들이 구원을 받는 날입니다. 이야기꾼 또한 백성들이 원하는 이 지점을 잘 알고 있었습니다. 이야기꾼은 이야기를 듣는 사람들의 반응을 엿보며 이야기의 수위를 조절합니다. 백성들이 소망하는 바를 이야기 속에 담을 수밖에 없다는 말입니다. 춘향의 사랑을 방해하는 변 사또를 물리칠 방법은 두 가지였습니다. 하나는 백성들 스스로 민란을 일으켜 변 사또를 몰아내는 것입니다. 홍길동이나 임꺽정을 생각하면 되지요. 이렇게 되면 이 도령의 역할이 애매해집니다. 이야기꾼은 변 사또보다 더 강한 인물을 만들어냅니다. 과거에 급제하여 암행어사가 된 이 도령입니다.

암행어사가 된 이 도령을 받아들이려면 춘향은 절개를 지켜야 합니다. 춘향이 절개를 굽혀 변 사또를 받아들이면 이 도령이 암행어사가 되어 돌아와도 아무 소용이 없습니다. 목숨이 위태로운 지경에도 춘향은 절개를 굽히지 않습니다. 거지꼴로 나타난 이 도령을 보고서도 춘향은 자신의 죽음보다 이 도령의 앞길을 걱정합니다. 어미인 월매에게 거지가 된 이 도령을 구박하지 말라는 말까지 하지요. 춘향이 이 도령에게 부탁한 것은 단 하나였습니다. 이 도령의 선산발치에 묻어달라는 것. 춘향은 죽어서도 이 도령 집안의 귀신이 되려고 합니다. 정실이 아니니 선산에 묻힐 수는 없습니다. 춘향은 그 누구보다 자기 신분을 잘 알고 있는 것입니다. 백성들은 춘향의 서글픔을 마음 깊이 받아들입니다. 그녀가 걷는 고난의 길을 더불어 걸으려고 합니다.

　절개를 지키는 춘향의 모습을 가부장제에 순응하는 것으로만 판단할 수 없는 이유는 여기에 있습니다. 춘향이 가부장제에 순응하는 여자였다면, 굳이 변 사또의 수청을 거부하지 않았을 겁니다. 기생의 딸로 태어난 춘향이 기생 신분으로 사는 삶을 몰랐을 리 없습니다. 당장 퇴기인 어미의 외로운 삶을 그녀는 늘 보고 살았을 테니까요. 이 도령의 정실이 될 수 없다면, 차라리 변 사또의 첩실이 되어 뒷날을 대비하는 게 나을 수도 있습니다. 춘향은 그렇게 하지 않습니다. 그녀는 첩실이 되느니 차라리 죽으려고 합니다. 그 길이 춘향에게는 절개를 지키는 길입니다. 요컨대 춘향은 이 도령을 위해 절개를 지킨 게 아니라 자신을 위해 절개를 지킨 것입니다. 권력자에 휘둘리는 삶을 사느니 그녀는 깨끗이 목숨을 버리려고 했습니다.

절개와 자유 사이

　김주영이 지은 『외설 춘향전』은 이 도령을 바람둥이 한량으로 묘사합니다. 사또 자제인 이 도령은 단옷날 그네를 뛰는 춘향을 보고 첫눈에 반하지요. 방자를 시켜 춘향을 데려와서는 이런저런 수작을 하다가, 결국에는 춘향의 어미인 월매의 허락을 받고 처음 만난 그날 춘향과 첫날밤을 치릅니다. 이팔청춘 두 사람이 그 밤을 어떻게 보냈는지는 판소리 「사랑가」 등에 잘 나타납니다. 퇴기인 월매는 딸인 춘향이 번듯한 양반을 만나 살기를 원합니다. 정실은 언감생심입니다. 이 도령이 정실 약속을 해도 집안에서 받아들이지 않으면 그만이지요. 월매는 춘향이 능력 있는 양반가 남자의 품안에서 한 송이 꽃으로 편안하게 살기를 바랍니다. 기생으로 한 세상을 풍미한 어미 입장에서는 이 길만이 춘향을 지켜주는 일이라 생각했을 것입니다.

춘향 또한 처음에는 어미와 같은 생각으로 이 도령을 맞았을 겁니다. 월매는 꿍쳐두었던 돈을 풀어 이 도령을 극진히 접대합니다. 사또의 아들이니 투자한 만큼 이익이 돌아올 것이라 생각한 겁니다. 지금 당장은 아니라도, 이 도령이 과거에 급제하고 벼슬길에 오르면 상황은 지금과 완전히 달라집니다. 이 도령의 아버지가 벼슬이 승차해 한양으로 올라가는 바람에 두 사람은 헤어집니다. 이 도령은 춘향을 한양으로 데려가고 싶지만, 아버지가 그것을 허락할 리 없습니다. 춘향은 남원에 남고 이 도령은 쫓기듯이 한양으로 올라갑니다. 이 도령이 남원을 다시 찾지 않는 한, 춘향이 이 도령을 만날 길은 사라졌습니다. 만약 이 도령이 돌아오지 않으면 춘향은 어떻게 되는 걸까요? 이 도령과 보낸 시간은 이미 남원 고을에 쫙 퍼졌습니다. 다른 남자와 쉬이 맺어질 수도 없는 상황이 되었다는 말입니다.

이 도령을 그저 기다릴 수밖에 없는 상황에서 변 사또가 나타납니다. 춘향에게 다른 선택지가 생긴 겁니다. 춘향은 기생의 딸이므로, 변 사또 수청을 든다고 해서 문제가 되는 것은 아닙니다. 이 도령이 춘향을 잊지 않겠다는 글을 적어 남기기는 했지만, 종이쪽 한 장에 한 생을 거는 게 온당한 일인가요. 이 도령이 과거에 급제한다는 보장도 없습니다. 설사 급제한다고 해도 춘향을 어찌 대할지는 그때 가봐야 압니다. 이런 상황을 알면서도 춘향은 변 사또의 수청을 거부하고 절개를 선택합니다. 변 사또의 수청을 들면 몸 하나는 편할 겁니다. 어미인 월매 또한 노후를 편안하게 보낼 수 있겠지요. 춘향이 이 도령을 기다리는 험난한 길을 선택하는 순간, 그녀는 자신이 가야 할 길을 스스로 선택한 것이 됩니다. 가부장제가 강요하는 절개가 개인의 자유로 변화되는 이상한 상황이 벌어지는 것입니다.

가부장제는 여자가 한 남자를 따라야 한다고 말합니다. 여기서 말하는 여자는 물론 양반가 여자를 가리킵니다. 권력은 양반가에 몰려 있는 법이니까요. 가부장제는 왜 여성에게 '절개'라는 제도를 강요했을까요? 자기 피를 받은 아들에게 '안전하게' 권력을 양도하기 위해섭니다. 여자가 절개를 지키지 않는 사회라면, 여자가 낳은 아들이 누구의 피를 받았는지 알 수 없습니다. 남자에서 남자로 이어지는 순수 혈통을 지키기 위해 가부장제는 여자를 안채에 가두고, 절개를 강요합니다. 재가한 과부가 있는 집안에는 10년 동안 벼슬을 주지 않는다는 법규가 생길 정도였습니다. 10년 동안 벼슬길이 막힌 집안은 망할 수밖에 없지요. 집안을 중시하는 가부장들은 그래서 여자를 어떻게든 통제하려고 했습니다. '절개'라는 제도는 곧 여성을 억압하는 수단으로 이용된 셈입니다.

변 사또는 이 도령에 대한 절개를 지키는 춘향을 향해 기생이 무슨 절개냐고 반문합니다. 앞서 말한 대로 절개는 양반가 여성에게나 강요되던 풍습입니다. 지킬 권력이나 돈이 없는 여자들에게까지 사회적으로 절개가 강요된 것은 아니었습니다. 이런 상황에서 기생의 딸인 춘향이 절개를 들먹이며 고을 사또의 수청을 거부합니다. 변 사또는 명령을 거부한 춘향을 호되게 다룹니다. 인정상으로는 못된 일을 한 것이지만, 당대의 신분 제도를 보면 변 사또의 행위를 비판할 수만은 없습니다. 만약 변 사또가 선치(善治)를 베풀었다면 이 도령이 암행어사가 되어 돌아와도 춘향을 구하기는 어려웠을 겁니다. 다행히(?) 춘향을 괴롭히는 변 사또는 백성들의 고혈을 짜내는 못된 사또였습니다. 춘향이 절개를 지킬수록 변 사또는 더욱 더 악당이 되는 상황이 자연스레 마련된 것입니다.

암행어사가 되어 남원으로 돌아온 이 도령은 춘향을 두 번이나 시험합니다. 첫 번째 시험은 앞서 말한 감옥 장면에서 일어납니다. 거지 꼴로 나타난 이 도령을 춘향이 매몰차게 외면했다면, 암행어사 출도가 일어난 이후의 상황은 완전히 달라졌을 겁니다. 춘향은 자기 패물을 찾아 거지가 된 이 도령을 극진히 대접하라고 어미에게 부탁합니다. 이 도령의 마음을 얻은 것입니다. 두 번째 시험은 암행어사 출도가 일어난 이후에 이루어집니다. 마당으로 끌려나온 춘향에게 동헌 옥좌에 앉은 이 도령이 묻습니다. 자기처럼 젊은 남자에게도 수청을 들지 않겠느냐고요? 춘향은 단호히 거부합니다. 한양에서 내려오는 수령들마다 개개이 명관이로구나 하며 비꼬기까지 합니다. 이 도령은 바로 이 시점에서 자기의 신분을 밝힙니다. 춘향의 절개를 인정한 것이지요.

춘향에게 절개는 변 사또로 대변되는 권력으로부터 자기를 지키는 방법이었습니다. 변 사또가 기생의 절개를 부정할수록 춘향은 이 도령을 향한 절개를 강조했습니다. 그녀는 자기가 지킨 절개를 인정받기 위해 숱한 고난을 견뎌야 했습니다. 변 사또는 물론이거니와 이 도령 역시 춘향의 절개를 의심하고 시험했습니다. 조선 시대의 대다수 여성들이 절개를 지킴으로써 자기를 버리는 길로 나아갔다면, 춘향은 절개를 통해 자기를 지키는 길로 나아간 것입니다.

지금 이 시대에도 우리가 여전히 춘향의 사랑을 기리는 이유는 여기에 있습니다. 그녀는 스스로 사랑을 선택했고, 스스로 그 사랑을 지키려고 했습니다. 목숨을 걸고 자기 뜻을 허물려는 권력자와 맞서기도 했습니다. 백성들은 사회 통념에 젖은 춘향이 아니라 그 바깥으로 기꺼이 나아간 춘향을 좋아했습니다. 끝까지 제 뜻을 밀어붙인 춘향은 이렇게 사람들이 가장 사랑하는 여성 인물로 거듭난 것입니다.

<보론> 춘향의 사랑, 다른 이야기

이야기는 늘 사건을 바라보는 사람들의 시선에 따라 변하기 마련입니다. 앞서 이 도령이 춘향을 두 번이나 시험했다는 말을 했지요. 춘향은 무사히 이 도령의 시험을 통과했고요. 춘향은 거지꼴로 돌아온 이 도령을 온몸으로 품어 안았습니다. 그 일이 쉽지만은 않았겠지요. 누군들 죽음이 두렵지 않겠어요. 이 도령이 거지가 되어 돌아온 걸 안 춘향의 마음은 어땠을까요? 게다가 그녀는 감옥에 갇혀 오늘 내일 사이에 죽을 수도 있습니다. 다음 날이면 암행어사가 된 이 도령이 암행어사 출도를 외치게 되지만, 그 시간까지 견디기가 춘향은 참으로 힘듭니다. 김영랑이 지은 「춘향」이라는 시를 봅니다. 우리가 알고 있는 것과는 다른 이야기를 시인은 들려줍니다. 우선 시를 먼저 볼까요.

큰칼 쓰고 옥에 든 춘향이는

제 마음이 그리도 독했던가 놀래었다
성문이 부서져도 이 악물고
사또를 노려보던 교만한 눈
그는 옛날 성학사 박팽년이
불지짐에도 태연하였음을 알았었니라
오! 일편단심

원통코 독한 마음 잠과 꿈을 이뤘으랴
옥방(獄房) 첫날밤은 길고도 무서워라
설움이 사모치고 지쳐 쓰러지면
남강의 외론 혼은 불리어 나왔느니
논개! 어린 춘향을 꼭 안아
밤새워 마음과 살을 어루만지다
오! 일편단심

사랑이 무엇이기
정절이 무엇이기
그 때문에 꽃의 춘향 그만 옥사하단 말가
지네 구렁이 같은 변학도의
흉측한 얼굴에 까무러쳐도
어린 가슴 달큼히 지켜주는 도련님 생각
오! 일편단심

상하고 멍든 자리 마디마디 문지르며
눈물은 타고 남은 간을 젖어내렸다
버들잎이 창살에 선뜻 스치는 날도
도련님 말방울 소리는 아니 들렸다
삼경(三更)을 세오다가 그는 고만 단장(斷腸)하다
두견이 울어 두견이 울어 남원고을도 깨어지고
오! 일편단심

깊은 겨울밤 비바람은 우루루루
피칠 해논 옥창살을 들이치는데
옥(獄) 죽음한 원귀들이 구석구석에 휙휙 울어
청절춘향도 혼을 잃고 몸을 버려버렸다
밤새도록 까무러치고
해 돋을녘 깨어나다
오! 일편단심

믿고 바라고 눈 아프게 보고 싶던 도련님이
죽기 전에 와주셨다 춘향은 살았구나
쑥대머리 귀신얼굴 된 춘향이 보고
이도령은 잔인스레 웃었다 저 때문의 정절이 자랑스러워
"우리집이 팍 망해서 상거지가 되었지야"
틀림없는 도련님 춘향은 원망도 안 했니라

오! 일편단심

모진 춘향이 그 밤 새벽에 또 까무러쳐서는
영 다시 깨어나진 못했었다 두견은 울었건만
도련님 다시 뵈어 한을 풀었으나 살아날 가망은 아주 끊기고
온몸 푸른 맥도 홱 풀려버렸을 법
출도(出道) 끝에 어사는 춘향의 몸을 거두며 울다
"내 변가(卞哥)보다 잔인무지하여 춘향을 죽였구나"
오! 일편단심

- 김영랑, 「춘향」

    변학도의 수청을 거부한 춘향은 큰칼을 쓰고 옥에 들어갑니다. 변학도는 사또이고, 춘향은 관기(官妓)입니다. 관에 속한 기생이 사또의 명을 거부했으니 죽어도 할 말이 없습니다. 돌려 말하면 춘향은 죽음을 각오하고 변 사또의 수청을 거부합니다. "제 마음이 그리도 독했던가 놀래었다"라는 진술로 시인은 춘향이 처한 상황을 표현합니다. 춘향은 이를 악물고 수청을 강요하는 변 사또를 노려봅니다. "옛날 성학사 박팽년"에 비유되는 춘향의 정절을 시인은 "오! 일편단심"이라는 후렴구를 통해 강조합니다. 박팽년은 단종을 몰아내고 왕위에 오른 수양대군과 맞서 싸운 '사육신(死六臣)' 가운데 한 사람입니다. 시인은 춘향의 절개를 사육신의 충절과 같은 자리에 놓습니다. 한 조각 붉은 마음을 춘향은 오로지 이 도령을 위해 간직했습니다.

옥에 갇힌 춘향은 얼마나 원통했을까요? 기생의 딸로 태어났으니 애초부터 사람 취급 받기는 어렵게 태어났습니다. 경위야 어떻든, 단옷날에 고을 원님의 아들인 이 도령을 만나 사랑을 꽃피웠습니다. 벼슬이 오른 아버지를 따라 이 도령은 어쩔 수 없이 서울로 올라갑니다. 그래도 춘향은 반드시 남원 땅으로 돌아오리라는 이 도령의 말을 철석같이 믿었습니다. 이 도령의 정실부인이 되고 싶은 게 아닙니다. 기생 신분으로 어찌 그런 걸 원하겠어요. 춘향은 다만 이 도령과 사랑을 하고 싶었습니다. 변 사또는 그 마음을 가차 없이 짓밟아버립니다. 옥방에서 지내는 첫날밤은 참으로 길고도 무섭습니다. 가슴 저 깊은 곳에서 설움이 사무쳐 올라옵니다. 신분 차이가 엄연하니 춘향이 변 사또를 이길 방법은 전혀 없습니다. 그저 천한 신분으로 태어난 제 신세를 한탄할 뿐입니다.

진주 남강 외로운 혼인 논개가 와서 "어린 춘향을 꼭 안아/ 밤새워 마음과 살을" 어루만져줍니다. 성학사 박팽년의 충절이 왜장을 끌어안고 죽은 논개의 충절로 이어지네요. 시인은 '변 사또'로 상징되는 권력에 저항하는 인물로 춘향을 바라봅니다. 권력은 언제나 무자비합니다. 권력은 강한 자에게는 약하고 약한 자에게는 강한 본성을 지니고 있습니다. 권력이란 위계와 다르지 않다는 말입니다.

춘향보다 신분이 높은 변 사또는 그래서 춘향을 마음껏 유린합니다. 춘향이 내세울 수 있는 것은 오로지 '절개'라는 관념밖에는 없습니다. 춘향이 양반가 규수였다면 이 절개를 지킬 수 있었을 것입니다. 하지만 춘향은 신분상으로 천한 기생입니다. 사람 취급을 받지 못하는 춘향이 '절개'를 입에 올리니 변 사또는 얼마나 어이가 없었을까요? 천한 것의 버릇을 고치겠다는 마음으로 변 사또는 아마도 더욱 더 몸이 달았는지도 모릅니다.

춘향은 지네 구렁이 같은 변 사또의 흉측한 얼굴을 볼 때마다 "어린 가슴 달큼히 지켜주는 도련님"을 생각합니다. 변 사또의 맞은편에 도련님이 있습니다. 도련님이 다시 남원 땅을 밟아야만 춘향은 옥을 나가 자유를 얻을 수 있습니다. 물론 거기에는 도련님이 변 사또를 위압할 수 있는 힘을 얻어야 한다는 전제가 있습니다. 거지꼴로 돌아온 도련님은 춘향에게 아무런 도움이 되지 않는다는 말입니다.

춘향은 상하고 멍든 자리를 마디마디 문지르며 도련님이 올 날만을 손꼽아 기다립니다. 버들잎이 창살에 선뜻 스치는 봄날이 돌아왔지만 "도련님 말방울 소리는 아니" 들립니다. 춘향의 몸이 모진 고문을 얼마나 더 견뎌낼까요? 삼경 깊은 밤에도 춘향은 애처로이 두견이 울음소리를 듣습니다. 창자가 끊어질 듯한 아픔이 밀려옵니다. 차라리 죽어지면 고통이라도 없을 텐데, 마음대로 죽을 수도 없습니다. 과거에 급제한 도련님이 돌아올 때까지는 어떻게든 살아있어야 합니다.

겨울밤이 깊어갑니다. 우루루루 몰아치는 비바람이 마른 피가 덕지덕지 붙은 옥창살을 들이칩니다. 춘향이 있는 감옥에서 죽은 원귀들이 우는 소리처럼 들립니다. 몸이 거의 망가진 춘향도 죽어서 원귀가 될지도 모릅니다. 도련님 얼굴을 보면 감옥 속 원귀는 되지 않을 텐데, 무심한 도련님은 소식 하나 전해오지 않습니다.

"청절춘향도 혼을 잃고 몸을 버려버렸다"라고 시인은 쓰고 있고 있습니다. 박팽년과 논개 같은 정절을 지닌 춘향이라고 해도 한계가 있습니다. 정신으로 아무리 버텨내도 몸이 따르지 않으면 어쩔 수 없습니다. 몸이 망가지는데 정신이 어떻게 살아있을 수 있을까요. 밤새도록 까무러치다가 해 돋을 녘에야 춘향은 간신히 깨어났습니다. 꿈인 듯 도련님 얼굴이 보입니다. 무슨 일인가요? 춘향은 이제 죽을 때가 되었나보다 생각합니다. 그런데, 정말로 도련님입니다. "믿고 바라고 눈 아프게 보고 싶던 도련님이/ 죽기 전에 와주셨다."는 대목에 도련님을 애타게 기다리던 춘향의 마음이 나와 있습니다.

"춘향은 살았구나"라는 시구로 시인은 이 상황을 표현합니다. 얼마나 애타게 기다리던 도련님인가요? 눈앞에 있는 도련님 얼굴을 춘향이 어떤 표정으로 바라보았을지 상상해보세요. 눈물 콧물 흘리며 기쁨에 젖은 춘향을 보고, "쑥대머리 귀신얼굴 된 춘향이 보고" 이 도령은 감격의 눈물을 흘렸을까요? 시인은 춘향을 보고 "잔인스레" 웃는 이 도령을 이야기합니다. 춘향을 잊지 않고 남원을 찾은 이 도령이 아닌가요? 이런 사람을 시인은 왜 잔인한 이로 표현하는 것일까요?

이 도령은 춘향이 자기를 위해 절개를 지켰다는 생각에 마음이 한없이 흐뭇합니다. 그동안 춘향이 당한 모진 고통은 눈여겨보지 않고 그는 춘향이 절개를 지킨 그 사실에만 마음을 기울입니다. "우리집이 팍 망해서 상거지가 되었지야'라는 말을 이 도령은 농담인 듯 춘향에게 이야기합니다. 거지꼴로 돌아온 연인을 춘향이 어찌 맞을지 그는 궁금합니다. 눈앞에서 춘향의 절개를 시험하고 싶은 참으로 저열한 욕망인 것이지요.

춘향은 거지꼴로 돌아온 이 도령을 진심으로 맞습니다. 어미인 월매에게 패물을 팔아 이 도령을 챙기라는 당부도 잊지 않습니다. 거지꼴이 된 이 도령을 보는 순간 춘향은 더 이상 삶에 연연하지 않는 사람이 됩니다. 이 도령이 아니라면 그 누가 춘향을 옥에서 빼내어줄 수 있을까요? 이 도령과 마지막 이별을 나눈 춘향은 그 밤에 또 까무러쳐서는 영 다시 깨어나지 못합니다. 춘향이 죽은 걸 알았는지 두견이 소리도 어느 때보다 처참합니다. 살아서 도련님을 만났으니 원귀는 되지 않으려나요? 암행어사 출도를 외치고 멋지게(?) 나타난 이 도령은 이미 죽은 춘향의 몸을 거두며 "내 변가(卞哥)보다 잔인무지하여 춘향을 죽였구나"라고 한탄합니다. 춘향을 가혹하게 고문한 변 사또나, 다 죽어가는 여인 앞에서 절개를 확인하려 한 이 도령이나, 정작 당사자인 춘향이 마음을 헤아리지 않는다는 점에서는 똑같다고 하겠습니다.

김영랑은 1940년에 이 시를 발표했습니다. 일제의 패악이 극점으로 가는 시기입니다. 이런 시대에 시인은 왜 박팽년과 논개를 잇는 춘향을 시 세계로 불러낸 것일까요? 춘향을 구렁텅이에 빠뜨린 건 변가만이 아닙니다. 변가가 춘향을 죽음에 이르게 한 인물이라면, 이 도령은 거의 죽기 직전인 춘향을 끝내 죽음 속으로 몰아넣은 비열한(?) 인물이라고 할 수 있습니다. 원작에서는 물론 춘향이 죽지 않고 살아납니다. 이 도령의 시험을 통과한 춘향은 훗날 정경부인이 되어 신분적인 한계까지 극복하고요.

김영랑은 왜 원작의 내용을 뒤집은 것일까요? 혹 조선을 위한답시고 친일을 정당화한 유명 지식인들을 그는 이 도령에 빗댄 것일까요?

죽어가는 연인 앞에서도 연인보다는 자신을 먼저 생각한 이 도령입니다. 시대적 한계를 들이댄다고 해도 '장난처럼' 연인의 절개를 시험하는 이 도령의 행태를 용서하기 힘듭니다. 이 도령의 거짓부렁에 속아 숨을 놓은 춘향은 얼마나 원통했을까요? 시인은 비극에 휩싸인 춘향으로 어둠에 갇혀 고통 받는 당대 민중들을 표현한지도 모르겠습니다.

5부

다시 사랑이란?

15 슬픔 너머에서 빛나는 사랑
- 견우와 직녀

사랑아, 사랑아!

견우는 소를 모는 목동이고, 직녀는 옥황상제의 딸입니다. 직녀는 베를 잘 짰을 뿐만 아니라 마음씨 또한 예뻐 옥황상제의 사랑을 듬뿍 받았지요. 옥황상제는 직녀의 신랑감으로 소를 키우며 성실하게 사는 견우를 눈여겨보았습니다. 하늘나라 사람들의 축복을 받으며 둘은 혼인을 했습니다. 그런데, 혼인을 한 이후로 두 사람은 일은 하지 않고 서로를 사랑하는 일에만 빠져들었습니다. 견우가 기르는 소들이 대궐 안으로 들어가 꽃밭을 짓밟을 정도로, 두 사람은 자신이 해야 할 일을 등한시한 것이지요. 옥황상제가 가만있을 리 없습니다. 옥황상제가 견우와 직녀를 맺어준 것은, 두 사람이 성실하게 의무를 수행할 것이라는 믿음이 있었기 때문입니다. 두 사람은 옥황상제의 그 믿음을 저버렸습니다.

옥황상제의 명에 따라 견우는 은하수 동쪽에 살게 되었고, 직녀는 은하수 서쪽에 살게 되었습니다. 날마다 만나 사랑을 나누어도 부족할 판에, 다시 만나는 것조차 기약할 수 없는 상황이 된 두 사람은 눈물을 흘리며 날을 보냈습니다. 두 사람이 흘린 눈물이 어찌나 많았는지 지상에 홍수가 일어나 수많은 생명들이 물속에 빠져 죽었다네요. 이러면 안 되겠다 싶었는지, 지상에 사는 사람들과 동물들이 움직였습니다. 옥황상제의 명을 되돌릴 수는 없을 테고, 일 년에 한 번이라도 두 사람을 만나게 해주면 가슴에 맺힌 한이 조금이나마 풀릴 수 있으리라 그들은 여겼습니다. 은하수 이쪽과 저쪽에 사는 견우와 직녀를 어떻게 하면 만나게 할 수 있을까요? 까치와 까마귀가 나섰습니다. 칠석날이 되면 까마귀와 까치가 다리를 만들어 두 사람이 만날 수 있도록 한 것입니다.

다행히 이후로 지상에서는 더 이상 홍수가 일어나지 않았습니다. 두 사람의 가슴에 맺힌 한이 풀린 것일까요? 견우와 직녀는 일 년에 한 번 만날 수 있습니다. 사랑하는 두 사람이 일 년에 한 번 만나는 것으로 만족을 할까요? 두 사람은 왜 이 한 번의 만남을 기꺼이 받아들인 것일까요? 날마다 봐도 한없이 그리운 얼굴이 사랑하는 사람의 얼굴이 아니던가요. 사실 두 사람이 일 년에 한 번이라도 만나려면, 자기 일을 열심히 해야 합니다. 옥황상제가 일 년 내내 열심히 일을 해야 두 사람이 만날 수 있다는 조건을 내걸었기 때문입니다. 단 한 번의 만남을 위해 두 사람은 열심히 일을 합니다. 처음에는 한없는 그리움이 밀려들어 참으로 힘들었을 겁니다. 보고 싶은 이를 못 보는 그리움만큼 가슴이 아리는 게 어디 있을까요.

견우는 매일 소를 키우면서, 직녀는 매일 베를 짜면서 칠월칠석이 빨리 오기만을 기다렸을 겁니다. 그러다가 어느 순간 두 사람은 일 년에 한 번 이루어지는 만남이 자신들을 더 큰 깨달음으로 이끄는 계기라는 걸 눈치 챘겠지요. 일 년을 잘 살아야 사랑하는 이를 만날 수 있습니다. 눈앞에 있는데도 보고 싶은 사람이 사랑하는 사람이라고 하던가요. 그 기쁨을 다시금 느끼기 위해 두 사람은 다음 일 년을 열심히 살았을 것이고, 자연 자신이 하는 일에 대해서는 엄청난 공력을 쌓게 되었을 것입니다.

칠월칠석이 오면 지상에 내리는 비를 우리는 슬픔의 비라고만 생각합니다. 과연 그럴까요? 일 년을 잘 살았다는, 그래서 더 큰 깨달음에 이르렀다는 기쁨의 눈물로 해석하는 것이 옳지 않을까요? 오작교에서 만나 기쁨의 눈물을 흘리는 견우와 직녀를 상상해 봅니다. 지난일 년 동안 견우는 열심히 소를 길렀고, 직녀는 열심히 베틀을 돌렸습니다. 가슴 한쪽에서 임에 대한 그리움이 밀려올 때마다 그들은 더욱더 일에 집중했습니다. 마음을 옥죄던 슬픔이 어느 순간부터 누그러지기 시작했습니다. 연인을 만나지 못하는 슬픔 자체를 없앨 수는 없겠지요. 다만 그 슬픔 속으로 깊이 빠져들지 않고 그것을 관조할 수는 있습니다. 물론 말처럼 쉬운 일은 아니지요. 그 일을 두 사람은 해낸 겁니다.

연인을 만나지 못하는 아픔을 또 다른 사랑으로 승화시킨 견우와 직녀 이야기에 시인들은 관심이 많습니다. 시인이란 원래 보이지 않는 세계를 들여다보고 싶어 하잖아요? 까막까치가 만든 오작교 위에서 두 사람은 서로 얼싸안고 눈물을 흘립니다. 그 눈물이 흐르고 흘러 지상으로 내리는 것이고요. 단순한 슬픔을 넘어서는 이 눈물이 지금 과는 다른 세상을 열망하는 시인들을 울립니다. 슬픔을 모르는 사람 이 어떻게 다른 세상을 상상할 수 있을까요? 그런 점에서 보면, 모든 시인은 그 자체로 혁명가라고 볼 수 있습니다. 지금과는 다른 세상을 꿈꾸는 혁명가. 시대의 슬픔을 온몸으로 끌어안는 혁명가. 견우와 직 녀의 사랑을 다룬 두 편의 시를 통해 슬픔 너머로 나아가는 시인들의 여정을 들여다보도록 하겠습니다.

슬픔은 끝나야 한다

이별이 너무 길다
슬픔이 너무 길다
선 채로 기다리기엔 은하수가 너무 길다.
단 하나 오작교마저 끊어져버린
지금은 가슴과 가슴으로 노둣돌을 놓아
먼 돗날 위라도 딛고 건너가 만나야 할 우리.
선 채로 기다리기엔 세월이 너무 길다.
그대 몇 번이고 감고 푼 실을
밤마다 그리움 수놓아 짠 베 다시 풀어야 했는가.
내가 먹인 암소는 몇 번이고 새끼는 쳤는데,
그대 짠 베는 몇 필이나 쌓였는가?

이별이 너무 길다

슬픔이 너무 길다

사방이 막혀버린 죽음의 땅에 서서

그대 손짓하는 연인아

유방도 빼앗기고 처녀막도 빼앗기고

마지막 머리털까지 빼앗길지라도

우리는 다시 만나야 한다

우리들은 은하수를 건너야 한다

오작교가 없어도 노둣돌이 없어도

가슴을 딛고 건너가 다시 만나야 할 우리,

칼날 위라도 딛고 건너가 만나야 할 우리,

이별은 이별은 끝나야 한다

말라붙은 은하수 눈물로 녹이고

가슴과 가슴을 노둣돌 놓아

슬픔은 슬픔은 끝나야 한다, 연인아.

– 문병란, 「직녀(織女)에게」

　견우가 직녀에게 편지를 보냅니다. 일 년에 한 번 만나는 연인을 향해 견우는 "이별이 너무 길다"고, "슬픔이 너무 길다"고 이야기합니다. 이별이 너무 길면 슬픔도 너무 깊어지는 법입니다. 두 사람은 왜 못 만나는 것일까요? 두 사람의 뜻이 아닙니다. 옥황상제가 명령한 일입니다. 옥황상제는 두 사람이 할 일을 등한시하고 사랑에만 빠져 있자 이런 벌을 내립니다. 은하수를 사이에 두고 두 사람은 일 년에 한 번 만날 날을 손꼽으며 일을 합니다.

시인은 "선 채로 기다리기엔 은하수가 너무 길다."라고 쓰고 있습니다. 일 년에 한 번 오작교가 생기면 두 사람은 은하수를 건너 만날 수 있습니다. 일 년에 한번이라니! 사랑에 빠진 연인들이 이 상황을 어떻게 견딜까요? 견우는 직녀에게 "지금은 가슴과 가슴으로 노둣돌을 놓아"야 하는 시기라고 외칩니다. 스스로 노둣돌을 놓지 않으면 일 년에 한 번 만나는 상황에서 벗어날 수 없습니다. 면도날 위를 걸어야 한다고 해도 상관없습니다. 시인은 "선 채로 기다리기엔 세월이 너무 길다."고 거듭 말합니다.

이 긴 세월 동안 두 사람은 무엇을 했을까요? 직녀는 몇 번이고 실을 감고 풀었습니다. 연인을 향한 그리움으로 직녀는 베를 짰고, 짠 베를 다시 풀어서 그 실로 또 베를 짰습니다. 일을 하지 않으면 연인을 잊을 수 없었던 것일까요? 견우라고 다르지 않습니다. "내가 먹인 암소는 몇 번이고 새끼를 쳤는데,"라는 시구에 나타나는 대로, 견우는 일을 하며 직녀를 향한 그리움을 삭였습니다.

"이별이 너무 길다/ 슬픔이 너무 길다"라는 시구가 다시 한 번 반복됩니다. 이별은 슬픔을 낳습니다. 일 년에 한 번 만나는 것으로 어떻게 그 슬픔을 풀 수 있을까요? 슬픔은 다시 이별로 이어지고, 그 이별은 다시 더 큰 슬픔으로 이어집니다. 사방을 은하수가 가로막고 있습니다. 오작교가 생기지 않는 한, 두 사람이 은하수를 건너는 일은 결코 이루어질 수 없습니다. 어떻게 하면 좋을까요? "사방이 막혀버린 죽음의 땅에 서서" 연인이 연인을 향해 손짓을 하고 있습니다.

은하수를 건너면 다른 세상이 펼쳐집니다. 이쪽에 있는 연인이 저쪽에 있는 연인을 만나려면 은하수를 건너야 합니다. 오작교가 없는 상태에서 은하수를 건너면 어떻게 될까요? "유방도 빼앗기고 처녀막도 빼앗기고/ 마지막 머리털까지 빼앗길지라도"에 표현된바, 은하수를 건너는 일은 곧 죽음의 땅으로 들어가는 일과 다르지 않습니다. 그래도 견우와 직녀는 만남을 포기하지 않습니다. 어떤 경우에도 "우리들은 은하수를 건너야 한다"고 그들은 다짐합니다.

오작교가 없어도 건너야 하고, 노둣돌이 없어도 건너야 합니다. 은하수를 건너는 일은 견우와 직녀에게 주어진 시대적 소명입니다. 시인은 왜 이토록 견우와 직녀를 만나게 하려고 하는 것일까요? 이별은 끝나야 하기 때문입니다. 만날 사람은 만나야 하기 때문입니다. 만날 사람을 만나지 못하게 하면 이 세상은 한이 맺혀 원망하는 사람들로 넘쳐날 수밖에 없습니다. 분단 사회를 살고 있는 우리네 상황을 참으로 절실하게 표현하지 않았나요.

까치와 까마귀가 오작교를 만들지 않으면 가슴과 가슴을 이어 노둣돌을 놓으면 됩니다. 노둣돌도 안 되면 맨몸으로 은하수에 뛰어들면 됩니다. 죽음을 각오하지 않고 어떻게 은하수를 건널 수 있을까요? "칼날 위라도 딛고 건너가 만나야 할 우리,"라고 시인 또한 쓰고 있지 않은가요. 저 멀리서 손짓하는 연인을 향해 견우는 기꺼이 은하수로 뛰어듭니다. 은하수는 이쪽과 저쪽을 나누는 경계입니다. 경계가 서면 세상은 질서가 잡힙니다. 권력을 잡은 사람들이 왜 질서를 중시하겠습니까?

　누군가 경계를 넘어서는 순간 질서는 허물어집니다. 견우와 직녀가 은하수로 뛰어들면 어떤 일이 벌어질까요? 물론 그들이 은하수를 건너도록 권력이 가만 놔둘 리 없습니다. 권력은 어떻게든 질서를 지키려고 하고, 경계를 넘은 이들은 어떻게든 그 질서 바깥으로 나아가려고 하는 것이지요. 경계를 지키려는 자와 경계를 넘어서려는 자는 은하수에서 한바탕 싸움을 벌일 수밖에 없는 셈입니다.

　싸우지 않고 어떻게 목적을 이룰까요? 경계를 넘은 이들에게는 서로를 향한 절실한 사랑이 있습니다. 절실한 사랑은 사랑을 넘어서는 사랑입니다. 개인에 한정되는 사랑이 아니라 개인을 넘어서는 자리로 뻗어 나가는 사랑입니다. "사방이 막혀버린 죽음의 땅"을 벗어나기 위해 그들은 기꺼이 죽음이 기다리는 땅으로 몸을 던집니다. 목숨을 걸고 이루려는 사랑을 어떻게 개인의 사랑으로 한정할 수 있을까요? 면도날 위라고 해도 상관없습니다.

　은하수에 뛰어드는 순간 이미 죽은 몸이 면도날 위라고 머뭇거릴 리 없습니다. 견우와 직녀는 가슴과 가슴으로 이어진 노둣돌을 밟으며 서로를 향해 달려갑니다. "슬픔은 슬픔은 끝나야 한다, 연인아."라는 시구로 시인은 시를 맺고 있네요. 연인들은 만나야 합니다. 사랑하는 사람들이 만나야 이 세상을 가로지르는 슬픔이 끝납니다. 남과 북으로 갈라져 수십 년 세월을 보낸 우리 민족의 아픔이 떠오르지 않나요? 견우와 직녀는 오늘도 은하수 이쪽저쪽에 서서 서로 부둥켜안고 울 날만을 기다리고 있는지 모릅니다.

한 해 한 번 당신을 만나면

견우직녀도 이날만은 만나게 하는 칠석날
나는 당신을 땅에 묻고 돌아오네
안개꽃 몇 송이 함께 묻고 돌아오네
살아 평생 당신께 옷 한 벌 못 해주고
당신 죽어 처음으로 베옷 한 벌 해 입혔네
당신 손수 베틀로 짠 옷가지 몇 벌 이웃께 나눠주고
옥수수밭 옆에 당신을 묻고 돌아오네
은하 건너 구름 건너 한 해 한 번 만나게 하는 이 밤
은핫물 동쪽 서쪽 그 멀고 먼 거리가
하늘과 땅의 거리인 걸 알게 하네
당신 나중 흙이 되고 내가 훗날 바람 되어
다시 만나지는 길임을 알게 하네
내 남아 밭갈고 씨뿌리고 땀흘리며 살아야
한 해 한 번 당신 만나는 길임을 알게 하네.

— 도종환, 「옥수수밭 옆에 당신을 묻고」

견우와 직녀가 만나는 칠석날입니다. 견우와 직녀는 사랑하는 사이입니다. 서로를 너무 사랑한 나머지 자기들이 해야 할 일을 하지 않아 옥황상제는 이들에게 벌을 내립니다. 일 년 364일은 일을 하고, 나머지 하루만 만나게 한 것입니다. 사랑하는 사람들이 일 년에 한 번 만

나다니요? 날마다 얼굴을 봐도 뭔가 서러운 판에 일 년에 한 번만 보는 삶을 이들이 과연 견딜 수 있을까요?

우리가 잘 알다시피 두 사람은 단 한 번의 만남을 위해 은하수 이쪽 저쪽에서 열심히 일을 합니다. 그들 스스로 초래한 일이니 어쩌겠습니까? 평생 만나지 못하는 사람들에 비한다면, 일 년에 한 번 만나는 건 축복인지도 모릅니다. 견우와 직녀가 만나는 칠석날, 시인은 당신을 땅에 묻고 돌아옵니다. 누구는 만나고, 누구는 영원히 헤어집니다. 사랑이란 게 참 묘합니다. 만나고 싶다고 만날 수 있는 게 아닙니다. 인연이 없으면 아무리 만나고 싶어도 우리는 그 사람을 만날 수 없습니다.

아내를 땅에 묻는 아픔을 경험하지 않은 사람이 어떻게 시인의 마음을 이해할 수 있을까요? "안개꽃 몇 송이 함께 묻고 돌아오"며 시인은 무슨 생각을 했을까요? 일 년에 한 번 만나 사랑을 나누는 견우와 직녀를 부러워했을까요? 견우와 직녀는 살아있으니 일 년에 한 번이라도 만날 수 있습니다. 하지만 이승에 있는 시인과 저승에 있는 아내는 만나고 싶어도 만날 수 없습니다. 일 년이 아니라 십 년에 한 번도 만날 수 없습니다.

"당신 죽어 처음으로 베옷 한 벌 해 입혔네"라고 시인은 적고 있습니다. '베옷'은 죽을 때 입는 옷입니다. 죽어서야 아내에게 새 옷을 입힌 남편의 마음을 헤아려 봅니다. 남편은 "당신 손수 베틀로 짠 옷가지 몇 벌"을 이웃에게 나눠주었습니다. 옥수수밭 옆에 당신을 묻고 돌아온 사람은 아내를 잃은 슬픔을 이웃을 향한 배려로 뒤바꿉니다. 아름다운 마음이라는 말밖에는 할 말이 없습니다.

당신을 땅에 묻고 돌아온 그날을 시인은 견우과 직녀가 만나는 날로 정한 모양입니다. 한 해 한 번 아내를 만날 수 있다는 마음만으로도 시인은 살아갈 힘을 얻습니다. 물론 시인의 말마따나 은핫물 동쪽과 서쪽은 하늘과 땅의 거리만큼이나 멀기만 합니다. 견우와 직녀는 일 년에 한 번 만들어지는 오작교를 건너 만나지만, 시인이야 어디 그런가요? 살아있는 사람은 이승에 있어야 하고, 죽은 사람은 저승에 있어야 합니다. 이승에서 저승으로 가는 길은 죽음 외에는 없습니다.

시인은 이승과 저승 사이에 있는 머나먼 거리를 인정합니다. 그 거리를 인정해야 시인 또한 남은 생을 보낼 수 있기 때문입니다. 죽은 사람과 더불어 살 수는 없는 법이지요. 죽은 사람은 저 세상으로 가야 하고, 산 사람은 이 세상에 남아야 합니다. 이승에 남은 사람은 이승 법칙을 따라 살아야 하는 것이지요. 우리가 죽은 사람을 애도하는 이유는 여기에 있습니다. 애도는 죽은 영혼을 위로하는 의식이기도 하지만, 살아있는 사람을 어떻게든 살도록 하는 의식이기도 합니다.

시인은 아내가 손수 베틀로 짠 옷가지를 이웃에게 나눠주는 행동으로 아내의 죽음을 애도합니다. 죽은 아내를 마음에 품는다고 달라지는 건 없습니다. 아내를 잊어야 한다는 말이 아닙니다. 아내를 잃은 슬픔에 깊이 빠지면 시인은 자기 삶을 영위할 수 없습니다. '멜랑콜리'라는 말을 들어보았는가요? 멜랑콜리에 젖은 사람은 죽은 사람과 더불어 있으려고 합니다. 이승과 저승을 구분하지 않는다는 말입니다.

이승에 있는 사람이 저승에 있는 사람과 함께 있으면 어떻게 될까요? 이승에서 생활할 수가 없습니다. 죽은 아내에 집착하여 해야 할 일을 전혀 하지 않게 되는 것입니다. 시인은 죽은 아내를 기꺼이 저승으로 보냅니다. 이승에서 열심히 사는 게 "당신 나중 흙이 되고 내가 훗날 바람 되어/ 다시 만나지는 길임을" 그는 잘 알고 있습니다. 이웃에게 옷을 나눠주는 행위로 시인은 죽은 아내로 가는 길을 새로이 여는 셈입니다.

이승에 남은 시인은 열심히 밭을 갈고, 씨를 뿌리는 삶을 살려고 합니다. 이 길만이 한 해 한 번 당신을 만날 수 있는 길이기 때문입니다. 견우는 소를 몰고, 직녀는 옷을 짭니다. 일을 하지 않으면 견우와 직녀는 사랑하는 사람을 만날 수 없습니다. 사랑은 우리가 사는 삶의 한 부분입니다. 사랑하는 사람에게 집착하면 우리가 살아야 할 삶이 보이지 않습니다. 죽은 아내에게 집착해 자기 삶을 들여다보지 않는 것도 마찬가지입니다.

매정한 얘기 같지만, 죽은 아내는 죽은 아내일 뿐입니다. 시인이 아무리 죽은 아내를 그리워해도 죽은 아내가 살아 돌아올 리는 없습니다. 시인은 이 사실을 잘 알고 있습니다. 그래서 그는 이승에서 열심히 살려고 합니다. 아내가 지은 옷을 이웃 사람들에게 나눠주며 더불어 사는 삶을 실천하려고 합니다. 그것이 자신보다 앞서 간 아내를 기리는 마음이라고 시인은 생각하는 것입니다. 죽은 아내와 거리를 두어야만 시인은 자신에게 주어진 현실을 제대로 살 수 있습니다. 산 사람이 가야 할 길과 죽은 사람이 가야 할 길은 엄연히 다르다는 걸 시인은 마음 깊이 되새기고 있는 셈입니다.

16   죽음도 넘어서는 사랑의 판타지
-『금오신화』의 연인들

사랑의 판타지

　『금오신화』를 지은 김시습은 조선 세종 17년인 1435년에 태어났습니다. 그는 과거 공부를 하는 도중 세조가 조카의 왕위를 찬탈했다는 소식을 들었습니다. 신하가 임금을 배신한 데 통분한 그는 과거 공부를 그만두고 중이 되어 세상을 방랑합니다. 31세 때 경주 금오산에 자리를 잡았는데,『금오신화』는 이때 창작된 것으로 보입니다.

　이 책에는 5편의 이야기가 실려 있는데, 그 중 사랑 이야기를 담은 작품으로는 「만복사저포기(萬福寺樗蒲記)」와 「이생규장전(李生窺墻傳)」이 있습니다. 두 작품 모두 죽은 이, 곧 귀신과 사랑하는 이야기를 담고 있다는 점에서 판타지의 특성을 담고 있지요. 판타지는 지금 이곳에서는 이루어질 수 없는 일을 상상으로 이루려는 표현방식을 가리킵니다. 김시습은 세조에게 왕위를 빼앗기고 억울하게 죽은 단종을 그리는 마음으로 이 작품들을 썼습니다.

죽음을 넘어서는 사랑으로 임금과 신하의 관계를 표현함으로써 김시습은 단종에 대한 의리를 지키려고 했습니다. 생명이 있는 모든 존재들에게 죽음이란 이쪽과 저쪽을 끊어내는 아득한 경계라고 할 수 있습니다. 죽음을 넘는 사랑이란 이러한 아득한 경계를 넘어서 당신을 잊지 않겠다는 지극한 마음을 상징합니다. 이만하면 영원한 사랑이라고 말할 수 있을까요?

하지만 마음은 영원할지 몰라도 몸은 결코 영원하지 않습니다. 귀신이 되어 사랑을 나누어도 때가 되면 저승으로 올라가야 합니다. 김시습은 이승에 맺힌 한을 연인과 더불어 풀고 저승으로 기꺼이 길을 떠나는 연인들을 보여줍니다. 한이 풀리면 사람이든, 귀신이든 하늘의 소리를 주저 없이 따릅니다. 지상에서 이룰 일이 더 이상 없기 때문입니다. 김시습 또한 이 작품들을 지으며 가슴에 맺힌 한을 풀지 않았을까요? 한을 푸는 이야기에는 귀기(鬼氣)가 서려 있습니다. 귀기는 신령한 기운입니다. 그 기운을 느끼면서 두 작품에 나타난 연인들의 사랑을 음미해 보도록 하지요.

한이 맺혀 저승으로 가지 못하고

「만복사저포기」에는 양생이라는 인물이 나옵니다. 남원에서 태어난 그는 일찍이 부모를 여의고 결혼도 못한 채로 만복사의 동쪽 방에서 홀로 지내고 있습니다. 때는 봄입니다. 달밤이 그윽한 밤에 그는 눈부시게 하얀 꽃을 피운 배꽃나무를 보며 외로움에 빠집니다. 그 외로움을 한 편의 시에 담아 낭랑한 목소리로 읊었는데, 공중에서 홀연 소리가 들리네요. "그대가 아름다운 배필을 얻고 싶다면 어찌 이루어지지 않을까 근심하리오?" 근심하지 말고 생각을 행동으로 옮기란 얘기겠습니다.

다음날이 마침 만복사에 등불을 켜 달고 복을 비는 날이었습니다. 그날이 되면 사방에서 사람들이 몰려듭니다. 행사가 벌어진 그날 밤, 인적이 뜸한 틈을 타 양생은 저포를 들고 불상 앞에 섭니다. 부처와 저포 놀이를 하기 위해섭니다. 자신이 이기면 아름다운 여인을 얻게 해 달라고 양생은 말합니다. 다행이 양생이 놀이에서 이기네요.

약속을 지키라는 말을 남기고 양생은 불상 뒤로 숨습니다. 잠시 후 열대여섯 쯤 된 아름다운 여인이 나타나 부처 앞에 세 번 절을 올린 후 한숨을 내쉬며 축문을 읽습니다. 축문에는 왜구에게 쫓긴 여인이 규방 깊숙이 숨어 끝까지 정절을 지키고 깨끗한 행실을 보전하면서 재앙을 면했다는 내용이 실려 있습니다. 부모가 딸자식을 기특하게 여겨 한적한 곳으로 피신시켰는데, 이미 삼 년이 지났답니다.

뭔가 말이 맞지 않습니다. 왜적에게 간신히 목숨을 건진 '기특한' 딸을 부모는 왜 삼 년이나 들여다보지 않는 것일까요? 축문에는 또 자기에게 부여된 인연이 있다면 어서 빨리 만나 즐거움을 누리게 해달라는 소망도 들어 있습니다. 그녀 또한 양생처럼 외로운 것이지요. 외로운 두 청춘이 만났으니 쉽게 불이 타오를 것은 당연지사입니다. 바로 그날 밤 그들은 비어 있는 행랑채에 들어 수작을 합니다. "서로 이야기를 나누며 즐기는 것이 보통사람과 다름없었다."라고 작가는 덧붙이고 있습니다. 처녀가 귀신이라는 암시겠지요.

밤이 깊어 갑자기 밖에서 발자국 소리가 들려옵니다. 여인을 시중 드는 아이가 왔습니다. 여인이 아이에게 말합니다. "하늘이 돕고 부처님이 돌보셔서 고운님을 만나 백년해로하게 된 것이지. 부모님께 고하지 않고 혼인을 한 것은 비록 예법에는 어긋나는 일이지만 서로 즐겁게 맞이하게 된 것은 분명 평생의 기이한 인연이라 할 수 있을 게야." 양생을 향한 여인의 마음을 잘 드러나는 대목이지요.

귀신이 되어서도 여인은 예법을 따집니다. 물론 그녀가 예법에 얽매이는 것은 아닙니다. 예법을 넘는 인연을 그녀는 더 중요하게 생각합니다. 시녀가 여인의 명을 받아 뜨락에 술자리를 베풉니다. 시간은 사경(四更, 새벽 2시 전후)입니다. 음식에서는 인간세상에서는 느낄 수 없는 맛이 나네요. 술을 마시고 노래를 부르며 흥겨이 놀다가 닭 울음소리가 들릴 때가 되어 여인이 시녀를 물립니다. 그리고 두 사람은 손을 잡고 여염집들을 지나갑니다. 사람들이 양생을 보고 이른 시간에 어디를 다녀오느냐고 묻습니다. 여인은 보이지 않는지 여인에 대해서는 아무 말도 하지 않네요.

여인은 양생을 이끌고 무성한 풀숲 사이로 들어갑니다. 한참을 걸으니 개령동이라는 곳이 나옵니다. 쑥대가 들판을 뒤덮고 가시덤불이 하늘을 찌를 듯 무성한 가운데 정갈한 집 한 채가 오롯이 서 있습니다. 양생은 이곳에서 삼일을 머뭅니다. 여인은 이곳의 사흘은 인간 세상의 삼 년과 마찬가지라며 이별할 때가 왔음을 이야기합니다.

이별을 아쉬워하는 양생에게 여인은 이웃 친지를 소개합니다. 정씨, 오 씨, 김 씨, 유 씨 네 명의 여자입니다. 아직 시집을 가지 않은 처녀들이네요. 전쟁 통에 죽은 여인들일 겁니다. 문벌이 높은 집안의 딸들답게 여인들은 시부(詩賦)를 지어 양생에게 이별 선물로 줍니다. 이 여인들은 양생과 인연을 맺은 여인이 참으로 부럽습니다. 그럴 수밖에 없지요. 처녀로 죽은 것도 서러운데, 저승에 올라가지도 못하고 이렇게 처녀 귀신이 되어 지상을 떠돌고 있으니까요. 언제나 사랑하는 임을 만나 한을 풀고 저세상으로 갈 수 있을까요? 살아서는 왜구의 칼에 죽어 서럽고, 죽어서는 임이 그리워 미칠 노릇입니다.

술을 다 마시고 헤어질 때 여인이 양생에게 징표로 은그릇 하나를 내어줍니다. 내일 부모가 자기를 위해 보련사에서 음식을 베푼답니다. 자기를 버리지 않을 거라면 보련사 가는 길에서 만나 더불어 절로 가서 부모님을 뵙자고 합니다. 양생이 마다할 까닭이 없습니다. 이튿날 양생이 보련사 가는 길 앞에 은그릇을 들고 서 있으니, 딸자식의 대상(大祥, 사람이 죽은 지 25개월 만에 치르는 제사)을 치르러 가는 귀족 집안 행렬이 보입니다.

하인이 양생을 보고는 즉각 주인에게 아룁니다. 은그릇이 문제입니다. 몇 해 전에 죽은 아가씨 무덤에 묻은 물건을 양생이 갖고 있으니 이상하지 않은가요. 주인이 양생에게 은그릇을 얻게 된 경위를 묻습니다. 양생은 전날 밤 벌어진 일을 그대로 이야기합니다. 주인은 양생의 말을 믿고 싶어 하는 눈치입니다. 자식을 아끼는 부모의 마음이겠지요. 사실이라면 딸과 함께 보련사로 오라는 말을 남기고 주인은 먼저 보련사로 떠납니다.

여인이 귀신이라는 것이 이제는 확실히 밝혀졌습니다. 사실을 안

양생은 어떻게 할까요? 그는 아랑곳없이 여인을 기다립니다. 약속한 시간이 되자 여인이 계집종을 데리고 나타납니다. 보련사에 도착한 둘은 부처에게 예를 올리고 휘장 안으로 들어갑니다. 여인이 보이지 않으니 사람들이 믿을 리 없습니다. 절의 승려들도 믿으려고 하지 않습니다. 여인의 부모는 시험 삼아 여인과 함께 양생이 식사를 하도록 합니다. 휘장 안에서 두 사람이 수저를 놀리는 소리가 들립니다. 그제 야 여인의 부모는 양생이 한 말을 믿습니다.

부모의 묵인 아래 휘장 안에서 두 사람은 밤을 보냅니다. 한밤중에 말소리가 낭랑히 들리다가도 사람들이 가만히 들으려 하면 말소리가 그칩니다. 여인이 다시 이별을 통보합니다. 저승길을 더 이상 피할 수 없답니다. 여인이 저승으로 가면 두 사람은 다시는 만나지 못합니다. 여인이 떠난 자리에는 은은한 소리만이 남습니다.

저승길이 기한 있어
슬프게도 이별합니다.
우리 임께 바라오니
저를 멀리 마옵소서.
애달파라, 우리 부모님
나를 짝지워 주지 못하셨네.
아득한 저승에서
마음에 한 맺히리.

여인의 부모는 양생이 고맙습니다. 처녀귀신의 한을 풀어준 격이 아닌가요. 딸아이 몫으로 남긴 재산과 노비를 주며 부모는 죽은 자식을 잊지 말아 달라고 양생에게 당부합니다. 죽은 자를 잊지 못하고 산자가 제대로 살 수나 있을까요? 부모 마음이 그러니 어찌할 수는 없겠지요. 다음날 양생은 고기와 술을 마련하여 여인과 즐기던 곳을 찾습니다. 그곳은 시체를 임시로 묻어 둔 곳입니다. 그는 제물을 차려놓고 슬피 울면서 여인의 장례를 치러 주었습니다. 여인을 향한 애틋한 마음을 담은 제문을 지어 여인의 영혼을 위로하기도 했습니다.

양생은 어찌 되었느냐고요? 사랑하는 여인을 잃은 슬픔을 이기지 못한 그는 밭과 집을 판 돈으로 사흘 저녁을 계속해서 재를 올렸습니다. 사흘 째 되는 날 여인의 목소리가 공중에서 들렸습니다. 자기는 다른 나라에서 남자의 몸으로 태어났으니 당신 또한 깨끗한 업을 닦아 윤회의 굴레를 벗어나라는 말입니다. 이후 양생은 사람들과 인연을 끊고 지리산으로 들어가 약초를 캐며 살았답니다. 당연히 어떻게 생을 마감했는지 아무도 모릅니다.

죽음도 사랑을 막지 못하니

「이생규장전」에는 당대의 통념을 뛰어넘는 매력적인 여성 인물이 나옵니다. 선죽리 부잣집 딸인 최 씨입니다. 열대여섯 살인 그녀는 자태가 아름답고 수를 잘 놓았으며 시도 잘 지었습니다. 열여덟인 이생은 풍모가 맑고 자질이 뛰어나 일찍부터 국학에서 공부를 했습니다. 세상 사람들이 이런 노래를 불렀다네요. "풍류가인 이 도령/

요조숙녀 최 낭자/ 그 재주 그 용모를 듣기만 해도/ 굶주린 창자를 채울 수가 있다네." 참으로 어울리는 한 쌍이 아닌가요.

글공부를 위해 국학에 갈 때마다 이생은 최 씨네 북쪽 담 밑에서 잠깐씩 쉬고는 했습니다. 하루는 이생이 담 안을 엿보았더니, 작은 누각에 앉은 미인이 수 놓는 걸 잠시 멈추고 시를 읊는 것이었습니다. 그 여인을 만나 글재주를 뽐내고 싶은 마음이 간절했으나 문은 높고, 벽 또한 아득히 높았습니다. 돌아오는 길에 이생은 흰 종이에 시 세 편을 써서 담장 안으로 던졌습니다. 시녀인 향아가 들고 온 종이에 적힌 시를 읽고 최 씨는 마음이 그윽이 기뻤습니다. 그녀는 종이쪽지에 "그대는 의심하지 마시고 황혼을 기약하세요."라는 말을 적어 담 밖으로 던졌습니다. 참으로 당돌한 처녀이지요.

날이 저물어 이생은 최 씨의 집으로 갔습니다. 담 아래에 드리워진 그넷줄을 타고 주저 없이 담을 넘었습니다. 꽃무더기 속에 앉은 여인이 이생을 보고 미소를 지으며 시 두 구절을 읊었습니다. "복사나무 오얏나무 가지 사이에 꽃송이 탐스럽고/ 원앙 베개 위에는 달빛이 곱디고와라." 사랑을 고백하는 노래네요.

이생이 뒤를 잇습니다. "다음날 어쩌다가 봄소식이 새어 나가면/ 무정한 비바람에 가련해지리라." 최 씨가 마음을 먹고 사랑을 고백했는데, 이생은 그 사랑이 세상에 알려질까 걱정을 하고 있습니다. 여인이 이생을 나무랍니다. 장부의 의기를 가진 사람이 할 말은 아니라는 것이지요. 비밀이 누설되면 자기가 책임을 질 거라는 말까지 서슴없이 하는 것에서 최 씨의 성품을 알 수 있습니다. 이에 비하면 이생은 사랑이 부모에게 알려질까 두렵습니다. 마음이 담대한 선비는 아니라는 애기겠습니다.

두 사람이 있는 뒷동산 누각은 최 씨의 부모가 외동딸을 위해 특별히 지은 것이랍니다. 부모가 있는 거처는 멀리 떨어져 있어 아무리 크게 웃고 떠들어도 소리가 새어 나가지 않지요. 사랑을 나누기에는 참으로 좋은 곳이라는 말입니다. 향기로운 술 한 잔을 마시고 두 사람은 번갈아가며 시를 읊습니다. 이들에게 시는 밀어(密語)와 같은 것입니다. 사랑을 속삭이는 말이라고나 할까요.

시 읊기를 마친 최 씨가 이생을 이끌고 방안에 있는 사다리를 타고 다락에 오릅니다. 그곳에서 두 사람은 지극한 사랑의 즐거움을 맛봅니다. 며칠을 그곳에 머물던 이생은 자식 된 도리를 지킨다며 집으로 돌아갑니다. 최 씨는 서운한 표정을 지으면서도 고개를 끄덕입니다. 여인은 주변 눈치를 살피지 않습니다. 마음이 가는 대로 행하는 여인의 모습은 조선 사회에서는 참으로 드문 여성상입니다. 그 뒤로 이생은 밤마다 최 씨를 찾습니다. 공부를 등한시할 수밖에 없으니 부모 눈에 띄지 않을 수 없습니다.

이생의 아버지가 남의 집 규수와 정분이라도 나면 집안 망신이라며 이생을 영남으로 보냅니다. 종들을 거느리고 농사나 감독하며 마음을 다스리라는 것입니다. 이생은 최 씨에게 아무 말도 하지 않고 울주로 떠납니다. 매일 오던 낭군이 발길을 끊자 최 씨는 그만 병이 나 자리에 눕습니다. 하나뿐인 딸이 병이 든 이유를 모르는 참에 부모는 딸의 글 상자를 들추어 보다가 이생과 최 씨가 주고받은 시를 발견합니다. 최 씨는 이생과 벌인 일을 고백합니다. 그러면서 이생과 저승에서 노닐지언정 다른 가문으로는 시집가지 않겠다고 선언합니다.

딸의 뜻을 안 부모는 이생의 집에 혼인 의사를 묻습니다. 중매쟁이가 몇 차례 오가는 와중에 이 씨 집안에서는 이생을 불러다 의견을 묻습니다. 이생이 결혼을 마다할 리 없습니다. 얼마나 고대하던 일인가요. 최 씨가 병에서 회복하자 두 사람은 길일을 잡아 혼례를 올렸습니다. 이듬해 이생은 과거에 급제해 명성을 조정에 널리 알렸습니다.

「만복사저포기」에 나오는 양생이 귀신 여인을 만나 사랑을 이루었다면, 이 소설에서 이생과 최 씨는 살아 있는 상태로 만나 사랑을 이룹니다. 이야기가 여기서 끝나면 그저 그런 사랑 얘기가 될 테지만, 하늘은 두 사람을 가혹한 운명 속으로 몰아넣습니다. 편안할 때 서로 신의를 지키며 살기는 쉽습니다. 불운이 겹쳐서 일어날 때는 다릅니다. 신의를 지키고 싶어도 지킬 수 없는 경우가 있습니다.

신축년에 홍건적이 고려를 침략하자, 이생은 가족들을 이끌고 외진 산골로 숨었습니다. 와중에 도적 한 명이 칼을 빼어들고 그들의 뒤를 쫓아왔습니다. 이생은 달아나 겨우 목숨을 건졌지만 최 씨는 도적에게 사로잡히고 말았습니다. 도적이 자신을 겁탈하려 하자 최 씨는 차라리 죽이라며 완강하게 맞섰습니다. 자기 뜻을 굽히지 않는 최 씨답지요. 노한 도적이 최 씨를 죽이고 난자질했습니다.

황폐해진 들판에 숨어 목숨을 간신히 이은 이생은 도적이 물러갔다는 소식을 듣고 옛집을 찾았습니다. 불타버린 본집을 놔두고 이번에는 최 씨의 집을 찾았습니다. 행랑채만 덩그러니 남아 있습니다. 최 씨와 처음 만난 작은 누각에 올라가 눈물을 훔치는데, 이경(二更, 밤 10시 안팎) 쯤 되어 웬 발자국 소리가 들립니다. 최 씨네요. 그녀가 죽은 것을 알면서도 이생은 산 사람을 대하듯 그녀를 껴안습니다.

　이승에 한이 맺혀 귀신으로 돌아온 최 씨는 살아 있을 적 담대한 마음을 그대로 품고 있습니다. 죽어서도 그녀는 이생과 인연을 잇고 싶은 겁니다. 이생은 살아 있고, 최 씨는 이미 죽었습니다. 산 사람과 죽은 사람이 어떻게 인연을 맺을 수 있을까요? 작가 김시습은 마음이 간절하면 산 사람과 죽은 사람이 사랑을 나눌 수 있다고 생각합니다. 「만복사저포기」에서도 나타난바, 두 사람이 맺은 사랑이 지극하면 현실에서 이루기 힘든 일도 곧잘 벌어지는 법입니다. 마음이 지극하면 어떤 일도 이룰 수 있다는 신념을 내보인 것이지요.

　아무 산 아무 골짜기에 묻어둔 재산을 찾은 두 사람은 양가 부모의 유골을 수습한 후 오관산 기슭에 합장합니다. 이후 이생은 벼슬을 구하지 않고 최 씨와 함께 살았습니다. 도망쳤던 노비들도 돌아와 집은 예전 모습을 되찾아 갑니다. 그렇게 몇 해가 지난 어느 날 저녁 최 씨가 굳은 표정으로 슬픈 이별이 닥쳐왔음을 알립니다. 죽은 사람은 저승으로 가야 합니다. 죽은 사람이 이승에 계속 남아 있으면 하늘이 가만있지 않습니다. 이승과 저승의 질서를 어지럽히기 때문입니다.

　가뜩이나 그녀는 하늘의 은혜를 입어 죽은 몸으로 이생과 몇 해를 즐거이 보냈습니다. 하늘이 최 씨의 한을 풀어준 것이지요. 이생이 만류해도 소용이 없습니다. 인간이 세운 규범보다 더 큰 하늘의 규범이 있습니다. 산 자는 이승에서 살고 죽은 자는 저승에서 살아야 하는 규범 말입니다. 최 씨는 이생의 목숨은 아직도 한참이나 남아 있다고 말합니다. 같이 죽고 싶어도 죽을 수 없는 상황입니다. 더불어 살아 즐거웠으니 더불어 죽으면 얼마나 좋을까마는, 생각대로 되지 않는 것이 인생입니다.

최 씨는 이생에게 마지막 부탁을 합니다. 아무 곳에 흩어져 있는 자기 유골을 찾아 비바람과 햇볕 아래 나뒹굴지 않게 해달랍니다. 이생 입장에서는 창자가 끊어질 정도로 애절한 소리입니다. 두 사람은 서로 바라보며 눈물만 흘립니다. 왜 그렇지 않겠습니까? 이승과 저승으로 갈라지는 자리입니다. 살아서는 다시는 만날 수 없습니다. 다음 생에서 만나 다시 부부 연을 맺자고 해도 그것은 마음뿐입니다. 최 씨의 자취가 점점 희미해집니다. 몸 건강하게 살라는 말을 남기고 최 씨는 그예 흔적도 없이 사라집니다.

이생은 최 씨의 유골을 거두어 부모님 곁에 묻어 주었습니다. 그 뒤 이생은 스스로 곡기를 끊고 몇 달 만에 세상을 떠났습니다. 작가는 "이 이야기를 들은 사람들마다 애처로워하며 그들의 절의를 사모하지 않는 이가 없었다."라는 문장으로 끝을 맺습니다. 절의와 사모라는 말이 오롯이 드러납니다. 죽은 이를 향한 마음이 깊으면 더 이상 삶을 유지할 수 없나 봅니다. 그 사람으로 해서 살아온 인생이니 왜 그러지 않겠어요.

김시습은 연인들의 사랑 이야기로 억울하게 죽은 임금을 향한 절의와 사모를 표현합니다. 그에게 이야기는 현실에서는 이룰 수 없던 일을 이루게 하는 것이었습니다. 인간과 귀신의 사랑이라는 판타지로 김시습은 죽어 구천을 떠도는 단종의 영혼을 위로하려 했는지도 모릅니다. 두 작품에 나타나는 연인들은 목숨을 걸고 사랑을 지킵니다. 이승과 저승의 경계를 뛰어넘어 보통사람은 이루기 힘든 사랑을 끝내 성취합니다. 물론 이런다고 현실이 달라지지는 않습니다. 실제로 세조는 13년 동안 왕위를 지켰고, 그의 자손들이 대대로 왕위를 이었습니다. 단종은 아주 오랜 시간 '노산군'으로 불리다가 조선말에 이르러서야 신원이 회복되었고요.

김시습은 이야기로 가슴에 맺힌 한을 풀려고 했습니다. 이야기로 현실을 바꿀 수는 없지만, 이야기에는 무엇보다 사람들의 마음을 위로하는 무언가가 있습니다. 이야기꾼은 죽은 이를 이야기 속 현실로 불러내 생전에 하지 못한 일을 하도록 합니다. 「만복사저포기」에는 처녀 귀신으로 죽어 저승에도 가지 못한 이들이 다섯이나 나옵니다. 그 가운데 한 여인은 양생을 만나 한을 풀고 저승으로 갔지만, 나머지 네 여인은 여전히 지상에 남아 한을 삭이고 있습니다. 「이생규장전」의 최 씨 또한 죽어서도 이생과 다시 만나 회포를 풀고는 저승으로 갔습니다. 김시습은 그런 여인들의 심정이 되어 단종과 이루지 못한 한을 이야기로 풀어냅니다. 그는 이야기에 치유 능력이 있다는 걸 분명히 알고 있었던 것입니다.

17   박제가 된 근대인의 사랑

- 이상의 「날개」

정신분열자의 사랑

이상의 「날개」에 등장하는 주인공 '나'는 흐느적흐느적하는 육신에 은화(銀貨)처럼 맑은 정신을 지니고 있습니다. 스스로를 '박제(剝製)가 되어 버린 천재'로 여기는 이 인물은 위트와 패러독스가 넘치는 글로 우리를 당혹감에 빠뜨립니다. 위트와 패러독스에 능한 천재는 끊임없이 흘러넘치는 말로 하나하나 의미를 따지려는 사람들을 벼랑으로 내몹니다. 정신분열자의 헛소리처럼 들리는, 자칭 천재의 말을 듣다 보면 우리 또한 정신분열자가 되는 느낌을 받습니다.

정신분열자는 논리적으로 맞지 않는 이야기를 거침없이 떠벌립니다. 정신분열자의 말을 이해하려면 우리는 논리를 버려야 합니다. 논리를 버리고 어떻게 천재의 말을 이해하느냐고요? "그대는 이따금 그대가 제일 싫어하는 음식을 탐식(貪食)하는 아이러니를 실천해 보는 것도 좋을 것 같소."라는 인물의 말을 따르면 됩니다. 천재가 생각하는 방식대로 생각하면 천재를 이해할 수 있지 않을까요. 정확히 말하면, 정신분열자의 말을 이해하려면 우리 또한 정신분열자가 되어야 합니다. 싫어하는 음식을 맛있게 먹는 아이러니를 온몸으로 받아들여야 합니다.

정신분열자는 시대 이념에 얽매이지 않습니다. '나' 또한 십구 세기는 될 수 있거든 봉쇄하여 버리라고 말합니다. 그렇다면 '나'는 이십 세기의 근대를 신봉하는 것일까요? 잘 알려져 있다시피 근대는 정신분열자를 인정하지 않습니다. 근대는 '생각하는 인간'이 만든 세계입니다. 생각하는 인간은 이성에 따라 사물을 분별하는 인간이지요. 이런 인간들이 정신분열자를 인정할 리 없습니다.

이성을 사용하는 인간은 이성이 없는 '자연'을 개발할 권리(?)를 주장합니다. 한편으로 근대인은 진리 앞에서 한없이 진지합니다. 위트나 패러독스를 모르지요. 이렇게 보면 '나'는 근대에 매몰된 인물이라고도 할 수 없습니다. 근대인은 건강한 신체와 건강한 정신을 중시합니다. '건강'이라는 관점으로 정신분열자를 생각해 보세요. 정신분열자는 결코 건강하지 않습니다. 육체도 그렇고, 정신도 그렇습니다. 근대를 마음에 새긴 사람이라면 정신분열자를 박멸하기 위해 어떤 폭력도 마다하지 않을 것입니다.

자칭 박제가 된 천재라고 일컫는 '나'는 십팔 가구가 죽 어깨를 맞대고 늘어서 있는 33번지 유곽에 삽니다. 젊은 여인들이 사는 이곳에는 해가 들지 않습니다. 그나마 드는 해도 빨래 줄에 얼룩진 이부자리를 널어 막습니다. 해가 들지 않는 침침한 방안에서 사람들은 낮잠을 잡니다. 밤에 일을 하기 위해서지요. 낮과 밤이 바뀐 생활이 근대와는 참으로 어울리지 않습니다. 근대는 무엇보다 낮과 밝음을 중시하는 사회니까요. 어둠조차 밝음으로 쫓아내는 근대 사회를 떠올려 보세요.

낮에는 조용하던 집은 밤이 되면 화려한 곳으로 변합니다. 여기서 '나'는 무엇을 하느냐고요? 낮에도 잠을 자고 밤에도 잠을 잡니다. 한마디로 그는 아무것도 하지 않습니다. 대신 아내가 밤에 일을 합니다. 낮이나 밤이나 잠만 자는 '나'는 아내가 무슨 일을 하는지 모릅니다. '나'는 아내 외에는 그 누구와도 인사를 하지 않습니다. 다른 사람과 아는 체를 하면 아내가 섭섭해 할 것 같아서입니다. 아내는 십팔 가구에 사는 꽃들 가운데 가장 아름답습니다. 그런 꽃에 매어달려 사는 '나'를 아내는 과연 어떻게 생각할까요?

아내라고 부르지만, '나'는 아내와 한 방을 쓰지 않습니다. '나'가 쓰는 방은 해가 들지 않아 늘 침침합니다. 어두운 방안에서 나는 행복이니 불행이니 하는 마음 없이 그저 편둥편둥 게으르게 삽니다. 세속적인 욕망으로 판단할 수 없는 편리함을 '나'는 침침한 방안에서 느낍니다. 한마디로 '나'에게 이 어두운 방은 "절대적인 상태"로 다가옵니다. 어떤 변화도 일어날 수 없는 곳.

아내의 방

아내가 사는 아랫방에는 해가 듭니다. 해가 드는 곳에서는 일상이 펼쳐집니다. 아내가 외출을 하면 '나'는 얼른 아랫방으로 가 동쪽으로 난 들창을 엽니다. 방안으로 들어온 볕살이 아내의 화장대를 비추면, 화장대에 놓인 가지각색 병들이 아롱이 지면서 찬란하게 빛납니다. 아내의 방에서 '나'는 이것저것 놀이를 합니다. 돋보기로 아내만이 사용하는 휴지를 끄시르기도 하고, 손잡이 거울을 들여다보며 장난을 치기도 합니다. 아내에게는 일용품이 '나'에게는 놀이 기구입니다. '나'와 아내는 같은 공간에 있어도 다른 생각을 하며 사는 셈입니다.

이 장난도 곧 싫증이 난다. 나의 유희심은 육체적인 데서 정신적인 데로 비약한다. 나는 거울을 내던지고 아내의 화장대 앞으로 가까이 가서 나란히 늘어 놓은 고 가지각색의 화장품 병들을 들여다본다. 고것들은 세상의 무엇보다도 매력적이다. 나는 그중의 하나만을 골라서 가만히 마개를 빼고 병 구녕을 내 코에 가져다 대이고 숨죽이듯이 가벼운 호흡을 하여 본다. 이국적인 쎈슈알한 향기가 폐로 스며들면 나는 저절로 스르르 감기는 내 눈을 느낀다. 확실히 아내의 체취의 파편이다. 나는 도로 병마개를 막고 생각해 본다. 아내의 어느 부분에서 요 내음새가 났던가를…… 그러나 그것은 분명치 않다. 왜? 아내의 체취는 요기 늘어섰는 가지각색 향기의 합게일 것이니까.

'나'는 아내를 화장품에서 풍겨 나오는 향기로 느낍니다. "고것들은 세상의 무엇보다도 매력적이다."라는 말에 나타나는 대로, '나'는 아내가 아니라 아내가 쓰는 화장품들에서 매력을 느낍니다. 아내가 사라진 자리를 화장품으로 메우는 격이라고나 할까요. 화장품 향기를 맡으며 아내의 체취를 느끼는 것을 보면, '나'와 아내는 다만 부부라는 '가면'을 쓰고 있을 뿐입니다.

'나'라는 인물이야 별다른 일이 없이 사는 사람이니 그럴 수 있지만, 아내는 왜 '나'와 이런 관계를 유지하고 있는 것일까요? 외출을 나간 아내가 돌아오기 전 '나'는 자기 방으로 돌아갑니다. 그리고는 축축한 이불 속에서 여러 가지 발명도 하고 논문도 씁니다. 이불 속에서 펼치는 사색은 그러나 밖으로 표현되는 경우가 없습니다. "내가 제법 한 사람의 사회인의 자격으로 일을 해 보는 것도 아내에게 사설 듣는 것도 나는 가장 게으른 동물처럼 게으른 것이 좋았다."는 진술에 그 이유가 나와 있습니다. 요컨대 '나'에게는 '생활인'의 감각이 부족한 것입니다.

하루에 두 번 세수를 하는 아내는 생활인입니다. 생활 감각이 없는 '나'는 하루에 한 번도 세수를 하지 않고, 변소도 밤중 세 시나 네 시에 갑니다. 낮에도 밤에도 외출하는 아내는 밤에 더 좋고 깨끗한 옷을 입습니다. 아내에게 내객이 많은 날이면 '나'는 온종일 어둔 방에 틀어박혀 이불을 쓰고 누워 있어야 합니다. 아내 방에서 하던 놀이를 못하니 이런 날이면 '나'는 늘 우울합니다.

내객이 든 날이면 아내는 어김없이 '나'에게 은화 오십 전을 줍니다. 어디에 쓸지 몰라 머리맡에 던져둔 은화가 꽤 모이자 아내는 '나'에게 벙어리저금통을 사다줍니다. '나'는 그 속에 돈을 집어넣고, 아내는 열쇠를 가져갑니다. 아내는 왜 '나'에게 돈을 주었을까요? '돈'은 교환관계를 나타내는 사물입니다. 돈을 받은 '나'는 아내에게 아무것도 주지 않았습니다. '나'에게 돈은 아무 가치도 없는 것이라는 말입니다. 생활 감각이 있는 사람만이 돈을 교환 가치의 수단으로 사용할 수 있습니다. 실제로 저금통에 모인 돈을 쓰는 사람은 아내입니다. 아내는 그 돈으로 누깔잠(비녀)을 삽니다.

'나'는 아내가 어떻게 돈을 얻는지 이불 속에서 생각합니다. 이 생각 저 생각을 하다가 '나'는 아내가 쓰는 돈이 내객들에게서 나오는 것임을 깨닫습니다. 내객들은 왜 돈을 놓고 가고, 아내는 왜 그 돈을 받을까요? 아내는 또 왜 아침이면 '나'에게 돈을 주는 것일까요? 내객은 아내에게 돈을 주고, 아내는 '나'에게 돈을 줍니다. 그럼 '나'는? '나'는 아무에게도 돈을 주지 않습니다. 다만 쓰지 않고 모은 돈을 아내가 다시 가져갈 따름입니다.

은화가 손가락에 닿는 짧은 촉각이 좋아 별 생각 없이 돈을 받던 '나'는 어느 날, 벙어리저금통을 변소에 갖다버립니다. 벙어리가 사라진 걸 알면서도 아내는 아무 말도 하지 않습니다. 예전처럼 다시 돈을 놓고 갈 뿐입니다. 내객과 아내 사이에는 분명 교환관계가 성립합니다. 내객과 아내 모두 그것을 인정합니다. '나'와 아내의 관계 역시 교환관계로만 성립되고 있는 것일까요? 아내는 '나'에게 돈을 주지만, '나'는 아내에게 아무것도 주지 않습니다. 아내와 '나'가 맺는 관계에는 교환가치로만 보기 힘든 여백이 스며들어 있는 셈입니다.

밤 외출을 하다

틈이 전혀 없어 보이는 '나'와 아내의 관계는 '나'가 밤 외출을 하면서 서서히 금이 가기 시작합니다. '나'는 거리에서 모아놓은 은화를 지폐로 바꿉니다. 무엇을 사기 위해 바꾸는 게 아니다. "나는 벌써 돈을 쓰는 기능을 완전히 상실한 것 같았다."라는 진술에 나타나듯, '나'는 돈으로 사람들과 교환관계를 맺는 일에 한없이 서툽니다. '나'는 그저 밤거리를 목적 없이 떠돌 뿐입니다. 골방에 갇혀 있던 사람이 밤거리로 나섰으니 육체적으로, 정신적으로 얼마나 피로할까요?

피로에 지친 '나'는 가까스로 집에 들어옵니다. 방에 들어가려면 아내 방을 거쳐야 합니다. '나'는 미닫이 문 앞에서 기침을 한 번 합니다. 문이 열리며 아내와 낯선 사내가 이쪽을 바라봅니다. 고울 리 없는 아내의 눈초리를 모른 체하며 '나'는 아내의 방을 '통과해' 자기 방으로 들어갑니다. 이불을 뒤집어쓰고 누워 '나'는 아랫방에 주의를 집중합니다. 아내는 손님과 소곤거리듯 말을 합니다. 예전에는 높지도 낮지도 않은 아내의 말소리가 내 방까지 들렸는데 지금은 그렇지 않습니다. 아내는 윗방에 있는 나를 신경 쓰고 있는 것일까요?

내객을 보내고 들어온 아내가 잠든 나를 잡아 흔듭니다. 아내의 얼굴에는 웃음기가 없습니다. 화가 치미는지 얇은 입술을 바르르 떨기도 합니다. '나'는 그대로 눈을 감아버립니다. 아내의 처분에 맡기는 것입니다. 새근새근하는 숨소리가 나는가 싶더니 아내는 치마를 떨치고 자기 방으로 돌아갑니다. 아내 앞에서 '나'는 아이처럼 행동하고, 아내 또한 '나'를 아이로 대합니다. 남편-아내 관계가 엄마-아이 관계로 뒤바뀐 꼴이라고나 할까요.

한 시간이 넘게 아내의 오해를 풀어줄 생각을 하던 '나'는 이불을 젖히고 일어나 아내 방으로 달려갑니다. 거의 의식이라고는 없는 상태로 '나'는 바지 주머니에서 돈 오 원을 꺼내 아내 손에 쥐어줍니다. 이튿날 잠이 깨었을 때 '나'는 아내 방에서 자고 있습니다. 이곳에서 살기 시작한 이래로 처음 있는 일입니다. 아내는 이미 외출을 했습니다. 방안을 감도는 아내의 체취는 꽤나 도발적입니다. '나'는 몸을 여러 번비비 꼬며 아내가 남긴 냄새를 더듬습니다.

다시 밤이 오자 '나'는 밤거리로 또 다시 나갑니다. 바지 주머니를 뒤지니 돈 이 원이 있습니다. 아내가 넣은 모양입니다. 오늘은 자정이 지나서 집에 들어가야 합니다. 아내가 내객과 헤어지는 시간이지요. 경성역 시계로 자정이 넘은 것을 확인한 '나'는 집으로 돌아갑니다. 대문 앞에서 아내와 남자가 이야기를 하고 있습니다. '나'는 모른 체하고 두 사람 곁을 지나 방으로 들어갑니다. 뒤이어 들어온 아내가 쓰레질을 하고 잠자리에 드는 기척을 들자마자 '나'는 아내 방으로 가서 돈 이 원을 아내 손에 쥐어줍니다.

아내는 아무 말도 없이 '나'를 제 방에 재웁니다. 이제 '나'는 아내에게 돈을 줍니다. 돈을 주고 아내 방에서 잡니다. 겉으로는 '나' 또한 아내의 내객이 되어버린 것입니다. 다음 날 '나'는 아내 방에서 저녁을 먹습니다. '나'는 늘 골방에서 혼자 밥을 먹었습니다. 오늘도 '나'는 밤 외출을 하고 싶습니다. 그런데, 돈이 없습니다. 이불 속에서 울고 있는데, 방에 들어온 아내가 우는 이유를 안다며 돈을 줍니다.

아내는 '나'가 돈을 알아가는 게 즐거운 눈치입니다. 돈을 알아야 사회생활이 가능할 테니까요. 엄마가 아이를 다루듯 아내는 '나'를 조금씩 사회 쪽으로 이끌어내려고 합니다. '나'에게 사회는 바깥입니다. 골방에 처박힌 '나'는 거의 잠만 자지만, 밤거리로 나간 '나'는 혼자이긴 해도 사람들이 왕래하는 곳을 떠돕니다. 자정이 넘어 집에만 들어가면 아내와 '나'는 별다른 갈등 없이 관계를 맺을 수 있습니다. 돌려 말하면 아내가 원하는 바를 어기면 '나'는 곧바로 스스로는 해결하기 힘든 갈등 상황에 빠져 듭니다.

비가 오는 밤거리를 헤매던 '나'는 몸에서 참을 수 없이 오한이 일어나 자정 전에 집으로 돌아갑니다. 노크하는 걸 잊고 방문을 열었다가 '나'는 아내와 내객이 수작하는 장면을 봅니다. 아내 방을 통과해 자기 방으로 들어간 '나'는 젖은 옷을 벗어버리고 이불을 뒤집어씁니다. 그리고는 이내 의식을 잃어버립니다. 눈을 뜨자 근심스러운 아내 얼굴이 보입니다. 아내는 아스피린이라며 약을 줍니다. 한 달이 넘게 외출도 하지 못하고 몸을 조리하던 '나'는 아내가 외출한 틈을 타 아랫방으로 갑니다. 거울에 비친 얼굴은 깎지 않은 수염과 머리로 산란합니다. 화장품 마개를 뽑고 '나'는 아내의 체취를 맡습니다. 한동안 잊어버렸던 향기가 온몸으로 스며드는 것 같습니다.

감각으로 기억되는 아내

'향기'로 기억되는 아내를 우리는 어떻게 이해하면 좋을까요? '나'와 아내는 직접적으로 관계를 맺지 않습니다. 일단 그들은 방을 같이 쓰지 않습니다. 생활능력이 없는 '나'를 아내가 돈을 벌어 보살피는 꼴입니다. 아내에게 '나'는 겉으로는 '남편'이지만, 실제로는 보살펴야 하는 '아이'와 다르지 않습니다. '나'가 '화장품'을 매개로 아내의 체취를 느끼는 까닭은 여기에 있습니다. 아내와 직접적인 관계를 맺는 순간 아내와 '나'는 더 이상 '엄마와 아이' 관계를 유지할 수 없기 때문입니다.

요컨대 엄마와 아이 관계가 두 사람을 하나로 연결시키는 고리에 해당됩니다. 이 고리는 두 사람이 서로를 의심하는 마음이 끼어들면 자연스레 끊어질 수밖에 없습니다. 두 사람 관계에 의심이 끼어들면 엄마와 아이 관계는 곧바로 남편과 아내 관계로 돌아갑니다. 아내 방에서 놀던 '나'는 우연히 최면약 아달린 갑을 발견한다. 똑 네 개가 비어 있네요. 마침 '나'는 아침에 아스피린 네 알을 먹었습니다. 혹시? 하는 순간 '나'는 '남편'이 되어 아내를 의심하는 상황에 빠집니다.

아내는 한 달 동안 아달린을 아스피린이라고 속이고 내게 먹였다. 그것은 아내 방에서 이 아달린 갑이 발견된 것으로 미루어 증거가 너무나 확실하였다.

무슨 목적으로 아내는 나를 밤이나 낮이나 재웠어야 됐나?

나를 밤이나 낮이나 재워 놓고 그리고 아내는 내가 자는 동안에 무슨 짓을 했나?

나를 조금씩 조금씩 죽이려던 것일까?

그러나 또 생각하여 보면 내가 한 달을 두고 먹어 온 것은 아스피린이었는지도 모른다. 아내는 무슨 근심 되는 일이 있어서 밤 되면 잠이 잘 오지 않아서 정작 아내가 아달린을 사용한 것이나 아닌지, 그렇다면 나는 참 미안하다. 나는 아내에게 이렇게 큰 의혹을 가졌었다는 것이 참 안 됐다.

'나'가 이 생각을 하는 시점은 아달린 여섯 알을 한꺼번에 먹고 벤치에서 잠을 자고 일어난 다음날입니다. '나'는 처음으로 외박을 한 것입니다. 인용문에 나온 대로, '나'는 아내를 의심하는 마음과 아내를 믿으려는 마음 사이에서 갈등하고 있습니다. 여덟 시 가까운 시간에 집에 들어간 '나'는 사죄를 하려는 급한 마음에 기척도 없이 방문을 엽니다. 그리고 "나는 내 눈으로는 절대로 보아서는 안 될 것을 그만 딱 보아 버리고" 맙니다. 얼른 미닫이를 닫은 '나'는 눈을 감고 기둥을 짚고 섭니다.

이내 매무새를 풀어헤친 아내가 방문을 거칠게 열고 나와 '나'의 멱살을 잡습니다. 이미 경계를 넘은 '나'에게 아내는 도적질 하러 다니느냐, 계집질 하러 다니느냐며 발악을 떱니다. 엄마로서 아내는 사라지고, 그 자리를 질투하는 여자가 들어섭니다. 아내는 지금 '나'를 '남편'으로 의심하고 있습니다. 다른 여자를 만나는 남편을 어떻게 아이처럼 보살필 수 있을까요? 아내는 '나'가 아이로 남아 있기를 원합니다. 그래야 자기 마음대로 남편=아이를 다스릴 수 있기 때문입니다. 방안에 있던 남자가 밖으로 나와서는 아내를 품에 안고 방으로 들어갑니다. 다소곳이 안겨 들어가는 아내가 '나'는 참으로 밉습니다.

희락의 거리, 인공의 날개

'나'는 바지 주머니에 있던 돈을 가만히 꺼내 몰래 미닫이를 열고 살며시 문지방 밑에다 놓습니다. 그리고는 그냥 줄달음질을 쳐서 밖으로 나옵니다. 여기저기로 정신없이 쏘다니던 '나'는 문득 자신이 미쓰꼬시 옥상에 있는 걸 깨닫습니다. 이제 아내가 사는 집으로는 돌아갈 수 없습니다. 엄마와 아이 관계가 깨져버렸기 때문입니다. '나'는 왜 아내 방에 돈을 두고 나왔을까요? 돈을 줘야만 아내와 함께 있을 수 있다는 걸 비로소 깨달은 것일까요?

옥상에서 '나'는 자라 온 스물여섯 해를 회고합니다. 정신이 몽롱해집니다. 인생에 무슨 욕심이 있느냐고 스스로 묻지만, 있다고도 없다고도 할 수 없는 상황입니다. 어항에 갇힌 금붕어 신세 같기도 하고, 희락(喜樂)의 거리를 피곤에 지쳐 떠도는 사람들 같기도 합니다. 어항 속으로 들어갈 수도 없고, 그렇다고 희락의 거리 속으로 섞여 들어갈 수도 없습니다. 피로와 공복에 지친 몸을 도대체 어디에 부려놓으면 좋단 말인가요?

어항에 갇힌 금붕어는 돈을 모릅니다. 그저 밖에서 주는 먹이를 두말 없이 먹을 뿐입니다. 희락의 거리를 떠도는 사람들은 금붕어 지느러미처럼 흐늑흐늑 허비적거리지만, 이 돈이 돌아가는 이치를 압니다. 골방에 갇힌 금붕어는 밤거리로 나오면서 아내를 '돈'과 연결시키기 시작합니다. 금붕어로 살 때 아내는 엄마와 다르지 않았습니다. 엄마가 원하는 대로 살기만 하면 '나'는 골방과 밤거리를 오가며 무난하게(?) 살 수 있었습니다.

어항이라는 상상계에 갇힌 '나'를 바깥으로 내몬 것은 '아달린'이라는 의심의 기호입니다. 아스피린이 아달린일지도 모른다는 의심에 빠지는 순간 '나'는 희락의 거리(상징계)로 내몰립니다. 희락의 거리는 교환가치가 지배하는 곳입니다. 희락의 거리로 내몰리는 순간 '나'는 "아내의 모가지가 벼락처럼 내려 떨어"지는 환상에 빠집니다. 아내이자 동시에 엄마인 여자를 '죽이면' '나'는 어디로 가야 하는 것일까요?

'나'는 "우리 부부는 숙명적으로 발이 맞지 않는 절름발이"라는 걸 인정합니다. 아내 곁에 있으려면 '나'는 아내의 소유물이 되어야 합니다. 아스피린을 아달린으로 의심하는 순간 이런 가능성은 저 멀리로 사라져버렸습니다. '나'의 곁에 있으려면 아내는 엄마가 되어야 합니다. 이 또한 아내가 '나'를 의심하는 순간 깨져버렸습니다. 어디로도 갈 수 없는 상황에서 '나'는 뚜우 하고 우는 정오 사이렌 소리를 듣습니다.

어항 속 금붕어인 듯 흐느적거리며 거리를 걷던 사람들이 갑자기 네 활개를 펴고 닭처럼 푸드덕거리는 걸 '나'는 목격합니다. "현란을 극한 정오"에 '나'는 불현듯 겨드랑이가 가렵습니다. 밤거리를 떠돌던 '나'는 자정이 넘으면 아내가 사는 집으로 돌아갔습니다. 정오는 자정의 반대편에 있습니다. 자정이 완전한 어둠으로 들어가는 시간이라면, 현란을 극한 정오는 완전하게 밝은 세상을 나타냅니다. 밝은 세상으로 내쳐진 '나'는 "인공의 날개가 돋았던 자국"을 느낍니다. 요컨대 예전의 '나'는 인공의 날개를 달고 마음껏 하늘을 날아다닌 적이 있습니다.

희락의 거리를 떠도는 '나'의 겨드랑이에는 다시 인공의 날개가 돋아날까요? '나'는 오늘은 없는 이 날개에서 "희망과 야심의 말소된 페이지가 딕셔내리 넘어가듯 번뜩"이는 환상을 봅니다. 날개가 돋아나면 지금과는 다른 상황이 펼쳐질 듯싶습니다. 군중에 휩쓸려 걷던 '나'는 그래서 걸음을 멈추고 날개야 다시 돋으라고 외칩니다(정확히 말하면 외치려고 합니다). "한번만 더 날아 보잤구나."라는 진술에 인공의 날개를 바라보는 '나'의 진심이 담겨 있습니다.

'나'의 외침을 희락의 거리, 곧 상징계에 적응한 것으로 생각해서는 안 됩니다. 인공의 날개를 상상하는 '나'는 상상계와 상징계의 '사이'에 걸쳐 있습니다. '나'는 금붕어가 되기도 싫지만, 그렇다고 거리의 인간이 되어 사는 것도 못마땅합니다. '나'는 어항 속에서도 나오고 싶고, 희락의 거리에서도 나오고 싶습니다. 어느 한 곳에 안주하지 못한 채 '나'는 날개가 다시 돋아날 날만을 꿈꿉니다. '나'의 겨드랑이에는 과연 날개가 돋아날까요? 이 질문에 대한 대답은 이 글을 읽는 이들의 몫으로 남겨둡니다.

Epilogue -
사랑의 욕망과 그 너머

　이상의 「날개」에는 이 시대를 사는 연인들의 사랑 심리가 정확히 반영되어 있습니다. 이 소설에 등장하는 '나'와 아내는 느슨한 연대로 묶여 있습니다. 같이 살면서도 같이 산다고 볼 수 없습니다. '나'는 아내 일에 상관하지 않고, 아내는 '나'가 원하는 것이 무엇인지 알려고 하지 않습니다. 돈이 무엇인지 모르는 '나'와 돈이 무엇인지 정확히 아는 아내가 느슨하게 묶여 가족인 듯 가족이 아닌 가족을 이룹니다. '나'가 집 밖을 떠돌지 않았다면 이 관계는 더 오래 지속됐을 겁니다. 아내가 '나'에게 약을 먹이지도 않았을 거고요. 더불어 살 수 없는 사람과 억지로 살려면 다른 방도가 필요합니다. 아내에게는 그것이 약이었는지도 모릅니다.

　아내는 '나'를 길들입니다. 자신이 하는 일을 아무렇지 않게 받아들이는 '나'의 무지를 아내는 어떻게든 유지하려고 합니다. '나'가 자꾸만 일을 방해하자 아내는 '나'에게 수면제 아달린을 먹인지도 모릅니다. 잠을 자면 '나'는 다시 무지의 상태로 돌아가니까요. 한쪽은 모든 것을 알고, 한쪽은 아무것도 모르는 이 상황을 과연 사랑이라고 말할 수 있을까요? 아내는 '나'가 아무것도 하지 않기를 바랍니다. 그저 자신이 주는 밥이나 먹으며 아이처럼 지내길 바랍니다. 자기 식대로 '나'를 길들이려는 것이죠. 그래야 자기 뜻대로 살 수 있으니까요. 자기를 중심에 세운 근대인의 모습이 그대로 보이지 않나요?

근대인은 사랑하는 사람을 자유로이 풀어놓으려고 하지 않습니다. 어떻게든 자기 세계에 가두려고 하지요. 지금 이 시대에 펼쳐지는 사랑 이야기를 곰곰이 되새겨 보세요. '사랑'이라는 말이 넘치는 시대이지만, 정작 '사랑'이 무엇인지에 대해서는 아무도 고민하지 않습니다. 남자는 '사랑'을 말하면서 여자를 때립니다. 사랑하니까 때린다는 얼토당토않은 말을 합니다. 사랑과 폭력이 이토록 가까운 것이었던가요.

폭력의 저편에 사랑이 있습니다. 사랑과 폭력은 한 장소에 있을 수 없다는 말입니다. 그런데도 왜 사랑과 폭력을 하나로 묶는 이상한 일들이 벌어지는 걸까요? 상대를 길들이려는 욕망 때문입니다. 이 욕망에 물든 사람들은 사랑이라는 이름으로 자꾸만 집착을 합니다. 자신이 친 울타리에 연인을 가두려고 합니다.

옛이야기인 「선녀와 나무꾼」에 나오는 나무꾼은 선녀를 아내로 맞이하기 위해 옷을 숨겼습니다. 사냥꾼에게 쫓기는 노루 목숨을 살려줄 정도로 나무꾼은 착한 사람입니다. 그런 그가 자신과 전혀 상관이 없는 여자의 옷을 숨겼습니다. 옷을 잃어버린 선녀는 하늘나라로 돌아가지 못하고 나무꾼의 아내가 되었습니다. 나무꾼은 생판 처음 보는 남자의 아내가 되어야 했을 여인의 마음을 전혀 헤아리지 못했습니다.

날개옷이 있는 곳을 안 선녀는 곧바로 세 아이를 안고 하늘나라로 돌아갑니다. 자신이 있어야 할 곳은 하늘나라라고 생각했으니까요. 노루의 도움을 받아 나무꾼은 하늘나라까지 따라갔지만, 결국 아내와 헤어지고 맙니다. 무엇이 이들을 갈라놓은 걸까요? 나무꾼은 자기 울타리에서 한 치도 나오지 않았습니다. 선녀를 아내로 맞이할 때도, 어머니를 빨리 만나고 싶은 마음에 성미 급한 말을 선택했을 때도, 그는 선녀의 마음을 전혀 헤아리지 않았습니다.

이 이야기를 읽을 때마다 저는 나무꾼의 마음을 사랑으로 착각하는 사람들을 떠올렸습니다. 물론 그 사람들 속에는 저도 포함됩니다. 제 마음이 진정이면 상대 마음이야 어떻든 상관없다고 생각했습니다. 어긋난 사랑에 마음이 아플 때도 저는 이루지 못한 제 사랑만을 안타까워했습니다. 날개옷을 입고 떠날 수밖에 없는 선녀의 마음에는 눈을 감아버린 것이지요. 눈을 감으면 아무것도 보이지 않습니다. 눈멀고 귀먹은 사랑은 어찌 보면 자기를 중심에 세운 자가 내뱉는 넋두리일지도 모릅니다.

평강공주는 온달과 눈멀고 귀먹은 사랑을 했습니다. 자기 마음이 곧 온달의 마음이라고 생각했습니다. 얼마나 웃긴 일인가요? 상대 마음이 내 마음이라니. 무슨 관심법을 쓰는 것도 아니고요. 죽어서 혼으로 나타난 온달은 평강공주가 곧 고구려였다고 고백합니다. 그는 평강공주를 위해 자기 마음을 죽였습니다. 오로지 평강공주의 남편으로 산 것이지요. 평강공주는 온달의 이 마음을 전혀 몰랐습니다. 왜냐고요? 자기 욕망을 들여다보는 데만 집중했기 때문입니다. 자기 욕망에 빠진 나르시시스트는 다른 사람의 욕망을 자기 욕망과 동일시합니다. 상대 또한 자신과 같은 생각을 한다고 여기는 거지요.

사랑에 빠진 사람은 늘 자기 마음을 몰라주는 상대를 탓합니다. 그러면서 상대 마음을 헤아리려고 하지는 않습니다. 상대를 위한다는 명분으로 그들은 자기 욕망을 합리화합니다. 서로를 사랑한다고 생각하는 사람들이 싸우는 이유를 가만히 들어보세요. 그들은 상대가 자기 마음을 이해하지 못한다고 말합니다. 자기는 이러고 싶은데, 상대는 자꾸만 저렇게 합니다. 문제는 저러는 상대에게 있는 것이지, 이러는 자기에게 있는 게 아닙니다. 싸움의 원인을 한 사람의 잘잘못으로 따지는 순간, 두 사람은 결코 되돌아올 수 없는 다리를 건너게 됩니다. 다리를 건너면 비로소 자기가 저지른 잘못이 보이지요. 눈멀고 귀먹은 상태에서 벗어났으니까요.

허생의 처는 집안을 돌보지 않고 밖으로만 떠도는 허생에게 도대체 무엇이 인륜이냐고 묻습니다. 허생은 가부장제를 인륜의 근거로 봅니다. 제도로 여자의 삶을 규정하려고 하는 것이지요. 허생은 그런 시대를 살았으니 어쩔 수 없는 거라고요? 이 말을 하는 당신은 그럼 제도적 틀에 매이지 않는 삶을 살고 있나요? 제도를 부정하는 게 아닙니다. 제도를 인간의 삶 위에 두는 사고방식에 대해 의문을 제기하는 것입니다. 선녀의 옷을 훔친 남자들이 그것을 자랑스레 떠벌이는 세상을 우리는 아직도 살고 있습니다. 범죄를 사랑으로 치장하는 이 저열한 사고방식은 가부장제라는 틀 속에서 여전히 지속되고 있습니다.

저는 이 책에서 가부장제를 껴안으며 가부장제와 당당히 맞서는 연인들을 알리고 싶었습니다. 가부장제가 유포한 사랑의 환상을 걷어내고 끊임없이 움직이는 자기 마음을 들여다보는 연인들을 말하고 싶었습니다. 절개로 자기를 지킨 춘향의 사랑에서 저는 드넓은 자유를 보았습니다. 춘향은 거지꼴로 돌아온 이 도령을 온몸으로 품었습니다. 끝까지 자기를 시험하는 이 도령을 진정한 사랑으로 맞았습니다. 이 도령은 과연 춘향의 이 마음을 이해했을까요? 가부장제에 충실한 사람들은 과연 춘향의 일편단심을 이해하기나 했을까요? 춘향은 이 도령에게도, 변 사또에게도 매이지 않고, 자기가 낸 길로 서슴없이 뛰어들었습니다. 신분 제도가 엄격한 중세 시대에 근대인들보다 더 자유로운 사랑을 이룬 것이죠.

춘향에 버금가는 인물로 저는 수로부인과 황진이를 내세웠습니다. 상대에 매인 사랑은 한계가 명확합니다. 상대가 원하는 것을 들어주기 바쁘지요. 수로부인과 황진이는 스스로 사랑으로 들어가는 길을 열었습니다. 밖에 있는 누군가를 사랑하는 길 대신 그들은 자기 마음에 드리워진 사랑의 길을 따르려고 했습니다. 자기를 사랑하는 길을 선택했다고나 할까요?

나르시시즘이 아니냐고요? 나르시시스트는 자기 마음을 들여다보지 않습니다. 그는 자기를 세상의 중심에 세울 뿐입니다. 자기를 사랑하는 사람은 자신을 세상의 중심에 세우지 않습니다. 그러기는커녕 어떻게든 자기 욕망을 비우려고 합니다. 수로부인이 그랬고, 황진이가 그랬습니다. (탈)근대를 사는 우리들이 완전히 잃어버린 길을 그들은 서슴없이 걸은 것이지요.

지금 우리는 '사랑'에 지독한 욕망을 불어넣고 있습니다. 사랑이 없으면 사람들은 죽을 듯이 소리치지만, 정작 그 사랑을 불러일으키는 지독한 욕망에 대해서는 눈멀고 귀먹어버립니다. 사랑하는 사람에 매여 정작 제 마음을 들여다보는 일은 잊은 겁니다.

눈멀고 귀먹은 사람이 다른 이의 마음을 어떻게 헤아릴 수 있을까요? 사랑에 눈멀고 귀먹었던 견우와 직녀는 은하수 이쪽과 저쪽에 살면서 지독한 사랑의 욕망을 비로소 내려놓습니다. 일 년에 한 번을 만나도 그들은 제 신세를 한탄하지 않습니다. 자기 욕망에 연연하지 않으니까요. 사랑을 통해 사랑 너머로 나아간 것이라고나 할까요? 저는 그들이 이룬 사랑 너머의 사랑을 기립니다. 서로에게 매인 욕망을 온몸으로 풀어 헤친 그 애틋한 사랑을 기립니다.

■ 참고한 책들

기형도,『입 속의 검은 잎』, 문학과지성사, 1995.
김만중,『구운몽』(송성욱 옮김), 민음사, 2005.
김부식,『삼국사기 II 』(이강래 옮김), 한길사, 2017.
김순이,『제주신화』, 여름언덕, 2016.
김시습,『금오신화』(이지하 옮김), 민음사, 2019.
김영랑,『모란이 피기까지는』, 미래사, 1994.
김주영,『외설 춘향전』, 민음사, 1994.
김희보 엮음,『증보 한국의 옛시』, 가람기획, 2002.
도종환,『접시꽃 당신』, 실천문학사, 1988.
문병란,『땅의 연가』, 창작과비평사, 1981.
서정오,『서정오의 우리 이야기 백가지 1』, 현암사, 2018.
송성욱 풀어 옮김,『춘향전』, 민음사, 2019.
송은일,『반야 2』, 문이당, 2017.
신경숙,「빈집」,『오래 전 집을 떠날 때』, 창작과비평사, 1996.
신동흔,『살아있는 우리 신화』, 한겨레신문사, 2004.
이남희,『허생의 처』,『소설 119』, 타임기획, 2014.
이 상,『날개』,『이상문학전집 2』(김윤식 엮음), 문학사상사, 1991.
이석범,『제주신화』, 살림, 2016.
일 연,『삼국유사』(이재호 옮김), 솔, 2000.
전경린,『황진이 1~2』, 이룸, 2004.
조현설,『우리 신화의 수수께끼』, 한겨레출판, 2006.
최인훈,『옛날 옛적에 훠어이 훠이』(최인훈 전집 10), 문학과지성사, 2018.
한상우,『우리 것으로 철학하기』, 현암사, 2003.
현용준,『제주도 신화』, 서문당, 2005.